보르헤스 문학의

헤테로토피아

고갈되지 않는 문학의 가능성

Heterotopia

보르헤스 문학의
헤테로토피아

고갈되지 않는 문학의 가능성

김 수 진 지음

KSi 한국학술정보㈜

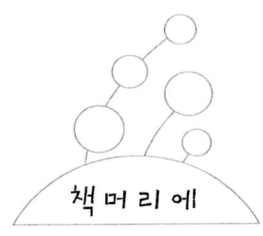

책 머 리 에

이 책은 저자가 2003년에 발표한 문학박사 학위논문을 바탕으로 하고 있다.

아르헨티나 태생의 작가 보르헤스는 듣쓰기 속에서 혼재향적 우주를 구현해낸 대표적 작가로 여겨진다. 실제로 보르헤스가 제시하는 새로운 인식론적 공간에 대해서는 우주를 하나의 책으로 바라보는 무한한 형이상학적 공간이라는 의미에서 '문학의 공간'이라 이름 한 블랑쇼를 비롯해 많은 작가들과 학자들이 다양한 이름들을 붙여왔다. 이에 저자는 물리적이고 유형적인 세계가 아닌, 허구로 이루어진 보르헤스의 인식론적 공간에 대해 무질서하고 혼돈스러운 공간을 일컫기 위해 미셸 푸코가 『말과 사물』의 서문에서 사용했던 '헤테로토피아'라는 명칭을 사용하기로 하고, 왜 수많은 학자들과 비평가들이 보르헤스의 문학이 구현하고 있는 세계를 혼재향적 세계로 보는가를 질문해보기로 했다.

그 대답을 도출하는 방법으로써, 헤테로토피아라는 인식론적 세계가 실질적으로 그의 문학에서 구현되고 있음을 우주인식론, 자아인식론, 시간인식론이라는 심층적 인식의 구조와 언어를 통한 표출이라는, 즉 문학이라는 표층적 형태를 통해 접근하여 증명했다.

보르헤스의 문학세계를 혼재향적 우주로 표현하는 데에는 이미 이견의 여지가 없을 정도이지만 그러한 이론을 뒷받침해줄 수 있는 검증작업은 여전히 체계적으로 이루어지지 못하고 있는 상황이었다. 따라서 본 저자는 보르헤스의 문학세계를 일컬어 '혼재향적'이라 명명할 수밖에 없는 명백한 이유를 보르헤스의 작품세계를 통하여 확인해본 것이다. 혼재향적 인식론이라는 철학적 사유와 그 표출인 혼재향적 문학공간이야말로 보르헤스 문학이 제시하는 무한한 문학의 가능성을 위한 가장 기본적인 초석인 만큼, 이를 확인하는 작업이 큰 의미를 가질 것으로 확신했기 때문이다.

물론 여전히 학문적으로는 일천하다 할 수밖에 없는 저자가 감히 보르헤스의 문학을 논한다는 것이 두렵기 그지없으나, 첫걸음을 떼는 아이의 심정으로 이 책을 세상에 드러내고자 한다. 젖먹이의 첫 걸음이 이미 세상을 바라보는 혜안까지 지닌 이들에게는 안쓰럽고 어설픈 몸짓일 수 있지만 세상이 온통 호기심의 대상에 다름 아닌 아이에게는 그 세상을 향한 가장 위대한 도전이기 때문이다.

본 저자에게 학문에의 열정을 키워주시고 학자로서의 첫걸음을 뗄 때까지 붙들어주시고 다독여주신 은사 정경원 교수님께 깊이 감사드린다. 또한 고단한 우리의 출판문화 속에서도 학술 양서의 출판을 위해 노고와 지원을 아끼지 않으시는 한국학술정보(주)에도 감사드린다. 마지막으로 늘 지켜봐주시는 부모님, 항상 곁에서 인내해주고 격려해주는 사랑하는 가족에게 진심으로 감사드린다.

2008년
김수진

순 서

Ⅲ

헤 테 로 토 피 아 의 심 층 적 측 면 • 79

I

서 론

1. 문제 제기

18세기 계몽주의 시대는 소위 이성중심의 시대로, 인간 이성에 대한 신뢰를 강조하는 합리적 사고의 시대였다. 그러나 지나친 객관성의 주장으로 20세기에 들어서면서 도전 받기 시작하여 니체를 필두로 하는 실존주의를 거친 후 포스트모더니즘의 시대로 접어들게 된다. 니체와 프로이트의 영향을 받은 포스트모더니즘 철학자들은 계몽주의 이후 서구의 합리주의를 되돌아보며 하나의 논리가 서기 위해 어떻게 반대논리를 억압해 왔는지를 고발하면서 근대의 도그마에 반기를 들었다.

문학에서도 20세기에 들어서면서 베르그송의 시간의 철학·실존주의·아인슈타인의 상대성이론 등이 제기되면서 객관적인 진리의 존재, 단 하나의 존재의 현현에 대한 회의가 일어나면서 사실주의 문학이 도전받게 되었다. 더 이상 19세기 사실주의가 추구하는 절대재현은 불가능하다는 사고가 팽배하게 된 것이다. 대상은 보는 자의 주관에 따라 달라질 수 있다는 전제하에 작가가 자신의 서술을 되돌아보고 의심하는 메타픽션 기법이 등장하게 되었고, 현실과 허구의 경계가 와해되었으며, 인물과 독자에게 작품해석의 선택권을 주는 열린 결말, 작가의 권한을 최소화한 미니멀리즘 기법 등이 등장하게 되었다. 특이한 점은, 포스트모더니즘에 대한 철학적이고 이론적인 논의는 유럽을 중심으로 전개되었지만 문학작품활동은 주로 남미 대륙에서 활발하게 이루어졌다는 점이다. 그리고 그 선두이자 핵심에 아르헨티나의 시인이며 소설가인 호르헤 루이스 보르헤스 Jorge Luis Borges[1]가 서 있는 것이다.

보르헤스는 후기구조주의와 해체주의, 포스트모더니즘 등 현대 서구 사상사 확립을 위한 사상적 기초와 인식적 토대를 마련한 작가로 인정되고 있을 뿐 아니라, 정전화되어 있던 사실주의적 작품들을 거부하고 문학에서의 사실주의를 배격하였으며 인위성의 시학을 주창한 작가로도 정평이 나 있다.[2]

---

1) 정경원. [라틴아메리카 문학사 II], 서울: 태학사, 2001, pp.899-901, 1028.
   호르헤 루이스 보르헤스(Jorge Luis Borges, 1899~1986)는 아르헨티나 태생의 시인이며, 산문가, 평론가, 교수, 강연자, 수필가, 경탄할 만한 문집의 작가, 독일 문학 연구지의 저자로 우리 시대의 독자들과 비평가들을 현혹시킬 만큼 다양하고 독창적인 작품 활동을 했다. 그의 시와 수필 작품은 철학, 형이상학, 신학, 동양 문학, 영국 문학 그리고 무한, 영원성, 시간, 신, 범신론, 관념론, 개별성 등 보편 인류의 문화적 전통에서 이끌어낸 사상과 신념으로 충만하다. 그에게서는 하나의 미로처럼 시에서 수필로, 다시 수필에서 단편으로 옮겨지는, 지적 사유에서 기원한 은유적 유희의 체계가 나타난다.
2) 낸시 케이슨 폴슨. [보르헤스와 거울의 유희], 정경원 외 옮김, 서울, 태학사, 2002, p.24.

그런데 때로는 지나칠 만큼 현학적으로 보이는 글쓰기로 인해 그
의 문학에 대한 문단 및 비평계의 평가도 다양했다. 물론 그의 문학
세계에 대한 평가 역시 시대적 변천과 더불어 변화해 왔던 것이 사
실이지만, 혹자는 그의 문학을 일컬어 주로 철학적 직관을 문학 언
어 속에 담아낸 것으로, 문학이라기보다는 철학이라고 평했다. 그런
가 하면 또 다른 비평가들은 그의 문학에 철학적 가치는 없다고 주
장한다. 그의 문학에 등장하는 철학적 요소들은 순수한 문학적 기능
만을 담당할 뿐이라는 것이다. 그러나 이런 주장들이 팽팽하게 맞서
왔었음에도 불구하고 스스로 작가이기를 고집하는 보르헤스가 철학
자가 아님은 분명하다. 실제로 보르헤스를 특정한 철학의 한 계보상
에 위치시킬 수 있을 것인가라는 질문에 대해 하이메 레스트 Jaime
Rest의 경우에는 보르헤스를 유명론자의 대열에 합류시키고 있으며,
후안 누뇨 Juan Nuño는 플라톤주의자로 간주한 바 있다.[3] 그러나
이에 대해 보르헤스 자신은 수긍하지 않는다. 그는 관념론자가 되기
위해서는 뭔가를 믿어야 하지만, 자기 자신은 그 무엇에 대해서도
믿지 않는 회의론자라고 말했을 뿐 아니라, 한발 더 나아가 자신을
철학자로 간주하지 말아줄 것을 당부하고 있다. 쟝 드 밀러레 Jean
de Milleret와의 인터뷰에서는 "나를 철학자 혹은 사상가로 만들고
싶어 하는 사람들이 있겠지만, 나는 모든 체계적인 사고를 포기한
사람이다. 늘 나의 사고는 또 다른 방향으로 돌출하기 때문이다."[4]
고 밝히기도 했다. 따라서 보르헤스를 철학자로 보기보다는, 다만 작
가라면 누구라도 가질 수 있는 존재론적·인식론적 고뇌를 문학 속

---

3) Martín Lafforgue, Antiborges, Buenos Aires: Ediciones B Argentina S.
A., 1999, p.368.
4) Jean de Milleret, Entretiens avec Jorge Luis Borges, París, Pierre Balfond, 1967.
Quieren hacer de mí un filósofo y un pensador, pero es cierto que
repudio todo pensamiento sistemático porque siempre tiende a trampear.

에 훌륭하게 용해시켜 설명해낸 작가로 보는 것이 타당할 것이다.[5] 보르헤스의 문학이 난해하게 느껴지는 것도 바로 이러한 이유에서인 것이다.

기본적인 철학의 영역을 편의상 존재론, 인식론, 가치론으로 크게 삼등분한다는 전제하에, 본 연구자는 보르헤스 작품을 대할 때마다 특히 다음과 같은 부분에 관심을 갖지 않을 수 없었다. 그것은 보르헤스가 난해한 철학적 이론들, 특히 자신만의 독특한 존재론과 인식론적 시각을 문학 속에서 놀랄 만큼 다양한 방식으로 풀어내고 있다는 점이었다. 따라서 그가 우주의 본질을 자신의 문학 속에서 어떤 모습으로 구현해내고 있는가와, 그 우주를 인식하는 인간의 모습은 어떻게 형상화되고 있는가 하는 것은 늘 연구자의 관심의 초점이 되어 왔다.

예를 들어, 로고스 중심주의적 사고가 팽배했던 시대의 이상향은 코스모스적인 질서가 유지되던 유토피아적 세계였던 데 비해, 「바벨의 도서관 Biblioteca de Babel」에서 보르헤스는 우주를 혼돈스러운 세계의 메타포인 '도서관'으로 그려내고 있다.

> "우주(다른 사람들은 도서관이라 부르는)는 부정수 혹은 무한수로 된 육각형 진열실들로 구성되어 있다. (……) 나는 도서관은 끝이 없다고 단언한다. (……) 도서관은 구체(球體)로 되어 있다. 그것의 정중심은 각개의 육각형이고, 그것의 원주는 측정이 불가능하다."

---

5) 정경원. op. cit., p.904.
  '철학을 근간으로 한 창작 작업이 결코 예술 작품을 모토로 한 창작보다 덜 환상적인 것이 아니었으므로' 종교 혹은 철학에 있어서도 보르헤스는 항상 독창적이고 불가사의한 것을 추구한다. 따라서 그의 단편소설들은 늘 두 가지 의미, 즉 소설적 사건에 대한 직접적인 서술이라는 의미와 새로운 사상의 제시 혹은 가공의 인물 속에 형상화된 문제점의 표출이라는 의미로 읽혀질 수 있다.

El universo (que otros llaman la Biblioteca) se compone de un número indefinido, y tal vez infinito, de galerías hexagonales⋯⋯ (⋯⋯) Yo afirmo que la Biblioteca es interminable. (⋯⋯) La Biblioteca es una esfera cuyo centro cabal es cualquier hexágono, cuya circunferencia es inaccesible.[6](OC Ⅰ, pp.465－466.)

그런가 하면, 「알렙 El Aleph」에서는 또 다른 구체의 메타포인 '알렙'을 통해 우주를 묘사했다.

"알렙의 직경은 2~3센티미터에 달할 듯싶었다. 그럼에도 불구하고 전혀 크기의 축소 없이 우주의 공간이 그 안에 들어 있었다. 하나의 사물(예를 들어, 거울에 비친 달)은 무한히 많은 사물들이었다. 왜냐하면 나는 아주 또렷하게 우주의 모든 지점들로부터 그것을 볼 수 있었기 때문이었다."

El diámetro del Aleph sería de dos o tres centímetros, pero el espacio cósmico estaba ahí, sin disminución de tamaño. Cada cosa (la luna del espejo, digamos) era infinitas cosas, porque yo claramente la veía desde todos los puntos del universo.(OC Ⅰ, p.625.)

또한 '도서관'으로 비유된 우주 속에 존재하면서 그 우주를 이해하고자 하지만 불가지론에 봉착하고 마는 인간의 위상을 '도서관의 사서'로 그려내고 있다.

"불완전한 사서인 인간은 우연의 산물, 또는 심술궂은 조물주들의

---

6) 앞으로 호르헤 루이스 보르헤스의 Obras Completas Ⅰ, Ⅱ, Ⅲ권에 포함된 작품 문구의 원문 인용에서는 그 제목과 페이지를 각주로 처리하지 않고 인용문구 뒤에 괄호를 사용해 밝히되, Obras Completas는 OC라는 약어를 사용해 표기하도록 한다.

작품일지도 모른다. (……) 자신의 변론서를 찾아 나선 사람들은 그것을
찾을 수 있는 가능성, 또는 그 책의 불충실한 해적판들이나마 찾을 수
있는 확률이 '영'이라는 것을 생각지 못했다."

El hombre, el imperfecto bibliotecario, puede ser obra del azar o de
los demiurgos malévolos. (……) ……los buscadores no recordaban que la
posibilidad de que un hombre encuentre la suya, o alguna pérfida
variación de la suya, es computable en cero.(OC Ⅰ, pp.466－468.)

보르헤스가 이처럼 불가해한 우주와 불가지론에 빠져버린 인간의
모습을 상정하고 있는 것은 로크에서 버클리를 지나 흄과 쇼펜하우
어로 이어지는, 경험론에 기반을 둔 인식론적 흐름을 수용한 데 기
인한다. 즉 제논의 역설, 버클리의 유명론, 쇼펜하우어의 관념론과
니힐리즘이 보르헤스 문학의 근간인 것이다.[7]
이렇게 로크에서 쇼펜하우어에 이르는 인식론은 일찍이 이런 이론
들을 접한 보르헤스가 우주의 본질을 불가해한 것으로 규정하고, 그
것을 이해하려는 인간의 노력을 회의적인 입장에서 바라보도록 만드
는 계기가 되었다.
앞서도 언급한 바와 같이 보르헤스가 바라보는 우주는 질서정연한
법칙이 없는 불규칙적으로 변화하는 차원에서 뒤섞여 있는 상태, 즉
혼란스러움 그 자체였다.

"현실 또한 질서정연하다고 반박하는 것은 쓸데없는 짓이리라. 어쩌
면 현실이 그럴는지도 모른다. 그러나 그것이 질서정연하다는 것은 여
태까지 우리가 전혀 인식하지 못하고 있는 신적인 법―나는 비인간적

---

7) Myrta Sessarego, Borges y el laberinto, Consejo Nacional para la Cultura
   y las Artes, México, 1998, p.43.

법이라고 번역한다 — 의 관점에서 볼 때 그러하다는 말이다."

　Inútil responder que la realidad también está ordenada. Quizá lo esté, pero de acuerdo a leyes divinas – traduzco: a leyes inhumanas – que no acabamos nunca de percibir.(OC Ⅰ, p.443.)

　"끝없이 두 갈래로 갈라지는 길들이 있는 정원은 불완전하지만 그렇다고 거짓되지는 않은 우주에 대한 하나의 이미지이다."

　El jardín de senderos que se bifurcan es una imagen incompleta, pero no falsa, del universo……(OC Ⅰ, p.479.)

　이렇게 무질서하고 혼돈스러운 공간을 일컬어 미셸 푸코는 『말과 사물 Las palabras y las cosas』의 서문에서 '헤테로토피아 heterotopía', 즉 혼재향이라는 명칭을 사용한 바 있다.[8]
　그런가 하면, 프랑스 신비평 계열에 속하는 모리스 블랑쇼는 "보르헤스에게 있어서는 우주가 곧 책이고 책이 곧 우주"라 했으며[9], "만일 세계가 한 권의 책이라면 모든 책은 세계이다"고 했다.[10] 즉 보르헤스는 혼재향적 우주를 책, 다시 말해 글쓰기 속에서 다시 한 번 구현해내고 있는 것이다. 블랑쇼는 또한 보르헤스가 제시하는 새로운 인식론적 공간, 즉 헤테로토피아를 일컬어 우주를 하나의 책으

---

8) Michel Foucault, Las palabras y las cosas, traducido por Elsa Cecilia Frost, Mexico: Siglo xxi editores, s.a. de c.v., 1990, p.3.
9) *Le libre à venir*, Paris, Gallimard, 1959. Traducción de Edith Jonsson / Jaime Alazraki, Jorge Luis Borges, Altea, Taurus, Alfaguara S. A., 1987, p.212.
　Para borges, el libro es en principio el mundo y el mundo es el libro.
10) I*bid.*
　Si el mundo es un libro, todo libro es el mundo.

로 바라보는 무한한 형이상학적 공간이라는 의미에서 '문학의 공간'
이라 불렀다. 즉 물리적이고 유형적인 세계가 아닌, 허구로 이루어진
인식론적 공간임을 밝히고 있는 것이다.

　이러한 지적에 의거, 연구자는 본고에서 우선 보르헤스의 문학이
구현하고 있는 세계를 혼재향적 세계로 정의하고, 왜 그것이 혼재향
적인가를 질문해보고자 한다. 그리고 그 대답을 도출하는 방법으로
써, 헤테로토피아라는 인식론적 세계가 실질적으로 그의 문학에서
구현되고 있음을 우주인식론, 자아인식론, 시간인식론이라는 심층적
인식의 구조와 언어를 통한 표출이라는, 즉 문학이라는 표층적 형태
를 통해 접근하여 증명하고자 한다.

　우주인식론적 측면에서는 보르헤스의 우주 인식에서 드러나는 혼
재향적 양상을, 자아인식론적 측면에서는 자아 인식에서 나타나는
혼재향적 양상을, 시간인식론적 측면에서는 시간의 개념을 인식하는
보르헤스적 사유의 혼재향적 특성을 천착할 것인데, 이처럼 세 측면
에서 접근하게 된 것은 보르헤스의 철학적 사유의 결정판과도 같은
「시간에 대한 새로운 반론 Nueva refutación del tiempo」에서 보르헤
스 스스로가 "시간의 연속을 부정하는 것, 나를 부정하는 것, 거대한
우주를 부정하는 것은 언뜻 보아 절망스러운 것 같지만 은밀한 위로
가 되기도 한다."(OC Ⅱ, p.149)고 말함으로써 시간과 자아, 우주 인
식과 관련하여 많은 철학적 사유와 고민을 거듭했던 것으로 추론되
기 때문이었다. 그리고 이 세 측면에서 드러나는 혼재향적 인식론을
문학이라는 틀에 담아내는 데에서 불거져 나올 수 있는 문제점들을
보르헤스가 어떤 방식으로 해결해나가는지 분석해보고자 네 번째 접
근 방법을 보르헤스 인식론의 표층적 형태로서의 언어적 측면으로
정해보았다. 그것은 보르헤스의 말대로 "모든 언어가 연속적인 특성
을 지니고 있으며, 영원한 것이나 일시적이지 않은 것들을 정의하기

위해서는 유효하지 못하기 때문"이다.

보르헤스의 문학세계를 혼재향적 우주로 표현하는 것은 이미 이견의 여지가 없는 정설로 자리잡고 있으며, 익히 잘 알려진 사실이기도 하지만, 그러한 이론을 뒷받침해줄 수 있는 검증작업은 여전히 체계적으로 이루어지지 못하고 있는 상황이다. 따라서 본 연구자는 본고를 통하여 보르헤스의 문학세계를 일컬어 '혼재향적'이라 명명할 수밖에 없는 명백한 이유를 보르헤스의 작품세계를 통하여 확인해볼 것이며, 동시에 보르헤스 특유의 인식론을 언어를 통해 표층으로 형상화시킨 보르헤스의 혼재향적 작품세계가 갖는 의미에 대해 천착해볼 것이다. 혼재향적 인식론이라는 철학적 사유와 그 표출인 혼재향적 문학공간이야말로 보르헤스 문학이 제시하는 무한한 문학의 가능성을 위한 가장 기본적인 초석이기에 이를 확인하는 작업은 큰 의미를 가질 수 있을 것으로 사료된다.

2. 논문의 구성 및 연구방법

푸코의 말에 따르면, 헤테로토피아는 코스모스적인 질서가 유지되는 기존의 유토피아를 해체한다고 한다. 당혹감을 불러일으키는, 절대적 사고가 붕괴된 상태야말로 보르헤스가 구현하고 있는 역설적 유토피아인 것이다.[11]

본고에서는 우선 혼재향적 세계, 즉 헤테로토피아가 무엇인지를

---

11) Michel Foucault, *op. cit.*, p.3.

정의하고, 보르헤스의 개인적인 성장배경과 당시의 시대적 배경을 일별함으로써 보르헤스가 인식론적 회의를 갖게 된 이유, 그러한 인식론과 더불어 헤테로토피아적인 우주관을 갖게 된 배경 그리고 그러한 사고와 고뇌의 결과를 문학이라는 형식을 빌려 형상화시키게 된 과정을 간략하게 고찰하기로 한다. 더불어 보르헤스만이 지닌 독특한 헤테로토피아의 특징을 개괄해보도록 한다.

둘째로는, 앞서의 헤테로토피아가 실질적으로 보르헤스 문학에서 어떤 방식으로 구현되고 있는지를 검증해보되, 그 구체적 접근 방법은 네 가지로 하고자 한다. 먼저 ① 우주인식의 혼재향 검증에서는 보르헤스의 작품들 속에서 현실을 인식하는 방법이 매우 헤테로토피아적임을, 즉 현실과 허구를 이분법적으로 분리하는 기존의 인식론을 해체하고 있음을 보여주고, ② 자아 인식의 혼재향 검증에서는 보르헤스의 자아 인식 형태를 고찰함으로써 기존의 자아와 타자를 구분하는 절대적 사고의 붕괴를 보여주며, ③ 시간 인식의 혼재향 검증에서는 기독교적 선형시간의 개념을 해체하고 오로지 현재의 무수한 파편만이 존재하는 영원한 현재의 개념을 상정한 보르헤스의 혼재향적 시간관과 그것의 문학에의 적용을 보여주고, ④ 이러한 인식론의 표출형태인 언어의 혼재향에서는 동시적으로 이루어지는 인식을 담아내기에는 그 순차적인 특성으로 인해 한계를 드러내는 언어를 인식하지만, 그러한 한계에 직면하여 단순히 언어체계를 붕괴시키는 차원에 머무르지 않고 그 체계를 수용하면서도 그 안에서 기존의 언어에 대한 인식이라는 기반 자체를 혼돈스럽게 뒤흔들어 놓는 해체적 시각을 보여주고자 한다. 이때 분석 대상으로는 보르헤스의 사유의 결과나 문학이론이 담긴 작품과 이를 실제 글쓰기로 풀어낸 작품들을 공히 선택하기로 한다.

특히 우주인식에 있어서의 혼재향적 특징을 검증해내기 위해서는 현실 인식이라는 매우 철학적인, 특히 인식론적인 고찰을 담아낸 문학을 분석해야 함으로, 이를 다시 보르헤스의 우주관에 지대한 영향을 미친 것으로 여겨지는 범신론, 불교, 그노시즘, 카발라 그리고 쇼펜하우어의 세계의 본질인 의지 등을 세부적인 고찰을 위한 주춧돌로 삼는다.

또한 본고의 분석 대상 작품으로는 헤테로토피아적 우주가 가급적 명확하게 묘사될 수 있는 문학형식인 에세이나 산문을 선택함으로써 『토론 Discusión』(1932), 『불한당들의 세계사 Historia universal de la infamia』(1935), 『픽션들 Ficciones』(1944), 『알렙 El Aleph』(1949), 『또 다른 심문들 Otras Inquisiciones』(1952)에 포함된 작품들로 한정하기로 한다. 즉 『토론 Discusión』(1932)의 「카발라에 대한 변론 Una vindicación de la Cábala」, 「가짜 바실리데스에 대한 변론 Una vindicación del falso basílides」, 「월트 휘트만에 대한 소고 Nota sobre Walt Whitman」, 『불한당들의 세계사 Histcria Universal de la infamia』(1935)의 「위장한 염색업자 하킴 데 메르브 El tintorero enmascarado Hakim de Merv」, 『픽션들 Ficciones』(1941)의 「틀뢴, 우크바르, 오르비스 테르티우스 Tlön, Uqbar, Orbis Tertius」, 「원형의 폐허 Las ruinas circulares」, 「허버트 퀘인의 작품에 대한 연구 Examen de la obra de Herbert Quain」, 「끝없이 갈라지는 길들이 있는 정원 El jardín de senderos que se bifurcan」, 「기억의 천재 푸네스 Funes el memorioso」, 「배신자와 영웅에 관한 논고 Tema del traidor y del héroe」, 『알렙 El Aleph』(1949)의 「신학자들 Los teólogos」, 「전사와 포로에 관한 이야기 Historia del guerrero y de la cautiva」, 「따데오 이시도로 끄루스의 전기(1826-1874) Biografía de Tadeo Isidoro Cruz(1826-1874)」, 「신의 글 La escritura del Dios」, 『또 다른 심문들 Otras Inquisiciones』(1952)의 「존 윌킨스의 분석적 언어 El idioma analítico de John Wilkins」, 「카프카와 그의 선구자들 Kafka y sus precursores」, 「어느 전설의 형상들 Formas de una leyenda」, 「시간에 대한 새로운 반론 Nueva refutación del tiempo」을 중심으로 살펴보기로 한다.

헤테로토피아에 대한 고찰

1. 헤테로토피아의 정의

인간은 늘 자신이 소유하고 있는 것에 대해 항상 불만족하며 결핍된 것을 추구하고자 하는 기본적인 욕망을 지니고 있다. 따라서 결핍된 것을 보충하기 위한 인간의 부단한 노력은 세계 발전과 진보의 원동력이 되어 왔으며, 보다 나은 삶을 이룩해내기 위한 원천이 되어 왔다. 그 결과 현실을 초월해 보다 나은 사회상을 묘사한 것이 바로 그 어디에도 존재하지 않는 이상향 유토피아였다. 그렇게 보면 유토피아라는 것은 사회적 상황에 따라, 즉 시대에 따라 그 색깔을 달리할 수 있는 가변적인 시대정신으로 파악될 수도 있겠다. 예를 들어, 고대 그리스의 플라톤은 『국가론』에서 신분제에 입각한 스파르타적 폴리스로서의 유토피아를 지향했는가 하면, 제2차 세계대전

후의 현대사회는 절대적 이성과 편협한 개인주의에서 탈피하여 모두
가 함께하는 하나 된 사회를 꿈꾸기도 하는 것이다.

물론 유토피아 개념의 역사적 기원은 영국의 정치가이자 사상가이
며 작가로서 『유토피아』를 저술한 바 있는 토마스 모어 Sir Thomas
More(1478~1535)에서 비롯되었지만, 어원 자체를 살펴보면, 고대
그리스어로 거슬러 올라가며, Utopía=Ou(없는 것)+topos(장소), 즉
실재하지 않는 장소 no-where에서 유래하는 것으로 알려져 있다.
결국 유토피아란 '어디에도 없는 곳'이란 뜻으로, 현실에는 존재하지
않는 이상향(理想鄕)이 바로 유토피아인 것이다.[1] 유토피아라는 것
이 현실적으로 실현 불가능하기에 마르크스와 엥겔스 등은 이를 현
실과 괴리된 비과학적인 것으로 비판하였지만, 사실은 그 이론적인
가능성에 관심을 두어야 하며, 토마스 모어의 말대로 이론적 실현
가능성이야말로 유토피아가 갖는 진실성이며 현실비판의 기준이 되
어야 할 것이다. 즉 인간의 상상력에 의한 현실비판이야말로 유토피
아의 진실성을 의미하는 것이다.

이렇게 국가형태의 개념으로서의 유토피아가 있다면, 문학 장르로
서의 유토피아 역시 존재한다. 문학 장르로서의 유토피아 문학은 일
반적으로 가공성을 띠고 있으며, 픽션임에도 불구하고 특정한 사회
나 국가에 대한 구체적인 상을 제시해주고 있다.

문학으로 형상화된 유토피아로는 우선 성서 속에 묘사된 에덴동산
을 들 수 있다.[2] 성서 속에 그려진 에덴동산은 평온하고 아름다우며
갈등이 존재하지 않는 지고의 낙원으로 그려지고 있다.

그런가 하면 16세기 토마스 모어의 작품 『유토피아』에 등장하는

---

1) 모어, 토마스. [유토피아], 원창엽 옮김, 서울: 홍신문화사, 2001, p.9.
2) [성경전서], 대한기독교서회 편, 서울: 대한성서공회, p.2.
   여호와 하나님이 동방의 에덴에 동산을 창설하시고 그 지으신 사람을
   거기 두시니라.(창세기 2장 8절)

유토피아라는 섬나라도 있다. 토마스 모어의 『유토피아』는 영국의 산업혁명 초기를 시대적 배경으로 삼고 있다. 이 당시 영국사회에는 실업자가 속출하는 등 사회적 혼란이 일고 있었다.

이 책의 1부에서는 이런 영국의 사회 현실을 예리하게 비판하고 있으며, 2부에서는 유토피아라는 완전한 사회의 즐겁고 교훈적인 내용을 소개하고 있다. 즉 『유토피아』에서 묘사된 모어의 이상국은 모든 측면에서 매우 진보적인데, 예를 들면 유토피아의 수도 아모로우트 Amaurote의 사람들은 6시간 일하고 8시간 자며, 그 외에는 각자의 취미 특히 독서로 시간을 보내고 있다. 또한 유토피아의 시민들은 자위상의 필요 때문에 혹은 폭정에 신음하는 국민의 해방을 돕는 경우 외에는 전쟁을 하지 않으며, 교육은 범죄의 예방으로 실시될 뿐이고, 교도소에 갇힌 사람들은 유익한 생계수단을 위한 교육을 받고 석방된다. 뿐만 아니라 국가의 부는 모든 시민에게 균등 분배된다. 결국 모어의 『유토피아』는 플라톤의 『국가론』의 영향을 받은 것으로 보이며, 훗날의 프란시스 베이컨과 같은 유토피아 작가들에게 영향을 줌으로써 모어를 유토피아 문학의 선구자로 자리매김해 주었다. 이처럼, 문학에서 구현해내는 유토피아 역시 시대적 상황에 따라 지향하는 목표도 다르고, 그 구현의 방식도 다를 수밖에 없지만, 근본적으로 유토피아의 본질은 헨리 8세의 이혼 문제에 반대하다가 사형당하는 전통적인 가톨릭 신도의 모습을 보여줌으로써 종교개혁 측면에서의 시도마저도 휴머니스트의 온건과 보수성의 한계를 넘어서지 못했던 모어에서도 엿보이듯이 윤리에 입각한 도덕 철학이라 할 수 있을 것이다. 특히 유토피아는 이기적인 요소가 전혀 없는 이상적인 것을 추구했으므로 그 도덕론은 고대의 사상 중에서도 에피쿠로스의 쾌락주의3)와 스토아학파의 윤리관의 색채가 짙다고 볼

---

3) 쾌락주의 윤리설을 최초로 옹호하고 나선 바 있는 키레네학파의 아리스

수 있다.

　이처럼 작가가 현실사회에 확고한 기반을 두고 현실에 대해 분석
하고 비판하는 유토피아 문학과 다소간의 차이가 있을 수는 있지만,
풍자문학의 대표 격인 조나단 스위프트의 『걸리버 여행기』 역시 유
토피아 문학의 한 지류에 속할 수 있다. '보다 나은 사회'를 건설하
기 위해 필요한 메시지를 담고 있기 때문이다. 굳이 앞서의 유토피
아 문학과 변별 점을 들자면, 스위프트는 현실에 대한 부정적 태도
를 견지하면서 비판과 고발을 할 뿐 건설적인 대안이나 사회상을 구
체적으로 제시하거나 언급하지 않았다는 데 있다.4) 이런 차이 때문

　팁푸스는 행복을 쾌락의 총계로 보았다. 따라서 최선의 사람은 여러 가
지 원천에서 오는 쾌락에 민감하여야 함은 물론이요 최대량의 쾌락을
얻게끔 행동하도록 식견을 발휘할 줄 알아야 한다고 주장한다. 또한 같
은 쾌락주의 윤리학의 옹호자인 데모크리토스는 이성은 감각적인 현상
을 넘어서 모든 감각보다 앞서는 궁극적 원자에까지 침투하는 것이기
때문에, 그것은 온갖 일시적 쾌락을 넘어서 영속적이며 따라서 최선의
쾌락에까지 침투하기도 한다고 말한다. 여기에서 더 발전한 에피쿠로스
의 학설은 어찌할 수 없는 좌절의식에 뿌리박고 있는 쾌락주의이다. 다
만 그는 육체적인 만족에 정신적인 쾌락을 추가함으로써 아리스팁푸스
의 쾌락주의를 보다 품격 있고 세련된 것으로 만들었으며, 아리스팁푸스
의 쾌락이 순간적인 것이었다면 에피쿠로스가 추구하는 쾌락은 영원한
것이었다.

4) 1·2부에 비해 널리 알려져 있지 않은 3부에서 걸리버는 하늘을 나는
섬 라퓨타를 찾아가며, 4부에서는 말들의 나라 후인힘을 여행하게 된다.
라퓨타 사람들은 보통 사람들과 전혀 다를 바 없는 외모를 지니고 있지
만, 날아다니는 섬 위에서 살면서 오로지 사색과 연구에만 몰두하는 현
자들이다. 그들은 생산적인 노력은 전혀 하지 않고 오로지 쓸데없는 생
각과 연구에 세월을 바치고 있으며, 식량은 땅 위의 무노디 여왕이 정기
적으로 제공해주는 데 의지하고 있다. 그들은 한마디로 쓸데없는 연구와
탁상공론으로 현실을 저버린 채 살아가고 있는 것이다. 그런가 하면 휴이
넘에서는 인간에게서 이성을 제거해버린 동물 야후(Yahoo)가 등장하는데,
이들은 유토피아인 휴이넘에서 유일하게 자연에 거슬러 살아가는 존재
이며 모든 존재들이 싫어하다 못해 역겨워하기까지 하는 존재로 그려지
고 있다. 주목할 점은, 그런 야후조차도 휴이넘에서는 걸리버를 통해 알

에 단순한 유토피아 문학으로 취급하기에는 어려움이 있는 『걸리버 여행기』는 인간의 사악함, 즉 인간 '이성'의 부정적인 면을 그려냈다는 점에서 오히려 추후에 언급하게 될 디스토피아 문학과의 연계를 점치게 해준다.

어쨌든, 유토피아 사상은 한 시대의 비판정신과 개혁사상의 발로로서 새로운 사회상을 수립하고 이를 실현하려는 인간욕구의 표현으로 볼 수 있다. 그것은 기본적으로는 현실초월의식이지만 또 한편으로는 현실에 대한 철저한 인식에서 출발하고 있어서 그 시대성과 역사성을 잘 반영하고 있다. 이것은 특히 격변하는 시대에 더욱 활발히 나타나므로 종교개혁·르네상스·신대륙의 발견·과학혁명·산업혁명 등의 급물살을 타고 있던 16~18세기 유럽 사회 전반에서 강하게 나타났었다. 토마스 모어의 『유토피아』에서도 그렇듯이, 로고스 중심주의적 사고에서 이상향은 코스모스적인 질서가 유지되고 있는 유토피아였다.

그러나 20세기에 들어서면서 유럽인들은 19세기의 낙관적 신념을 상실하고 그들이 기대했던 진보의 목표가 하나의 환상이었음을 자각하게 되었다. 그 결과, 그들이 느끼게 된 실의와 좌절은 유토피아 문학의 부재와 유토피아 사상의 마비를 초래하였으며, 한걸음 더 나아가 유토피아에의 꿈이 상실됨과 동시에 반 유토피아, 즉 안티—유토피아 anti—Utopia 혹은 디스토피아 Distopia로 명명되는 또 다른 개념이 선보이게 된다.

디스토피아라는 말은 디스—유토피아 dis—Utopia에서 온 말로, 유토피아가 '낙원'을 의미한다면 그 반대인 디스토피아는 '지상에 존재하는 지옥'을 의미한다고 할 수 있다. 대표적인 3대 디스토피아 문학으로는 흔히들 예프게니 쟈마찐 Zamyatin의 『우리들 We』과 올

게 된 인간이라는 존재보다는 괜찮은 존재로 여겨진다는 것이다.

더스 헉슬리 Huxley의 『멋진 신세계 Brave New World』, 조지 오웰 Orwell의 『1984』를 꼽는다.

이 세 작품에서도 디스토피아 문학의 근간으로 여겨지는 작품이 바로 1920년대에 발표된 『우리들』이다. 29세기를 배경으로 하고 있는 이 작품 속에서는 공산 전체주의 사회를 통해 근대적인 디스토피아를 묘사하고 있는데, 이 작품 속의 세계는 유리로 된 건물 속에서 사생활을 보호받지 못하고 살아가는, 아니 사생활의 개념이 무엇인지조차 깨닫지 못한 사람들이 살아가는 공간이다. 말하자면, 개인의 자유라는 개념이 세뇌교육과 감시를 통해 완전히 사라져버린 세상이 펼쳐지는 것이다. 이 작품이 충격을 던져준 것은 섬뜩한 줄거리도 그렇지만 인간의 '이성'이라는 이름으로 자행되는 행위가 얼마나 비인간적일 수 있는가를 적나라하게 보여주었다는 데 있다. 결국, 이성이나 과학과 같은 소위 합리적인 것만을 맹종하는 일이 매우 위험할 수 있음을 경고하고 있는 것이다.

1930년대에 발표된 소설 『멋진 신세계』역시 문명이 극도로 발달하여 과학이 모든 것을 지배하게 된 세계를 그린 반 유토피아적 풍자소설이다. 이 소설에서는 첫 장면에 런던의 중앙인공부화장, 즉 인간 태아가 기계적으로 부화하는 장소가 등장하는데, 이곳에서는 부모의 사랑을 통한 자연스런 출산은 축복이 아닌 저주일 뿐이다. 이런 사회에서는 안정이 가장 중요시되므로 인간의 존엄성이나 자유는 무의미하며, 출산과정이 기계적이므로 당연히 부모와 형제가 없고, 그 결과 감정의 갈등 역시 극소화될 수 있는 것이다. 이곳에서는 하나님이 삶의 중심이 아니라 과학기술이 모든 가치의 중심이다. 야만인 지역 출신의 세비지 존은 우연한 기회에 문명사회로 진출하지만, 결국 적응하지 못하고 자살하게 되는 인물로, "나는 편안한 삶을 원치 않소. 나는 신을 원하오. 나는 시(詩)를 원하고, 현실적인 위험을 원하고, 자유를 원하고 선을 원하오. 나는 죄악을 원하오."라고 역설한다. 즉 부조리한 인간의 조건을 긍정하는 작가의 목소리가 묻어나고 있는 것이다.[5]

영국의 오웰이 쓴 『1984』 역시 오세아니아라는 곳에서 자행되는 전체주의의 지배를 그려내고 있다. 권력집중이 자기목적화된 당에 의해 대중은 지배당하고 있다. 당은 지배의 수단으로서 늘 전쟁상태를 유지하고, 거의 신격화된 지도자 빅 브라더에 대한 숭배를 생활화하며, 개인생활을 감시하고, 사상을 통제하기 위해 언어를 간략화하였으며, 역사를 개서하기도 한다. 이곳에서는 사상통제와 과거통제라는 정치철학이 철저하게 지켜지는데, 거리와 방은 물론 심지어는 화장실에까지 설치된 감시스크린과 신어(新語)체계를 통해 사상이 통제되며, 모든 기록을 날조함으로써 과거통제가 이루어지는 것이다. 주인공 윈스턴 스미스는 모든 것을 통제하는 이러한 당의 독재에 무력하게 반항하다가 사랑도 잃고 스스로 세뇌되어 죽음을 기다리게 된다.

이처럼 20세기 인류가 맹신하던 과학의 발전은 기대와는 달리 전혀 유토피아적이지 못한 결론을 도출해내었다.

디스토피아적 세계는 영화 부분에서 좀 더 확연히, 설득력 있게 드러나고 있다. 그 대표적인 작품으로 모네갈이 『보르헤스가 쓴 보르헤스 Borges por él mismo』에서 잠시 언급한 바 있던[6] 장-뤽 고

---

5) 복제인간을 양산해내는 고통과 갈등이 없는 미래의 전체주의 사회를 디스토피아로 그려내면서도 작가가 굳이 『멋진 신세계』라는 제목을 붙인 것은 현실에 불만을 품은 사람들이 꿈꾸는 물질만능, 과학만능의 멋진 신세계가 실제로는 인간성의 상실로 이어지는 악몽의 세계일 수 있음을 역으로 보여주고 있다고 하겠다.

6) Emir Rodriguez Monegal, Borges por él mismo, Editorial Laia, 1983, p.87.
Hay un momento en Alphaville, el film de Jean-Luc Godard, en que el cerebro electrónico que dirige el mundo expone su filosofía en un largo monólogo, frente al rostro impávido de Eddie Constantine.

다르 Jean-Luc Godard 감독의 지독히도 난해한 디스토피아 영화『
알파빌 Alphaville』7)과 프랑소와 트뤼포 Francois Truffaut 감독의『
화씨 451 Fahrenheit 451』8), 앤디 워쇼스키 Andy Wachowski와 래리
워쇼스키 Larry Wachowski 형제가 감독한 영화『매트릭스 Matrix』9)

---

7) 논리적 합리성 그리고 그것의 집합체로서의 국가에 대한 질문을 던지는
이 영화는 고다르 영화 중에서 그나마 SF라고 이름 붙일 수 있는 작품이
다. 알파빌은 파리를 그대로 찍은, 과거와 현재 그리고 미래가 교차하는
고다르식의 가상 미래국가이다. 이러한 알파빌의 설정과 배경의 낯익음은
이 영화가 미래에 대한 경고보다는 오히려 현실세계에 대한 고찰을 요구
함을 시사한다. 이 영화를 만들 때 고다르는 유명한 기호학자 롤랑 바르
트에게 출연해 달라고 요청할 만큼 영화에서 알파빌은 '기호들의 논리'로
구성된 국가로 표현된다. 아인슈타인 공식, 원과 화살표, 스타카토처럼 분
리된 말들, 혼란스러운 방향표시 등은 파편화되면서도 코드화되어 획일적
인 현대사회를 은유하며, 레미가 이 사회에 문학이라는 지성으로 대항하
는 것은 흥미롭다. 고다르 초기 영화 중 파국으로 끝나지 않고 희망을
암시하며 끝을 맺는 거의 유일한 영화이다.
8) 작품 제목『화씨 451』은 종이가 타는 온도를 뜻하고, 이 영화는 책을 태
우는 직업을 가진 '방화수'들의 이야기를 다룬다. 세상의 모든 책이 금
지되어 버린 세계 - 방화수들은 사람들이 몰래 숨겨 놓은 서적에 대한
제보가 들어오면 즉시 출동하여 이를 소각해 버린다. 프랑소와 트뤼포는
레이 브래드버리의 걸작 소설『화씨 451』을 영화화하면서 방화수들이
책뿐만 아니라 그림과 레코드까지, 인류의 모든 문화 예술들을 불태우는
것으로 덧칠하면서 작품의 주제를 확장하고 있다.
대부분의 디스토피아물이 '통제 사회의 승리'로 귀결되는 것과는 달리,『화
씨 451』의 경우 인간의 사고를 제한하려는 시도에 맞서는 이들이 새로운
희망으로 그려지고 있다. 디스토피아 세계의 바깥에 거주하는 '아웃사이
더'들이 책을 한 권 한 권 완전히 암송하는데, 이는 책을 소유할 수 없다
면 외워서라도 후세에 전해야 한다는 생각 때문이다. 책을 태워 없애려
는 디스토피아 사회와 이를 필사적으로 지키려는 사람들, 인류문명의 근
간이 되는 책을 둘러싼 투쟁이 바로『화씨 451』의 주제이고, 그 자체만
으로도 이 작품은 함부로 범접하기 어려운 무게를 갖는다.
9) 매트릭스(matrix)는 우리말로 '자궁'을 뜻하는데, 영화 속의 배경이 되는
가상공간을 가리키는 말이다. 이 가상공간은 AI(Artificial Intelligence)라는
인공 컴퓨터가 인간을 지배하고 통제하는 곳이다. 물론 이곳에 사는 사
람들은 이 사실을 조작된 기억 탓에 모르고 있다. 이 가상공간에는 컴퓨
터의 인간 통제에 맞서 싸우는 반란군이 있고, 그 안에 숨은 배신자도

등을 들 수 있다.

이 세 영화는 공히 물질문명의 어둠을 예리하게 직시하고 있으며, 때문에 세상과 사회에 의미심장한 메시지를 던지고 있다.

고다르의 『알파빌』은 기계적 문명사회가 인간의 사고까지 점령해 가는 것에 대한 경고이자, 통제력을 행사하는 주체인 국가가 제대로 된 도덕적 기반조차 없이 무분별한 통치권만을 행사하고 있는 현실을 통렬하게 꼬집고 있다. '알파빌'이라는 나라에서는 감상적인 단어의 사용을 금지하고 심지어 눈물을 흘리는 것까지도 금지하고 있다. 이러한 폭거의 근간이 되는 것은 "논리적으로 설명되는 것만이 인정된다"라는 대형 컴퓨터 「알파 60」의 판단이고, 오로지 화살표와 수학적 공식들만이 세상을 이끌고 가는 전부로 인정될 뿐이다. 그곳의 주민들은 감수성을 매장당한 채 무기력하게 사회의 부속품이 되어가고, 미리 규정된 계급에 맞추어 비인간적인 대우를 받으면서도 이것의 부당성을 전혀 깨닫지 못한다.

그런가 하면 『화씨 451』에서는 책을 태우는 직업을 가진 '방화수'들의 이야기를 다룬다. 이곳은 세상의 도든 책이 금지되어버린 세계이며, 책을 태워야만 하는 나름대로의 이유가 분명하게 존재하고 있다. 폐쇄된 통제사회를 유지하려면 사람들의 사고를 제한하여 말을 잘 듣게 만드는 게 선행되어야 하는데, 앞서 언급한 쟈마찐의 『우리

있다. 그리고 그들은 자신들의 반란을 성공으로 이끌어 줄 영웅(영화 속에서는 '그'라고만 불린다)을 찾고, 컴퓨터는 인간의 형상을 한 '요원'들을 통해 그들을 추적한다.

'지금 현실이라고 믿고 살고 있는 이 세계가 실제 현실이 아니라면?'이라는 기막힌 상상력과 아이디어에서 발전된 『매트릭스』는 지금의 현실을 허구적인 가상현실로 가정하고 있다. 이런 설정은 놀랍게도 장자의 '나비 꿈' 우화와 비슷하며, 지금의 인류 문명을 비판적으로 묘사하는 힘을 가지고 있다. 또한 인류가 환상에서 깨어나 진실을 깨닫도록 돕는 구원의 전사 '네오'의 대활약이 빛난다. 내용은 그가 '매트릭스'라는 가상현실의 신(God)임을 스스로 깨달아가는 신화적인 구성이다.

들』에서는 세뇌장치를 이용해 단번에 해결하였고, 고다르 감독의 『알파빌』에서는 '금지된 단어를 사용하면 사형'이라는 제도를 통해 아예 단어의 사용을 막음으로써 인간의 사고를 제한했던 것과 같은 맥락에서 『화씨 451』에서는 책을 태워 없애는 것이다.

이 두 영화는 가까운 미래를 배경으로 인간의 삶을 파멸적으로 만들고 있는 완벽한 통제 사회를 다루고 있는 디스토피아물이며, 인간의 사고를 억압하고 제한하려는 모든 행위가 곧 세상을 지옥으로 만드는 것에 다름 아님을 강조하고 있다. 특히 주목할 만한 것은, 사고의 통제를 위해 특정단어의 사용을 계속 금지시켜 단어가 사라지게 만들거나 책을 불태워버리는 방식을 통해 언어의 사용과 인간의 사고력 사이에 존재하는 상관관계를 우회적으로 반증하고 있다는 점이다. 이것은 보르헤스도 작품의 주제로 사용한 바 있는 진시황과 분서갱유 사건을 떠오르게 한다. 즉 시황제는 주민들에게 점술, 천문, 농경, 의약에 관한 서적들을 제외하고는 책을 개인적으로 소장하는 것을 금지시켰던 것이다.[10)]

또 다른 영화『매트릭스』는 사이버 기술과 유전자 복제술이 급속도로 발달하고 있는 현시점에서 '나는 누구이며, 어디에서 왔는가'라는 철학적 주제를 담아내고 있다. 이 영화에서는 단순하게 과학기술의 발달을 통해 이루어낸 세상을 디스토피아로 그려내는 데에 멈추지 않고, 우리가 현실로 느끼고 있는 '매트릭스'라는 외계가 진리를 본 사람들에게는[11)] 한낱 '허상'에 불과하다는 단서를 붙임으로써 세상의 의미

---

10) Lucía Chen, Borges: La Muralla y la quema de libros, *Cuadernos Americanos 79*, Universidad Nacional Autónoma de México, México, 2000, p.196.
Al pueblo no se le permitía poseer privadamente libros de ese tipo, solamente se permitían los libros de adivinación y astronomía, los de agricultura y de medicina.
11) 꿈에서 깨어난 사람만이 꿈속에서의 현실이 꿈이었음을 알 수 있다는

자체를 무화(無化)시키고 있다는 데 그 특징이 있다고 하겠다.

　이상의 디스토피아 작품들도 원칙적으로는 '이성'이라는 모범을 제시하고 있으므로 기존의 유토피아 전통을 계승하고 있는 것으로 보이지만, 그 이면에 더 이상 '이성'이라는 것이 가장 좋은 상태의 꿈의 형상만을 보여줄 수는 없다는 미시지를 담고 있으며 한발 더 나가 절대화된 이성의 성과와 그 이성에 대한 맹종 앞에 경종을 울려주고 있기에 안티-유토피아라고 부르는 것이다. 물론 보르헤스의 「지쳐버린 한 남자의 유토피아 Utopía de un hombre que está cansado」 역시 지독하게 비관적인 예언 정도로 봐도 되는가라는 질문에 대해 이온 아그에아나 Ion T. Agheana는 "사실, 그 작품에서는 헉슬리나 오웰의 유명한 소설 속에 나타나는 비관적 유토피아의 분위기가 물씬 풍겨난다. 그 이야기는 예언서이다. 그러나 보르헤스에게 있어서 모든 미래란 다가올 현재인 만큼, 얼마든지 현재에 일어날 수 있는 이야기이기도 하다."[12]라고 대답함으로써 상기한 디스토피아 작품들과의 변별성을 드러낸 바 있다.

　이처럼 사고의 변천 과정을 거치고 더욱이 양 차 세계대전을 겪으면서 극심한 정체성의 혼란을 겪게 된 20세기 중반 이후, 인류는 더 이상 로고스 중심적인 사고를 유지할 수 없었으며, 그러한 사고는 포스트모더니즘이라는 시대적 정신으로 형상화되면서 시대정신의 산물이었던 유토피아 개념 역시 해체주의적 시각을 반영한, 즉 기존의 이상향을 해체하는 혼재향의 개념으로 대체되기에 이른다.

―――――――――――――

것과 맥락을 같이한다고 볼 수 있다.

12) Carlos Cañeque, Conversaciones sobre Borges, Ediciones Destino, Áncora y Delfín, Barcelona, 1995, p.189.
Efectivamente, tiene ese aire pesimista y utópico de las más conocidas novelas de Huxley y Orwell. Es una profecía, a pesar de que el relato podría ocurrir muy bien en el presente; porque todo futuro en Borges es un presente que espera······.

물론 포스트모더니즘이 모더니즘과의 단절을 꿈꾸면서도 다른 한편 그 연장선상에 있을 수밖에 없었던 것처럼, 헤테로토피아 개념 역시 디스토피아와 동일한 관계에 있다고 볼 수 있다. 즉 과학의 발전을 통해서도 인류가 꿈꾸던 유토피아는 달성할 수 없으며, 따라서 인간의 '이성'이 빚어낼 수 있는 긍정적 결과에 대한 신뢰는 더 이상 유지할 수 없다는 측면에서는 디스토피아와 헤테로토피아가 공통된 관점을 보여주고 있으나, 반면 디스토피아가 '이성'의 부정적 모습을 부각시키고 있음에도 불구하고 기본적으로 '이성'이라는 모범을 지향하고 있기에 선/악의 이분법적 사고의 틀에서 벗어나지 못한다면, 그러한 사고의 틀을 초월하여 이항대립적 개념들의 대립관계를 청산하고 그 개념들의 공존을 수용하는 헤테로토피아는 탈 중심주의적 사고의 새로운 틀을 형성하고 있다는 점에서 변별점을 찾아볼 수 있다는 것이다.

보르헤스는 자신의 작품 곳곳에서 이러한 혼재향의 개념을 창출해 내고 있다. 물론 '혼재향'이라는 명칭을 직접 사용하지는 않았지만, 후대의 비평가들이나 작가들이 그러한 명칭을 사용할 수 있도록 하는 토양을 제공해주고 있었던 것이다. 그것은 해답이 장기인 수수께끼에 대해 물어볼 때 '장기'라는 말은 절대로 하지 않는 것과 일맥상통하는 것일 것이다.(OC Ⅰ, p.479.)

예를 들어 보르헤스는 자아와 타자의 이분적 개념이 붕괴되어 하나의 시공간 안에 혼재하는 양상을 '데자-뷰 Déjà-vu'13) 방식을

---

13) The Skeptic's Dictionary(http://www.rathinker.co.kr/skeptic/dejavu.html)
데자뷰란 단어를 처음 사용한 사람은 초능력 현상에 강한 관심을 갖고 있던 에밀 보아락(Emile Boirac, 1851-1917)이었다. 데자뷰란, 최초의 경험임에도 불구하고, 이미 본 적이 있거나 경험한 적이 있다는 이상한 느낌이나 환상을 말하는데, 경험을 기억(remember)된 사건이라고 한다면, 데자뷰는 아마도 최초의 경험에 충분한 주의를 기울이지 않았거나, 또는 공들여서 코드화되지 않았기 때문에 일어날 것이다. 만일 그렇다면 현재

빌어 작품 곳곳에서 유감없이 드러내 보인다.

나는 갑자기 전에 내가 그 순간을 살았던 것 같은 느낌(정신분석학자들에 의하면 탈진의 상태와 일치하는)을 받았다. (……) 그렇다면 당신은 "호르헤 루이스 보르헤스로군요. 나 또한 호르헤 루이스 보르헤스구요."

Sentí de golpe la impresión(que según los psicólogos corresponde a los estados de fatiga) de haber vivido ya aquel momento. (……) En tal caso usted se llama Jorge Luis Borges. Yo también soy Jorge Luis Borges.(OC Ⅲ, p.11.)

이런 데자-뷰에 대해 에세끼엘 데 올라소 Ezequiel de Olaso는 "현재 일어나고 있는 일을 언젠가 경험했던 적이 있다고 느끼게 되는 데자뷰 현상을 일컬어 베르그송은 일종의 환각 현상이라 정의한

의 상황이 방아쇠가 되어, 단편화된 과거의 기억을 회상(recollection)한다고 생각된다. 기억의 단편화가 심하여 다른 기억과 강한 연관이 맺어지지 않는 경우, 현재의 경험이 이상하게 느껴질 것이다.
따라서 이미 경험했다는 느낌은, 대개 정말로 예전에 거기에 있었기 때문이다. 처음 경험할 때는 주의를 기울이지 않았기 때문에, 원래의 경험이 잊혀진 것이다. 원래의 경험은, 데자뷰의 단지 몇 초, 몇 분 전의 사건일지도 모른다.
한편 데자뷰는 브라이디 머피로 알려진 버어지니아 타이에의 경우처럼, 그림이나 생생한 이야기를 수년 전에 들었기 때문에 일어나는 것인지도 모른다. 이러한 경험들은, 어린 시절의 흐릿한 기억일 수도 있다. 이것은 현생에 일어난 적이 없다고 '알고 있기 때문게' 전생에 일어난 것으로 잘못 믿어질 수가 있다.
그렇지만 데자뷰의 느낌이 뇌의 신경 화학적인 활동에 의한 것이며, 과거의 실제 경험과는 관계없을 가능성도 있다. 사람은 누구라도 처음 경험한 것임에도 불구하고 이상하다는 느낌 가질 수 있으며, 이것을 오래전 기억과 연결시킬 수도 있다. 즉 데자뷰(프랑스어로 이미 보았다는 의미)는, 과거에 이미 본 것에 대한 잘못된 인식과는 상관없이 일어날 수 있다.

바 있다"고 했다.[14]

또한 현재가 기억이라는 장치를 통해 과거로 무한히 확장됨으로써 과거와 현재, 미래를 나누는 시간 개념, 즉 선형적으로 확장되어 가는 시간의 개념을 붕괴시킴으로써 이번에는 시간의 혼재적 양상을 보여주기도 한다.

> 나는 과거와 현재가 서로 뒤섞이는 현기증 나는 그 순간에 그가 무엇을 느꼈는지 알고 싶었다.

> Yo querría saber qué sintió en aquel instante de vértigo en que el pasado y el presente se confundieron.(OC Ⅲ, p.166.)

뿐만 아니라, 우주라는 실체의 본질은 결국 초월적이고 독립된 존재가 아닌, 다양한 요소들의 혼재적 상태임을 피력하기도 한다. 이는 무한개의 구성 요소로 이루어진 대상세계에서 각 요소가 다른 요소들과 끊임없이 상호 작용을 함으로써, 즉 서로의 관계로 인해 이루어지는 현상이 곧 실재라는 화엄사상[15]과의 유대를 보여주는 부분이기도 하다.

---

14) Ezequiel de Olaso, Jugar en Serio Aventuras de Borges, México, Editorial Paidós Mexicana, S. A., 1999, p.119.
Creo que es Bergson quien ha dicho que la sensación de deja−vu, de haber vivido antes un episodio que nos ocurre ahora, es ilusoria.

15) http://www.hwaeomsa.org/hwaeom/sutra/sutra3.html
화엄을 범어로는 Ganda−vyuha라고 하는데, Ganda란 잡화(雜華)란 뜻이고, vyuha란 엄식(嚴飾)이란 뜻이다. 그러므로 화엄이란 잡화엄식이라는 말 그대로 갖가지의 꽃을 가지고 장엄한다는 뜻이다. 불교에서는 화엄세계를 법계연기의 세계라고 보고 있다. <화엄경>의 불보살세계를 '인과연기이실법계(仁果緣起理實法界)'의 법계연기로 나타낸 것이 화엄종의 종취다. 여기에서 법계란, 우주만유의 낱낱 법이 자성을 가지고 각자의 영역을 지켜 조화를 이루어가는 것을 뜻한다. 또한 낱낱 사물은 인연에 의해 화합된 것이므로 제각기의 한계를 가지고 구별되는 것일 뿐, 개체와 개체라는 개념은 공통성이 없이 차별적인 면만을 본 것일

미래에 있을 것이고, 현재에 있고 그리고 과거에 있었던 모든 것들
이 서로 얽혀 짜인 채 그것을 형성하고 있었다. 나는 그 총체적인 구
도 속에서 한 오라기의 실이었고 그리고 내게 고문을 가했던 뻬드로
데 알바라도는 또 다른 실 한 가닥이었다. 거기에는 원인들과 결과들
이 함께 있었고……

Entretejidas, la formaban todas las cosas que serán, que son y que
fueron, y yo era una de las hebras de esa trama total, y Pedro de
Alvarado, que me dio tormento, era otra Ahí estaban las causas y los
efectos y……(OC I, p.599.)

이런 방식으로 나타나던 보르헤스의 혼재적 문학세계를 후대의 학
자들은 다양한 이름으로 규정하고자 했다.

데리다는 초월적인 본질이나 중심, 그것의 현현에 대해 그 내부에
존재하는 균열을 드러내는 방식으로 대결하면서 로고스 중심적 사고
에 정면 도전장을 내밀었다. 그는 해체철학의 기치하에 중심을 허물
어뜨리고 더 나아가 확고한 체계로 이루어진 구조체의 중심은 사실
상 존재하지도 않는 허상이라면서 중심과 주변의 혼재적 양상을 '파
르마콘'이라는 이름으로 불렀다.[16]

뿐이라고 한다. 본체계와 현상계는 둘이 서로 떨어져 있는 것이 아니고
하나의 걸림 없는 상호 관계 속에 있으며, 개체와 개체가 자재융섭하여
현상계 그 자체가 절대적인 진리의 세계를 형성하고 있다. 제법은 서로
서로 용납하여 받아들이고 하나가 되어 원융무애한 무진연기를 이루고
있음을 의미하며, 이것이 곧 화엄의 법계연기이다.

16) 와이즈진 비평용어사전, http://wisezine.wisebook.com/dictionary/text.asp?
serial =347, 파르마콘은 약물, 약품, 치료, 치유, 독, 마술, 물약 등의 모
순되는 여러 의미를 갖고 있는 그리스어이다. 플라톤의 저작 그리고 데
리다의 『플라톤의 제약술』과 연관된 파르마콘은 모순된 힘을 가지고 있
어서 데리다가 차연(DIFFERANCE)의 현상을 드러내는 데에 사용하고 있
는 한 부류의 용어에 속한다. 파르마콘은 데리다의 다른 중추적 용어인 대

사실, 파르마콘이라는 말은 이미 플라톤이 사용한 바 있었다. 플라톤은 『파이드로스 Phaidros』에서 이집트 타무스 왕과 투트 신의 신화를 들어[17] 문자의 해악을 경고하면서 글을 '파르마콘'이라 불렀던 것이다. 파르마콘에는 치료제로서의 '약'의 뜻과 질병을 야기하는 '독'의 뜻이 모두 담겨 있다. 즉 문자가 화자의 의도를 시간에 구애됨 없이 반복시킬 수 있다는 면에서는 약의 기능을 하지만, 결국 화자의 뜻하는 바에서 벗어난 의미를 전달할 수 있기 때문에 독이 될 수 있다는 것이며, 그중 후자에 비중을 더 실어 문자를 말보다 하위 개념으로 두었던 것이다.

그러나 데리다는 파르마콘이라는 개념을 참과 거짓, 선과 악, 본질과 가상 등의 논리를 지니고 있으며, 모든 물질적인 것은 텅 비어 있는 것과 다르지 않고, 텅 비어 있는 것은 모든 물질적인 것과 다르지 않다는 '색불이공 공불이색(色不異空 空不異色)'에서 더 나아가 세상 만물이 인연에 따라 모이고 흩어질 뿐 색이랄 것도 공이랄

리보충(SUPPLEMENT), 이멘(HYMEN; 처녀막＝결혼), 산종(散種; DISSEMINATION) 등과 같은 방식으로 담론의 근저에 깔린 논리를 명시한다. 특히 플라톤의 『파이드로스』에서 글은 파르마콘, 즉 망각의 치유나 치료로 언급되고 있다. 그러나 소크라테스가 예시하듯이 그것은 또한 위험한 약물이기도 하다. 양날을 가진(double-edged) 말인 파르마콘은 플라톤의 텍스트에서 이항대립의 논리가 이것도 저것도(both/and)의 논리에 의해 명백히 전복되는 계기를 제공한다. 치료약이면서 독약인 파르마콘은 차이의 조건과 놀이를 떠올리게 하는 글(writing)과 말(speech)을 닮아 있다.

17) 어느 날 이집트 왕 타무스에게 기하학과 수학, 천문학, 문자 등을 발명한 신 투트가 찾아온다. 그는 문명의 기초가 되는 이러한 발명품들을 타무스 왕에게 선물로 주고 싶다고 한다. 그러나 사려 깊은 타무스 왕은 신중한 고려 끝에 문자를 거절한다. 투트의 설명대로 문자는 기억을 용이하게 보존할 수 있을 것이다. 그러나 그것은 낯설고 생명이 없는 기호요, 기록에 지나지 않는 반면 그것을 이용하면 인간은 더 이상 무언가를 기억해야 할 필요가 없어질 것이다. 그러면 결국 인간의 기억력은 급속히 쇠퇴할 것이며, 그 결과 생명력 없는 문자가 음성언어의 진정하고 생생한 현존을 대체하게 될 것이라는 이유에서였다.

것도 영원히 따로 있는 것이 아니라고 한 불교의 '색즉시공 공즉시색(色卽是空 空卽是色)' 개념과 마찬가지로 이 이항대립적인 개념들의 공존으로 해석하였다. 즉 상호 이질적인 것들의 수용에서 차연을 형성하는 혼재적 개념을 일컫는 이름으로 사용한 것이다.

그런가 하면, 푸코는 자신의 저서 『말과 사물』에서 보르헤스가 구현해낸 혼재향적 세계를 일컫는 데에 '헤테로토피아'라는 명칭을 사용하고 있는데, 푸코가 이 명저가 보르헤스의 한 작품에서 영감을 얻어 쓰인 것이라고 공공연히 밝힘으로써 많은 비평가들이 보르헤스 문학을 20세기 후반부에 전 세계를 풍미했던 포스트모더니즘의 출발점으로 간주하게 되는 계기가 되었다.

그는 이 책의 서문에서 보르헤스를 인용하면서 끝없는 당혹감을 느끼며 웃음을 터뜨리지 않을 수 없었다고 밝히고 있다. 이 석학의 웃음을 자아낸 부분은 보르헤스의 「존 윌킨스의 분석적 언어 El idioma analítico de John Wilkins」에 나오는 '중국의 한 백과사전 cierta enciclopedia china'에 실려 있다는 동물 분류표였다. 보르헤스는 다음과 같이 동물을 분류하고 있다.

이 오래된 백과사전에는 동물은 다음과 같이 분류할 수 있다고 쓰여 있다. a) 황제에 예속된 동물들, b) 박제된 동물들, c) 훈련된 동물들, d) 돼지들, e) 인어들, f) 전설의 동물들, g) 떠돌이 개들, h) 이 분류항목에 포함된 동물들, i) 미친듯이 날뛰는 동물들, j) 헤아릴 수 없는 동물들, k) 낙타털로 만든 섬세한 붓으로 그려진 동물들, l) 그 밖의 동물들, m) 방금 항아리를 깨뜨린 동물들, ŋ) 멀리서 보면 파리로 보이는 동물들.

Los animales se dividen en(a) pertenecientes al Emperador,(b) embalsamados,(c) amaestrados,(d) lechones,(e) sirenas,(f) fabulosos,(g) perros sueltos,(h) incluidos en esta clasificación,(i) que se agitan como locos,(j) innumerables,(k) dibujados con un pincel finísimo de pelo de camello,(l) etcétera,(m) que acaban de romper el jarrón,(n) que de lejos parecen moscas.(OC Ⅱ, p.87.)

푸코는 이 분류표를 보면서 경탄과 더불어 '사고의 절대적 불가능성', 즉 도저히 있을 수 없을 것 같은 범주들의 병치가 별다른 거리 없이 근접하여 이루어지고 있음을 보았다고 한다. 말하자면, 근접이 이루어질 수 있는 공동의 공간이 붕괴되고 없다는 사실에서 기괴함이 느껴진다는 것이다. 실제로 이 '중국 백과사전'은 텍스트를 통해 보르헤스가 어떻게 자신의 혼재향적 비전을 드러내는지를 보여주고 있는 전형적인 예로 사료된다.

또한 푸코는 상기한 원문 때문에 한동안 웃음을 멈출 수 없었다고 밝히면서 이 웃음이 자신으로 하여금 '말과 사물'을 전개시킬 수 있는 출발점을 제공해주었다고 한다.[18] 앞서의 동물분류에 대한 보르헤스의 글이 보여주는 것은, 정렬된 표층과 모든 평면 혹은 말과 사물의 일대일 대응으로 표현되는 기존의 인식론의 해체였기 때문이다. 다시 말해, 동물들을 a, b, c, d 등의 알파벳순으로 묶어놓았을 뿐, 동물들을 구별하여 배치시킬 수 있는 공간이 없어졌기 때문이다. 보르헤스는 이 사전을 인용하면서, 서구 이성이 완벽하게 수립해놓았다는 분류방법과 가치체계 역시 임의적이고 자의적이라는 문제를 제기하고 있는 것이다.[19] 이러한 분류체계와 관련하여, 푸코는 「타자 El Otro」에서 보르헤스가 실현한 혼재적 파편화에 대해 "사물들이 워낙 서로 다른 장소들에 '배치되고', '놓이며', '정돈되어' 그들 모

---

18) Michel Foucault, *op. cit.,* p.1.
   Este libro nació de un texto de Borges.
19) 손관수. 보르헤스와 동양사상, 계간 현대시사상, 1995년 여름, p.103.

두의 기반으로서의 공통적인 장을 규정하거나 거처를 발견하기 불가능한 상태"라고 규정하기도 했다.[20]

푸코는 기존의 정렬된 표층적 구조를 '유토피아'라고 상정하고, 이에 비유해 해체된 상태를 설명하면서 '헤테로토피아'라는 개념을 상정한다. 또한 푸코는 '말과 사물'의 핵심을 이루는 수백 년간 서구 사상을 지배해 온 '자아 lo Mismo'와 '타자 lo Otro'의 구분에 대한 문제를 언급하면서, 이러한 절대적 사고의 붕괴를 지적하고 있다. 푸코는 자 / 타 이분법을 몰락시키고 있는 보르헤스의 개념을 유토피아와 헤테로토피아의 개념을 들어 설명하고 있는 것이다.

앞서 언급했듯이 유토피아라는 명칭의 어원은 그리스어로 거슬러 올라가며 그 뜻은 실재하지 않는 장소인 '이상향'이라 했는데, 이에 비해 '혼재향'을 의미하는 어휘 '헤테로토피아 Heterotopía'는 '헤테로클리페 hétéroclife'의 '헤테로 hetero'(그것 내부의 얼마간의 다른 성질의 요소)와 '토포스 topos'(장소)를 결합시킨 달로, 한 덩어리 내부에서 얼마간 다른 성질의 요소들이 있는 장소를 의미한다. 같은 저작에서 푸코는 유토피아와 헤테로토피아를 다음과 같이 설명하고 있다.

유토피아는 위안을 준다. 비록 그것이 어떠한 실재적인 장소를 점유하고 있진 않더라도 그것이 전개될 수 있는 놀랄 만한 균질(均質)의 공간이 있다. 유토피아로 향하는 길은 비록 공상적일지라도 유토피아는 거대한 가로수 길과 훌륭하게 꾸며진 정원을 갖춘 도시들, 살기 좋은 나라들을 펼쳐준다.

Las utopías consuelan: pues si no tienen un lugar real, se desarrollan en un espacio maravilloso y liso; despliegan ciudades de amplias avenidas, jardines bien dispuestos, comarcas fáciles, aun si su acceso es

---
20) 낸시 케이슨 폴슨. *op. cit.*, p.129.

quimérico.[21]

혼재향은 우리를 당혹스럽게 한다. 왜냐하면 그것은 은밀하게 언어를 침식해 들어가며, 이것과 저것을 명명할 수 없게 하며, 보통명사들을 분쇄하거나 혼란시키며, 사전에 '통사법(統辭法)', 즉 우리가 문장을 구성하는 구문법뿐만 아니라 말과 사물들 ― 나란히 놓거나 혹은 서로 마주보도록 놓거나 간에 ― 을 '연결시키는' 좀 덜 명확한 구문법조차 붕괴시키기 때문이다. 그런 이유로 유토피아들은 이야기와 담론을 허용하는 것이다. 그리고 유토피아들은 언어 본래의 의미와 스토리의 기본적인 테두리 안에서 존재하는 반면, ― 보르헤스에서 그토록 자주 발견되는 것과 같은 ― 헤테로토피아들은 인간의 발화를 해부하고, 단어를 단어 자체에 가두어두고, 문법의 모든 가능성에 대해서는 문법 자체의 근원에서부터 이의를 제기한다. 또한 헤테로토피아는 우리의 신화를 풀어내고 우리가 사용하는 문장의 서정성을 불모로 감싼다.

Las heterotopías inquietan, sin duda porque minan secretamente el lenguaje, porque impiden nombrar esto y aquello, porque rompen los nombres comunes o los enmarañan, porque arruinan de antemano la "sintaxis" y no sólo la que construye las frases ― aquella menos evidente que hace "mantenerse juntas"(unas al otro lado o frente de otras) a las palabras y a las cosas. Por ello, las utopías permiten las fábulas y los discursos: se encuentran en el filo recto del lenguaje, en la dimensión fundamental de la fábula; las heterotopías(como las que con tanta frecuencia se encuentran en Borges) secan el propósito, detienen las palabras en sí mismas, desafían, desde su raíz, toda posibilidad de gramática; desatan los mitos y envuelven en esterilidad el lirismo de las frases.[22]

즉 헤테로토피아는 인간의 언어능력을 불신하고, 이것 / 저것의 이

---

21) Ibid., p.3.
22) Ibid.

분법적 고정관념을 거부하는 등 기존 인식론적 틀을 철저히 붕괴시키고 있다.

이러한 기존의 전통적인 관념의 혼란으로 인한 당혹감을 설명하기 위해 푸코는 '실어증' 환자의 예를 들어 설명하고 있다. 실어증 환자는 사각의 테이블 위에 다양한 색상의 실타래들을 늘어놓음에 있어서 매우 다양한 판단의 척도, 즉 나름대로의 유사성의 척도에 따른 파편적이고 비연속적인 모듬의 형태를 만들어내지만, 이러한 군집 분류의 윤곽이 대충 드러나기가 무섭게 그것들을 다시 와해시키고 만다고 한다. 이런 현상은 로만 야콥슨 Roman Jakcbson의 실어증의 두 유형에 관한 연구 속의 은유와 환유로 대변되는 언어의 두 축에 대한 설명에서도 잘 나타나지만, 결국 군집 분류를 보증해주는 동일성의 영역의 폭이 너무 넓어 불안정할 수밖에 없기 때문이다.[23] 결국, 푸코는 보르

---

23) 러시아 태생의 언어학자인 로만 야콥슨(1985-1982)은 언어가 한 문장에서 언어적 요소 간의 선형적 관계인 통합적인(Syntagmatic) 관계와 한 문장의 요소와 구문적으로 바꿔 넣을 수 있는 다른 요소 간의 관계인 계열적인(Paradigmatic) 관계라는 이항대립의 조작부호로 기능을 발휘하는 기호체계라고 한 소쉬르의 이항모형(The Binary Model)으로부터 환유적 관계(Metonomía)와 은유적 관계(Mɜtáfora)라는 명칭을 이끌어낸다. 환유는 한 사물의 이름을 그것과 밀접하게 연관된 다른 사물의 이름으로 대체하는 말의 비유이며, 은유는 모사되고 있는 사물과 그것을 묘사하는 데에 사용된 사물 사이의 비교를 암암리에 포함하지만 명확히 비교로서 제시되지는 않는데, 넓은 의미에서의 환유는 두 사물 사이에 유사성의 관계를 정립하는 은유와는 달리 인접성의 관계에 의존하고 있다. 소쉬르와 야콥슨이 상정하는 이항모형을 간략한 도표로 도식화해보면 다음과 같다:

> 계열체적(계열)
> paradigmatic 관계
> metaphor-은유(유사성)
> ↓
>   연쇄체적(결합)·syntagmatic
>   관계·metonymy-환유(인접성)

헤스를 읽을 때 독자의 웃음을 자아내는 당혹감은 언어를 상실한 사람들의 심층적 곤혹감과 연관이 있다고 보며, 이는 곧 언어 형태가 다른 둘 이상의 단어가 의미적으로 완전히 일치하는 '절대적 동의어'를 찾아내거나 특정한 단어 사이에서 성립되는 동의성의 정도가 완벽에 이르는 단어를 찾아내기가 불가능하다는 결론을 도출해낸다. 은유의 지나친 비약으로 동일성 영역의 폭을 유토피아적 한계 내로 책정할 수 없는 실어증 환자의 예에서와 마찬가지로, 보르헤스는 기표와 기의가 정확히 일대일로 대응할 수 없음을 보여주고 있으며, 이는 더 나아가 과거 글을 말의 표상에 불과하다고 이해한 로고스중심주의에 대한 반기를 들고 있는 것이다. 즉 하나의 기표는 다양한 기의를 창출해낼 수 있으며, 이것을 말과 글에 대입시켜 볼 때 말은 현전을 구현하지만 글은 부차적인 존재로 말이 구현한 원본의 희미한 복사판에 불과하다는 형이상학적 대립 역시 무효화될 수 있는 것이다.

이처럼 판단의 척도의 근간을 상실하게 만들거나 무효화시켜 버리는 보르헤스의 글쓰기가 당혹감을 불러일으키는 것은 당연하며, 그런 보르헤스의 혼재향은 기괴하고 상상할 수 없는 이상과 함께 꿈, 몽상, 악몽 같은 다양한 요소들을 포함하는 이종 혼합적인 유토피아로 결론지을 수 있겠다. 사실상 혼재향에서는 이미 유토피아와 디스토피아 사이의 구별마저 사라지고 없는 것이다.[24]

야콥슨은 또한 이런 음운론 모델인 이항모형을 정신분석학으로 확장시켜 두뇌손상으로 야기된 실어증에 적용한다. 이를 위하여 우선 언어장애의 병세를 두 유형으로 구별하여 기호들 사이의 결합과 하나의 단어를 다른 단어로 대치시킬 수 있는 선택을 대립시키고, 그 결과 계열적 대치를 못하는 실어증 환자는 환유적 표현에 의존하고, 통합적 결합을 하지 못하는 실어증 환자는 유사성이나 은유를 사용하는 데 국한된다는 논리를 전개한다. 즉 유사성 장애가 있는 환자의 경우 은유가 불가능해지며 인접성 장애가 있는 환자의 경우 환유가 불가능해진다는 것이다.(프랑수아 도스의 『구조주의의 역사』 참조)

24) 낸시 케이슨 폴슨. *op. cit.*, pp.145-146.

앞서 언급한 바 있듯이 다양한 명칭으로 불린 보르헤스의 해체적 글쓰기가 구현한 문학세계를 본 연구자는 푸코의 명칭을 빌어 '헤테로토피아' 세계로 규정짓고, 그러한 전제하에 본 논문을 발전시켜 나가고자 한다.

결국, 본 논문에서 말하는 '헤테로토피아'란 우선 현실과 허구를 이분법적으로 분리하는 기존의 인식론을 해체하여 존재와 비존재가 그 경계를 허물어버린 문학의 공간을 말한다. 또한 그것은 자아성와 타자성을 구분하는 절대적 사고가 붕괴된 문학공간이며, 신과 피조물 사이에 존재하던 수직적 위계질서가 해체됨으로써 피조물 또한 신이 될 수 있고 신 또한 피조물일 수 있는 문학공간을 의미한다. 그리고 기독교적인 선형시간의 개념이 해체되고 현재가 과거와 미래로 무한히 확장될 수 있는 문학공간을 의미하기도 하며, 로고스 중심적 언어관이 해체되고 무한한 변주로서의 미결정적 언어관이 담긴, 즉 허구의 현실을 담아내는 허구로서의 메타픽션적 언어로 이루어진 문학공간을 말하는 것이기도 하다. 요약하면 '헤테로토피아'란 상반되고 이질적인 요소들이 공존하고 있는 관념의 공간, 즉 문학세계를 의미한다고 하겠다.

2. 보르헤스 헤테로토피아의 등장 배경

1) 혼돈의 시대, 20세기

역사적 관점에서 볼 때, 20세기를 몇 가지 특성으로 요약하자면, 첫째로는 과거 중차대한 역할을 담당하던 유럽대륙의 세계무대에서 차지하던 위상이 축소되면서 전 지구가 하나의 국제관계라는 틀을 형성하게 된 것을 들 수 있으며, 둘째로는 대규모의 총력전 양상을 띤 양차 세계대전의 발발을 들 수 있고, 셋째로는 산업사회의 발달로 인한 민주주의의 발달과 이에 대립되는 전체주의의 대두를 들 수 있다.[25]

특히 유럽사에서는, 20세기 전반부 동안에 공산주의·파시즘·나치즘과 같은 전체주의 체제하에서 인간이 개인적 자유를 상실하고 오로지 전체의지에 예속되는 생활을 하였으며, 더욱이 1940년대까지 감돌았던 세계적 규모의 공황 분위기와 1차 대전 그리고 거의 유례를 찾을 수 없을 정도의 광범위한 전면전으로 확산되었던 2차 대전은 정서를 고갈시키기에 충분했다.

2차 대전 후의 세계사는 대전의 전반기에 이상주의자들이 목청 높이 부르짖었던 것과는 다른 방향으로 전개되어 세계의 광범위한 지역에서 기아와 공포, 전쟁의 폐허와 절망, 반목과 폭력이 난무하게 되었다. 더욱이 45년 이래로는 미·소 양대 강국 간의 냉전이 지속되면서 세계의 불화와 갈등이 사라지지 않았다.

더욱이 유럽의 경우에는 파괴된 폐허 속에서 정신적으로나 물질적으로 재생을 위한 힘이 필요했지만, 이미 20세기 초부터 해외 식민지를 상실하여 원료 공급지와 시장을 잃어버리면서 세계무대에서의 주도권을 상실하고 있었으므로 미·소의 핵심적인 위치는 더욱 확고해질 수밖에 없었다.

그 와중에 아인슈타인 등을 필두로 원자물리학이 발전하고 우주 공간을 향해 인공위성을 쏘아 올리는 등, 현대사회는 자연과학의 발달에 있어서 지속적인 급성장을 이룩하고 있었다.

이렇게 세계의 힘의 균형이 재배치되고 과학은 날로 발전해갔지

---

25) 차하순. *op. cit.*, p.543.

만, 두 차례의 세계대전을 겪으면서 인류는 종족의 층위를 구분하는
엘리트주의에 식상하게 되었고, 이성적이고 논리적인 질서에 대한
회의를 느끼면서 정신적 혼란의 시대를 맞게 되었다. 그것은 사상사
에서 자연스럽게 계몽주의와 모더니즘적 사고로부터 포스트모더니즘
적 사고로의 전환을 유발시킨다.

　포스트모더니즘을 말하기 위해서는 문예사조에서의 모더니즘에 대
한 언급을 전제로 해야 하는데, 서구에서 근대 혹은 모던 시대라고
하면 흔히 18세기 계몽주의 시대로부터 시작된 이성중심주의 시대를
일컫는다. 종교나 외적인 힘보다는 인간의 이성에 대한 믿음을 강조
했던 이 계몽주의는 합리적 사고를 중시했다는 미덕에도 불구하고
지나친 객관성을 주장함으로 인해 20세기에 들어서면서 강력한 도전
에 직면하게 된다. 그리고 니체와 하이데거를 필두로 하는 실존주의
시대를 거쳐 데리다, 푸코, 라캉, 리오타르 등으로 대표되는 포스트
모던 시대에 그 자리를 내주게 된 것이다.

　니체와 프로이드로부터 직접적인 영향을 받은 이들 철학자들은 계
몽주의 이후의 서구 합리주의를 반성하며 당대에 하나의 논리를 세
우기 위해 어떻게 그 반대논리들을 철저히 억압하고 묵살해 왔는지
를 드러낸다. 예를 들어, 데리다는 어떻게 말하기가 글쓰기를 억압했
고, 이성이 감성을, 백인이라는 인종이 흑인이라는 인종을, 남성이
여성을 억압해 왔는지를 밝혀내고 이 둘을 분리하던 이분법적 사고
의 해체를 시도했으며[26], 푸코는 지식이 권력에 저항해 왔다는 계몽

---

26) 데리다의 「그라마톨로지」는 한마디로 서구 형이상학 전통에 대한 비판이
　다. 데리다는 플라톤 이후 기존 형이상학이 지금 여기 있는 것을 1차적
　인 것으로 보는 이른바 「현전(現前)의 형이상학」이라고 비판한다. 현전(프
　레장스・presence)의 형이상학은 인종 중심주의・소리 중심주의・로고스
　중심주의이다. 이 전통에 따라 목소리는 영혼과 본질적・직접적 근접성
　을 지닌 것으로 여겨진 반면 문자언어는 존재의 반영 또는 그림자로 멸
　시됐다는 것이다. 궁극적인 무엇이 따로 있다는 믿음, 그것에서 출발하

주의 이후의 발전논리가 허상이었음을 보여주면서 지식과 권력은 더이상 적이 아니라 동반자임을 강조하였다.[27] 말하자면 철학에서의 포스트모더니즘은 근대의 도그마에 대한 반기였다고 한마디로 축약할 수 있을 것이다.

  이러한 역사 · 정치 · 철학적 변화는 예술, 특히 문학에도 수용되어 19세기의 사실주의가 새로운 도전에 직면하게 된다. 즉 20세기에 들어서면서 파급된 베르그송의 시간의 철학과 실존주의, 아인슈타인의 상대성 이론 등 객관진리, 단 하나의 재현에 대한 회의가 일어나면서 사실주의에 대한 깊은 회의가 생겨난 것이다. 대상은 보는 자의 주관에 따라 얼마든지 달라질 수 있다는 전제하에 미술에서는 인상주의로부터 시작된 화풍이 입체파 등 구상보다 추상으로 옮아가는 사이에 문학에서는 저자의 서술 대신 등장인물의 독백이 부각되는 '의식의 흐름' 기법이 선을 보이게 되었다.

  사실주의와는 달리, 어떤 중심이 있다는 사고를 부정하고, '나는 나다'라는 자기 동일성, 즉 정체성을 부정하며, 무의식의 세계를 중시하고, 인간의 주체를 소멸시키고 부정하는 탈구조주의자들에게 있어서 현대는 신이 사라진 시대, 곧 진리가 베일 속에 가려진 시대이며, 따라서 계시의 현현은 아직 유보되어 있는 시대였다. 다시 말하면 우리

는 현전의 형이상학은 결국 모든 가치의 서열 체계를 매기려는 욕망이며 따라서 억압의 구조라고 데리다는 폭로한다.

27) 프랑스 현대 사상 붐의 선도자인 미셸 푸코는 80년대 말부터 성의 역사, 광기의 역사, 감시와 처벌, 말과 사물, 임상의학의 탄생 등 난해한 저서들을 잇달아 발표했다. 성과 광기, 정신병원과 감옥을 통해 인간 이성과 역사의 이면을 파고든 푸코의 저작들은 문학적 비유로 가득 차 있다. 푸코의 전 사상을 지배하는 화두는 지식과 권력의 상호 관계를 탐구하는 것이다. 근대 이후 권력의 본질을 파악하는 푸코의 시선은 계급제도나 관료제도 혹은 정당조직에 가 있지 않다. 그 대신 권력과는 아무 상관도 없어 보이는 병원과 같은 중성적인 사회조직이 권력분석의 대상이다.

가 궁극적인 진리라고 믿고 섬기고 있는 것도 역시 우리가 만들어낸 '우상'일 뿐이라는 것이다. 데리다가 '진리 / 허구'의 이분법적 대립을 해체하면서 자신의 이론을 시작하고 있는 이유도 바로 거기에 있다. 진리의 절대성과 우위성에 대한 그의 해체는 바로 곧 모든 것은 허구성 ― 혹은 허구의 가능성 ― 을 인정하는 결과를 가져왔다.

문학의 경우 그러한 인식은 곧 리얼리티와 픽션 사이에 명확한 경계선의 설정이 가능하다는 종래의 관념을 수정시켜, 1960년대 이후의 서구소설에서는 흔히 리얼리티와 픽션이 구별되지 않고 서로 뒤섞이게 되었다. 우리의 삶과 현실이 사실은 얼마나 허구적인 것인가, 그렇다면 소설은 단지 그 허구적인 것을 모방하는 또 하나의 허구가 아니고 그 자체가 하나의 리얼리티가 될 수도 있지 않을까 하는 점을 깨닫기 시작한 것이었다.[28]

다만 포스트모더니즘에 대한 철학적·이론적 논의가 주로 유럽을 중심으로 전개되었던 데 비해, 작품 활동은 주로 중남미대륙에서 활발하게 이루어졌다는 사실에는 주목해야 할 것이다. 특히 포스트모더니즘은 소설을 중심으로 전개된 문예사조이기에 중남미대륙에서 양산된 소설작품들이 관심을 끌게 되는 것이다.

중남미 포스트모더니즘의 선구자는 보르헤스였다. 즉 중남미 포스트모더니즘은 호르헤 루이스 보르헤스의 소설을 통해 이베로아메리카적인 독창성으로부터 출현하였다는 것이다. 실제로 그의 문학세계가 리얼리즘과 모더니즘에 의해 고갈된 서구문학계에 새로운 가능성을 제공하였으며, 하나의 진리만을 찾고자 하던 리얼리즘과 모더니즘에 염증을 느끼고 있던 60년대 말의 문학적 상황을 다원화시키는

---

28) 김성곤. [포스트모던 소설과 비평], 서울: 열음사, 1993.
   송병선. 왜 보르헤스를 읽는가, 계간 현대시사상, 1995년 여름호에서 재인용.

데 결정적으로 기여했다는 것은 아무도 부인할 수 없는 사실이다.[29)]

무엇보다 보르헤스는 민족주의에서 탈피함으로써 세계성을 획득한 작가라 할 수 있다. 다만 이 같은 특성이 유럽에서는 보르헤스에게 토속적인 색채가 없다는, 즉 너무 평범하다는 평가를 내리는 구실로 작용하여 문단에 뒤늦게 알려지는 원인이 되었는가 하면, 똑같은 특성이 아르헨티나에서는 뿌리 없는 문학으로 폄하되어 배격당하는 원인이 되었던 것은 하나의 아이러니가 아닐 수 없다.[30)]

그러나 초기 문단의 이러한 반응에도 불구하고 가르시아 마르께스는 물론 옥타비오 빠스, 까를로스 푸엔테스, 마리오 바르가스 요사, 훌리오 꼬르따사르를 비롯한 기타 라틴아메리카의 전도양양한 당시의 청년 작가들이 보르헤스를 탐독했던 것은 보르헤스가 그들의 창의성에 새로운 길을 열어주었기 때문이었으며,[31)] 이는 보르헤스 문학의 우수성을 증명하는 예증이기도 하다.

특히 푸엔테스와 가르시아 마르께스는 라틴아메리카의 작가들이 보르헤스로부터 오늘날 라틴아메리카 소설의 초석이 되는 새로운 언어를 배웠음을 각별히 강조한 바 있다.[32)]

---

29) *Ibid.*, p.86.
30) Myrta Sessarego, *op. cit.*, p.31.
   ······supo poner el acento en ser 'escritor' antes que en ser latinoamericano.
31) Amelia Barili, Jorge Luis Borges y Alfonso Reyes: la cuestión de la identidad del escritor latinoamericano, México, Fondo de Cultura Económica, 1999, p.174.
   Tanto García Márquez como Octavio Paz, Carlos Fuentes, Mario Vargas Llosa, Julio Cortázar y muchos otros promisorios jóvenes escritores latinoamericanos leyeron con avidez a Borges, pues abría nuevos caminos a su creatividad.
32) *Ibid.*, p.220.
   Fuentes y García Márquez hacen especial hincapié en que los escritores latinoamericanos aprendieron de Borges un lenguaje nuevo que sentó las bases de la novela latinoamericana de hoy.

또한 바르가스 요사 Vargas Llosa는 "라틴아메리카 작가로서의 나에게 있어, 보르헤스는 나 자신이 열등하다는 일종의 콤플렉스로부터의 탈출을 의미했다"고 말했으며,[33] "유럽의 작가들치고 남미대륙 출신의 시인이자 단편작가인 보르헤스단큼 서구세계의 유산을 총체적으로 그리고 정확하게 소화한 작가도 없다"[34]고 평가함으로써 보르헤스의 작가적 역량을 높이 삼과 동시에 보르헤스 문학이 라틴아메리카 작가들에 미친 영향을 드러낸 바- 있다.

유럽에서는 우선 모리스 블랑쇼 Maurice Blanchot가 자신의 저서 『미래의 책 Le livre a venir』에서 보르헤스의 단편, 『알렙』에 대해 언급하면서, 보르헤스가 신세대 작가들에게, 특히 무한 lo infinito 개념과 우주로서의 책이라는 사고를 통해, 얼마나 지대한 영향을 끼쳤는가를 말하고 있다.[35]

이 외에도 보르헤스 문학의 영향력에 대한 다양한 평가들이 나왔는데, 그 가운데에서도 보르헤스가 포스트모더니즘 문학 이론의 발전과 관련하여 가장 핵심적인 위치를 차지하고 있음을 그 무엇보다도 명확히 증명해 준 작품은 아마도 미셀 푸코의 『말과 사물』(1966)일 것이다.[36]

뿐만 아니라 『장미의 이름 El nombre de la rosa』의 움베르토 에코는 "소위 www라는 것, 다시 말해 모든 슈퍼텍스트의 위대한 어머

33) Pablo Brescia y Lauro Zavala, Borges múltiple, Cuentos y ensayos de cuentistas, Universidad Nacional de Autonoma de México, México, 1999, p.360.
Para el escritor latinoamericaso, Borges significó la ruptura de un cierto complejo de inferioridad.
34) Ibid.
Los escritores europeos han asumido de manera tan plena y tan cabal la herencia de Occidente como este poeta y cuentista de la periferia.
35) 낸시 케이슨 폴슨. op. cit., p.35.
36) Ibid., p.37.

니라 할 수 있는 월드와이드웹이 우주에 대한 모든 지식의 무한한
보고인 보르헤스의 '바벨의 도서관'과 상당히 유사하다는 것은 더
이상 신기한 일도 아니다. 우주는 너무도 방대하고 완전해서 많은
사람들이 그 총체에 다가가 보지도 못한 채 삶을 마감하는가 하면,
그곳은 또한 너무도 많은 정보들이 내장되어 있어 그 모든 정보를
고스란히 다 통달할 수 있다고 생각하는 사람은 결국 미쳐버리고 마
는 미로이다. 따라서 내게 있어서 보르헤스는(우주에 대한 혜안으로
인도하는) 훌륭한 길로 여겨진다."[37)고 공언함으로써 보르헤스의 영
향력을 충분히 평가한 바 있다.

　보르헤스에 대한 북미 지역의 평가와 관련해서 수잔 손탁 Susan
Sontag은 보르헤스 사후에 쓴 서간문 형식의 기고문을 통해 오늘날
의 작가들 가운데 그를 연구하지 않거나 모방하지 않는 작가는 거의
없을 것이며, 이런 현상은 지금도 마찬가지라고 강조하고 있으며,[38)
동시에 "우리는 낯선 시대, 즉 21세기로 접어들고 있다. (……) 그러
나 우리들 중 일부는 결코 그 위대한 도서관을 버리지 않을 것이다.
보르헤스는 앞으로도 늘 우리의 모범이 될 것이며, 우리의 영웅으로
남을 것이다."[39)고 말했다.

---

37) Pablo Brescia y Lauro Zavala, *op. cit.*, p.374.
　　No es un misterio que el denominado *www*, la gran madre de todos los
　　supertextos, es la cosa que más asemeja a la Biblioteca de Babel de
　　Borges, repositorio infinito de toda la sapiencia del universo, tan rico y
　　completo que se podría pasar muchas vidas sin haberlo visitado en su
　　totalidad, laberinto en el cual está contenida tanta información como para
　　llevar a la locura a quien se creyera capaz de dominarla íntegramente.
　　Por consiguiente, Borges me parecía una buena senda.
38) *Ibid.*, p.370.
　　Muy pocos escritores de hoy no aprendieron de él o lo imitaron. Eso
　　sigue siendo así.
39) *Ibid.*, p.371.
　　Estamos entrando en una era extraña, el siglo XXI (……) Pero, le

또한 존 업다이크 John Updike는 보르헤스의 작품이 미국의 작가들에게 당시의 정체된 문학의 탈출구 역할을 하고 있다고 말했으며,[40] 존 바스 John Barth는 『아틀란틱 Atlantic』에 기고한 「고갈의 문학」(1967. 8)을 통해, "현대 미국 작가가 언어와 문학의 기교가 지니는 효력을 보르헤스에게서 재발견할 수 있다는 가능성을 인식한다."고 말했다.[41]

이처럼 다양하게 표현된 세계 문학에 대한 보르헤스의 영향력과 관련하여 포케마 Fokkema는 하버드대학의 한 강연을 통해 이렇게 정리하고 있다. "포스트모더니즘은 아메리카에서 시작하여 유럽문학에 영향을 끼친 최초의 문학적 코드라고 말할 수 있다. 그리고 새로운 코드의 창조와 수용에 다른 누구보다도 이바지했던 작가는 아마도 1930년대 이래로 픽션 작가로서 왕성한 활동을 보인 보르헤스일 것이다."[42] 그리고 알폰소 데 토로 Alfonso de Toro 역시 보르헤스는 『픽션들 Ficciones』과 더불어 라틴 아메리카에서뿐만 아니라 전 세계적으로 포스트모더니즘을 시작했음을 인정한다. 결국 60년대가 시작되면서 정체된 문학 정전을 파괴하기 시작하는 문학은, 만일 보르헤스가 없었다면 오늘날 전혀 다른 모습이 되어 있었을 것이라는 말이다.

실제로 보르헤스는 버클리에서 흄을 거쳐 쇼펜하우어에 이르는 인식론적 변화를 수용하고 거기에 "말할 수 있는 도는 영원한 도가 아니며 부를 수 있는 이름은 참된 이름이 아니다"고 한 노자 사상과, 철학의 핵심은 해방과 달관의 추구에 있으며 편견과 아집을 버릴 것

---

prometo, algunos de nosotros no vamos a abandonar la Gran Biblioteca. Y usted seguirá siendo nuestro modelo y nuestro héroe.

40) 낸시 케이슨 폴슨. *op. cit.*, p.41.

41) Ibid., p.43.

42) Ibid., p.50.

을 강조한 장자 사상 그리고 불교 사상의 영향을 더한 후 이를 문학에 적용시킴으로써 이도 아니고 저도 아니며, 동시에 이것이기도 하고 저것이기도 한 상태를 정체성으로 수용하는, 과거와는 다른 새로운 우주와 자아에 대한 인식 형태를 선보였다.

즉 보르헤스는 '이것' 아니면 '저것'을 선택하는 선택적 사고방식도 아니고 변증법적인 정반합의 논리도 아닌, 둘을 동시에 고려하는 '이것도 저것도'의 양시론(兩是論)과 둘을 동시에 부정하는 양비론(兩非論)의 논리적 궁지 aporía[43]를 표명한 것이다.[44] 이것은 당시까지 서구인들에게 익숙했던 이성적 논리체계의 혼란을 의미하는 것이며, 보르헤스가 상정하는 이와 같은 다소 비합리적이고, 상대적이며, 터무니없기까지 한 논리의 표출 방식을 일컬어 푸코가 '혼재향'이라 명명한 것이다.

이렇게 탄생한 보르헤스의 혼재향적 글쓰기는 파시즘, 공산주의, 대중 민주주의, 독재주의라는 20세기 전반부의 비이성과 그 주변에서 서성이던 무질서한 세계에 대한 반발이었으며, 한발 더 나아가 당시 서구 사회가 당면했던 비이성에 대한 창조적 반응이었다.[45] 즉 20세기의 비이성주의와 현대문화의 위기라는 시대적 배경은 보르헤스 특유의 혼재적 글쓰기를 태동시킨 근간이 되었으며, 실질적으로 이러한 20세기 위기의 문화에 대한 간접적이고 비유적인 힐난으로 보르헤스의 헤테로토피아는 탄생한 것이다.

---

43) David Lodge, The Art of Fiction, London, Penguin Books, 1992, p.219.
아포리아는 그리스어로, 글자 그대로 해석하자면 '곤혹스러움, 상실의 상태'를 뜻하며, '길이 없는 길', 즉 다되어 없어져버린 길을 의미한다.
Aporia is a Greek word meaning 'difficulty, being at a loss' literally, 'a pathless path', a track that gives out.
44) 손관수. *op. cit.*, p.101.
45) 송병선, 중남미 문학의 수용과정과 문제점.

2) 인간 보르헤스

보르헤스는 20세기로의 문턱이라 할 수 있는 1899년에 태어났다. 당시는 전 세계가 혁신, 과거와의 단절 그리고 새로운 시작에 대한 열기로 들끓던 시대였다. 그의 집안은 아르헨티나에서는 내로라할 수 있을 정도로 문화와 지성을 높이 사고, 또 높이 평가받는 가문이었다. 보르헤스의 친할아버지는 군인 출신으로 조국을 위해 싸우다가 전사한 바 있으며, 이러한 할아버지의 위상은 훗날 보르헤스의 작품 곳곳에서 가우초 정신으로 자리잡은 형태로 드러나곤 하였다. 미국에서 발행되는 『스페인어 라이프 *Life en Español*』지의 기자 리타 기버트 Rita Guibert는 보르헤스를 일컬어 "아르헨티나의 지성을 자랑하는 유서 깊은 군인 가문의 후손"이라 말한 바 있다.[46]

보르헤스는 어린 시절에 대해서는 늘 함구하는 편이지만, 전반적으로 가정 내에서 과보호를 받던 문학 소년이었던 것으로 판단된다.[47] 그리고 당시의 부모들이 대부분 자식들이 장래에 의사가 되어야 한다거나 기술자 혹은 변호사가 되어야 한다고 미리 정해놓는 것처럼 보르헤스의 집안에서는 그가 장성하여 작가가 될 것이라고 생각하고 있었다. 그의 가문이 유난히 특출하거나 반대로 평균에 못 미친 것도 아니었지만, 아버지가 늘 종이를 가져다주고 뭔가를 쓰도록 시키고, 작가가 되도록 교육시키는 등 그의 주변 환경은 그가 훗날 위대한 작가가 될 수 있는 토양을 마련해주었다고 한다.[48] 실제로 보르헤스는

---

46) Rita Guibert, *Life en Español*, vol.31, núm. 5(11 de marzo de 1968). Borges, descendiente de una antigua familia de militares e intelectuales argentinos······.

47) Estela Canto, Borges a Contraluz, Editorial Espasa−Calpe, Madrid, 1989, p.49.

48) *Ibid.*, p.54.

자신의 유년시절에 대해 질문 받자, "나는 유년시절을 온통 아버지의
서재에서 보냈으며, 그것을 내 생애 전반에서 가장 중요한 사건이라
고 본다. 영국풍으로 꾸며진 그 서재에서 나는 많은 책을 읽었고, 그
덕분에 그 후로도 독서를 지속할 수 있었다. 아버지 서재에 키플링을
비롯해 웰스, 스티븐슨의 책들이 소장되어 있었기 때문이다."라고 밝
힌 바 있다.[49] 그리고 보르헤스는 리타 기버트와의 인터뷰에서 자신
의 조부모에 대해 다음과 같은 설명을 한 바 있다.

> 나의 친할머니는 1874년 혁명 전 당시 전사하신 보르헤스 대령의
> 아내였다.

> Mi abuela fue la mujer del coronel Borges que murió en combate
> en la revolución de 1874.[50]

더욱이 그의 조모 프랜시스 하슬램 아네트는 영국 혈통이었으며
그 영향으로 어린 시절부터 보르헤스는 자연스럽게 영어와 영국식
문화에 노출될 수 있었다. 그의 어린 시절은 할머니의 영향이 다분했
던 시절이었다. 실례로, 어느 날 신문기자가 왜 친 이스라엘 성향을
갖는지 묻자, 보르헤스는 '성경을 통째로 암기하셨던' 개신교도 할머
니를 언급하였으며, 자신이 '모든 것이 신이다'라는 범신론 사상을 역
설한 바 있는 스피노자에 얼마나 심취했었는지를 말했다. 또한 카발

---

49) Ricardo Wulicher, Borges para Millones, Ediciones Corregidor, Buenos
Aires, 1978, p.48.
La infancia mía fue la biblioteca de mi padre, es el hecho capital de
mi vida. Esa biblioteca inglesa en la que yo leí casi todo lo que seguí
leyendo después, porque en esa biblioteca estaba Kipling, estaba Wells,
estaba Stevenson.
50) Rita Guibert, op. cit.

라와 존재의 본질을 상호 관계 속에서 파악한 마틴 부버, 일상생활의 모든 것을 신성화하는 하시디즘을 언급하였을 뿐 아니라, 다음과 같이 말하기도 했다. "또 다른 이유가 있습니다. 어머님 성이 아세베도인데, 라모스 메히아가 부에노스 아이레스 내의 유서 깊은 가문들에 대해 쓴 책에 따르면 대다수의 성들이 한두 개 정도의 뿌리에서 뻗어 나왔다고 쓰고 있습니다. 그중 하나가 바스크에서 유래한 성이고, 또 하나가 포르투갈 계 유태의 성인데, 그중 포르투갈 계 유태의 성 중에 어머니 성씨인 아세베도가 포함되어 있더군요."[51] 보르헤스는 이처럼 유년 시절부터 영국식 문화에 익숙해진 결과 미국에 대한 막연한 동경을 가져왔고, 그것은 훗날 그가 세계시민이 될 수 있는 근본적인 밑거름이 되었다고 볼 수 있다.

어린 시절부터 (……) 나는 미국을 동경해 왔고, 그것은 지금도 여전하다. 나의 조모께서는 영국 출신이셨기 때문에 내가 어린 시절부터 우리 집에서는 영어와 스페인어를 구분 없이 혼용하곤 했었던 것이 그 이유였던 것 같다. (……) 내가 태어나던 해, 그러니까 1899년 당시만 해도 전 세계, 아르헨티나, 좀 더 구체적으로 말하자면 부에노스아이레스는 오로지 프랑스 지향적이었다. (……) 그러나 오늘날 전 세계의 주된 경향은 미국 지향적인 것이다.

---

51) Estela Canto, *op. cit.*, pp.46－47.
　　Cuando el periodista le pregunta el motivo de sus simpatías por Israel, Borges nombra a su abuela protestante, que ≪conocía la Biblia de memoria≫, y menciona su profunda admiración por Spinoza; habla de la Cábala, de Martin Buber, del hasidismo, y añade textualmente: "Además, puede haber otra razón. El apellido de mi madre es Acevedo. Ramos Mejía ha escrito un libro sobre las viejas familias porteñas y afirma que, por lo general, tienen uno de dos orígenes: son vascas o judeo－portuguesas. entre estas últimas menciona a los Acevedo, el nombre de mi madre."

Desde aquellos días de la infancia (······) he sentido un gran afecto por los Estados Unidos y sigo sintiéndolo. Puedo influir el hecho de que una abuela mía era inglesa y de chico en mi casa se hablaba indistintamente inglés y español. (······) Cuando yo nací, en 1899, en esa época, el mundo, la Argentina, Buenos Aires en concreto, miraba hacia Francia. (······) En cambio, ahora la tendencia general en el mundo es mirar hacia los Estados Unidos.[52]

1914년에 보르헤스는 부친 기예르모 보르헤스의 눈 치료를 목적으로 유럽을 향하게 되고, 그로부터 청소년기를 제네바 등지에서 보내게 된다. 이처럼 불과 열다섯 살 때 조국 아르헨티나를 떠나 유럽에서 청소년기를 보내게 되면서 중대한 시간적 변화뿐만 아니라 공간적인 변화도 동시에 체험하게 된다. 유럽에서의 몇 년은 보르헤스가 범신론과 불교, 그노시즘 등을 접하게 되는 계기를 만들어주었으며, 프랑스문학과 독일문학을 섭렵하고 라틴어를 깨우칠 수 있는 기회가 되어주었다. 수년 후, 다시 아르헨티나로 귀향하지만, 유럽과 아르헨티나라는 상이한 두 세계 사이의 공간적 간극, 15세 소년에서 21세 청년으로의 시간적 변모는 보르헤스를 주변부적 위치에 처하게 하였고, 이는 안과 밖에서 동시에 자신이 속한 세계를 바라볼 수 있게 해주었다. 즉 정체성의 혼란을 가져올 수 있을 법한 성장배경이 오히려 세계시민이 될 수 있는 토대가 되었으며, 중심지우기를 통해 주변도 중심이 될 수 있음을 인식하게 된 것이다. 자기 현실로부터의 이러한 '탈 중심'은 보르헤스 문학의 또 다른 핵심 요소로서, 그가 자신만의 소설이론을 형성해나갈 수 있도록 만들어준 시발점이 된다.[53]

---

52) Rita Guibert, *op. cit.*
53) 낸시 케이슨 폴슨. *op. cit.*, p.23.

한편 이미 어린 시절부터 부친의 영향으로 철학서적을 섭렵해오면서 나름대로의 인식론적 배경을 수립하 온 보르헤스는 특히 버클리의 유명론을 고유의 글쓰기에 적용시키는 모습을 보여준다. 또한 쇼펜하우어로 이어지는 그들의 인식론이야말로 보르헤스에게는 진정한 우주에 대한 인식으로 여겨졌다.

잠시 철학사를 거슬러 올라가자면, 오늘에 이르기까지 후대에 지대한 영향을 미친 고대 그리스의 철학자 플라톤은 경험보다는 이성을 신뢰하고, 경험적 지식보다는 이성적 지식을 중시하며, 경험의 세계보다는 이성의 세계에 역점을 둔 철학자였다. 그는 구체적이고 경험적이며 개별적인 존재보다는 추상적이고 관념적이며 보편적인 존재인 '이데아 Idea'를 참다운(real) 것으로 보았다. 그가 상정하는 이데아는 지각을 통해서 생기는 관념(idea)과는 다르고, 마음에 떠오르는 심상(image)과도 다른 것이었다. 플라톤의 이데아는 개별적 사물들의 원형(pattern)에 불과한 것이었다.[54] 또한 플라톤에 있어 예술은 감각적인 사물에 대한 단순한 모방에 불과한 것이었다.[55] 플라톤은 예술을 이중의 모방이라고 했다. 그의 시각으로는 감각적 사물은 이데아의 모방이고, 예술은 그 이데아의 모방인 감각적 사물의 모방이기 때문이었다. 이처럼, 플라톤은 예술에 대해서 부정적 태도를 취했다. 예술은 실재(이데아)로부터 이중으로 물러나 있는 모방이기 때문에 그것은 우리에게 바른 지식을 제공하지 못하며, 따라서 열등한 것일 수밖에 없다는 것이었다.

그런가 하면, 그의 제자였던 아리스토텔레스에서도 모방은 일차적으로는 감각적 사물에 대한 단순한 모사에 기초하는 것이었다. 그러나 플라톤의 예술관과 차이가 있다면, 아리스토텔레스에 있어 예술

54) 박영식. [서양철학사의 이해], 서울: 철학과 현실사, 2000, p.71.
55) Ibid., pp.90-92.

은 감각적 대상에 대한 사실적 모방에 그치는 것이 아니고, 예술은 대상에 대한 예술가의 표상(image)을 모방하는 것이요, 예술가가 그의 마음속에 지니고 있는 대상에 대한 이상적 상태를 모방하는 것이라는 데 있었다. 이러한 의미에서 아리스토텔레스에 있어 모방은 개체에 대한 모방이 아니고 보편자에 대한 모방이라고 할 수 있을 것이다.

그렇다면 보편자란 무엇인가? 우선 보편자(universal)는 개별자(individual)와 반대되는 개념으로 해석할 수 있다.[56] 예를 들어서, 우리들 인간은 많은 개별적 사물들을 지각하고 대뜸 이것들에 관해서 말을 하곤 한다. 가령 우리는, 이것은 나무다, 저것은 바위다고 말을 하는 것이다. 즉 일반적 용어를 가지고 개별적인 것 모두에 적용시키는 것이다. 문제는 이와 같이 함으로써, 각 개별물을 독특한 것이게끔 하는 특성들이 무시된다는 점, 즉 동일한 종류에 속하는 다양한 개별물들을 서로 구별할 수 있게 하는 특성들이 간과된다는 데 있는 것이다.

이처럼, 일반적 용어가 의미하는 것은 하나의 개별적 대상이 아니라 보편자인 것이다. 말하자면, 그것은 가지적(可知的)인 대상일 수는 있어도, 물리적인 대상은 아니라 할 수 있다. 일반적으로 보편자의 문제란, 보편자들이 어떠한 종류의 존재를 가지고 있는가, 그것들이 자연 안에 현실적으로 존재하는가, 그렇지 않으면 오직 인간의 정신 속에만 존재하는가, 또 그것들은 개별물들에 대해서 어떤 관계를 갖고 있는가 하는 것을 추구하는 것인데,[57] 중세 초기에 보편자의 문제가 두드러지게 나타나고, 철학자들이 이 문제를 둘러싸고 맹

---

56) Ibid., p.151.
57) 램프레히트, 스털링 P. [서양철학사], 김태길 외 옮김, 서울: 을유문화사, 1999, p.216.

렬한 논쟁을 벌인 것은 이 문제에 대한 해답이 당시 사상계를 지배하고 있던 기독교의 여러 가지 신조에 즉각적 영향을 끼칠 수 있었기 때문이었다. 즉 보편자의 존재가 부정된다면 기독교 교리의 근본이 송두리째 흔들릴 수도 있다는 불안감이 감돌고 있었던 것이다.

이러한 중세를 지나 근세 철학의 발전 과정에 가장 중대한 영향을 미친 것은 르네상스와 프로테스탄트의 종교 개혁 그리고 천문학을 비롯한 여러 자연 과학의 눈부신 발전이었다. 르네상스의 영향으로 개인에 대한 존경은 확산되는 반면, 권위에 대한 굴종은 타파되었으며, 사람들은 서슴지 않고 기성의 관습에 도전하게 되었고, 인간 이성의 비판력에 대한 신뢰감이 갈수록 팽배해졌다.[58]

이 시기에 등장한 영국의 철학자 로크는 지식이 경험에서 생긴다는 것을 처음으로 이론화한 사람이라고 할 수 있다. 영국 경험론에 의하면, 인간은 감각을 통해 세계와 접촉한다. 감각이 세계와 통하는 통로라는 것이다. 그리고 인간은 세계와의 감각적 접촉을 통해 지식을 얻기 때문에, 감각이 지식의 시발점이고 지식은 감각에 의하여 생겨나게 된다고 한다. 이 사실은 "감각에 존재하지 않는 것은 정신에 존재하지 않는다"는 경험론의 원리에 의하여 명백히 드러나고 있다. 로크는 본유관념(innate idea)을 부인했다. 본유관념이란 인간이 타고나면서 갖고 있는 관념으로서, 경험을 통해 얻는 관념이 아니고 경험에 앞선 관념이라고 할 수 있다. 그런데 인간의 마음속에는 본유관념이 없기 때문에 우리의 마음은 아무런 관념도 없는 '공허한 방(empty cabinet)'과 같고, 아무런 글자도 쓰이지 않은 '흰 종이(tabula rasa)'와 같다고 했던 것이다. 로크에 따르면, 온갖 지식의 자료들을 얻게 되는 것은 '경험으로부터'라고 한다. 또한 사물은 관념을 일으키는 힘이나 성질을 지니는데, 로크는 사물이 갖는 성질을

---

58) *Ibid.*, pp.293-294.

제1성질과 제2성질의 둘로 나누어 보았다. 로크가 말하는 제1성질 (primary quality)은 사물에 속한 성질이요, 그 사물로부터 분리될 수 없는 성질이다. 제1성질로는 고체성·연장성·모양·운동·정지 등을 들 수 있다. 다음으로 제2성질(secondary quality)은 사물과 감각과의 접촉에서 생기는 감각적 성질이다.[59]

그런데 로크가 제1성질과 제2성질을 구분했던 것에 비해, 후대의 철학자 버클리는 모든 성질을 사물에 속하는 성질로 보아 이 구분을 수용하지 않았다. 즉 색깔이 실재적인 것이 아니라면 좌우전후로의 연장도 실재적인 것이 아니라는 것이었다. 크기와 부피로 연장된 물체는 색깔을 갖고 있고 색깔을 지닌 물체는 어느 만큼이든지 연장되어 있으므로, 하나의 물체는 연장되어 있으면서 색깔을 지니고 있다는 것이다. 버클리에게 있어서 이 두 성질은 결국 동격의 것이었다. 버클리는 사물의 실재성은 오직 지각을 통해서만 알게 된다고 했다. 지각을 떠나서는 사물의 존재를 알 수 없기 때문이었다. 여기서 버클리의 유명한 명제 "존재는 지각됨이다(esse est percipi)"가 나오게 된다. 한마디로 어떤 형태로든 지각되어야만 존재한다 말할 수 있고, 이를 뒤집으면 지각되지 않은 것은 존재한다고 말할 수 없다는 것이다. 그리고 지각에 의하여 우리의 마음에 관념이 생기기 때문에 결국 지각된 사물은 우리 마음속의 관념으로 된다는 것이다. 이렇게 볼 때 버클리에서는 모든 사물은 어떤 정신 속에 있는 관념에 불과한 것이 된다. 따라서 결국 관념 이외에는 아무 것도 없는 것으로 되는 것이다. 그러나 버클리에 따르면 이 세계에는 관념만 있는 것이 아니고, 이 관념을 인식하고 상상하고 기억하는 '어떤 것' 또한 있다고 한다. 그리고 이 '어떤 것'을 버클리는 '정신'이라고 명명했다. 따라서 버클리에서는 정신과 관념의 둘만 있게 된 것이다. 버클

---

59) 박영식. *op. cit.*, pp.238-242.

리는 물질적 우주라는 것은 신성의 정신 속에 담겨 있는 하나의 관념 이상 아무 것도 아니라고 말한다.(II, p.14) 단 버클리의 관념론은 플라톤의 관념론과는 달랐다. 전통적 관념론, 즉 플라톤의 관념론에서의 관념은 정신을 떠나서 실재성을 지닌다. 관념은 완전한 것이고 사물은 그것을 모방한 불완전한 것이다. 이에 비해 버클리의 관념론에서의 관념은 지각을 통해 생겨나 정신 속에 머무는 것이고, 정신을 떠나서는 존재할 수 없으며 사물에서 분리될 수 없다는 속성을 지니고 있다. 한마디로 버클리의 관념은 객관적 관념이 아니고 주관적 관념인 것이다.60)

이와 같이, 로크는 실체를 '내가 알 수 없는 어떤 것'이라고 하면서도 물체적·정신적·신적 실체들을 모두 긍정했던 데 비해 버클리는 물체적 실체는 부인하면서도 정신적·신적 실체는 인정했다. 그러나 그 후 흄은 모든 종류의 실체를 부인하고 나섰다. 그는 "인상에 없는 관념이란 존재할 수 없다"는 경험론적 원리를 철저히 밀고 나가 실체를 부인하게 되었던 것이다. 흄은 실체를, 인간의 상상이 위조한 허구에 불과한 것이요, 어둠 속의 유령과 같은 것이라고 말했다.61)

보르헤스가 자주 언급하는 철학자들 중에서도 가장 선호하는 사람은 아마도 쇼펜하우어일 것이다.62) 플라톤의 이데아론 및 인도의 베다철학의 영향을 받아 염세관을 사상의 기조로 삼는 쇼펜하우어의 철학세계는 근본적으로 칸트철학의 한 답습이었다. 다만 피히테나 헤겔이 물자체(物自體)를 완전히 제거해버린 데 비해 그는 물자체를

60) Ibid., pp.248－249.
61) Ibid., p.256.
62) Jaime Alazraki, op. cit., p.38.
De todos los filósofos frecuentados por Borges es tal vez Schopenhauer el preferido.

남겨두되, 그것을 의지(意志)와 동일한 것으로 간주한 것이 차이점이
었다.[63] 쇼펜하우어에 의하면, 우리의 신체로서 지각에 나타나는 것
은 참된 의지라고 한다. 의지의 작용에 대응하는 현상은 신체의 운
동인데, 쇼펜하우어에 의하면 이로 말미암아 신체가 현상이고, 그 현
상의 실재가 의지라는 것이다.

이렇게 버클리에서 쇼펜하우어에 이르는 인식론의 흐름을 수용한
보르헤스는 또한 다양한 종교에 대해서도 많은 연구를 마다하지 않
았으며, 그러한 연구는 훗날 그가 혼재향적 글쓰기를 할 수 있는 인
식론적 토양이 되어주었다.

> 나는 내 생애의 여러 해 동안을 중국철학, 특히 도교 연구에 정진했
> 다. 도교는 매우 흥미로운 종교였다. 나는 또한 불교도 연구한 바 있다.
> 수피교 역시 마찬가지였다. (……) 나는 이러한 종교들 혹은 사고와 행
> 위의 가능성에 대한 동양 철학이라 할 수 있는 이러한 것들을 문학을
> 위한 상상적 시각에서 연구한 것이다. 그러나 나는 모든 철학도 마찬가
> 지라고 믿는다. 나는 쇼펜하우어나 버클리를 제외하고는 우주에 대한
> 진정한 묘사 혹은 진실을 읽고 있다는 느낌을 결코 가질 수 없었다.

> He dedicado muchos años de mi vida al estudio de la filosofía china,
> especialmente taoísmo, que me ha interesado mucho, y también he
> estudiado el budismo. He estado también muy interesado por el sufismo.
> (……) He estudiado esas religiones, o esas filosofías orientales como
> posibilidades para el pensamiento o para la conducta, o las he estudiado
> desde un punto de vista imaginativo para la literatura. Pero yo creo que
> eso ocurre con tada la filosofía. Creo que fuera de Schopenhauer, o de
> Berkeley, yo no he tenido nunca la sensación de estar leyendo una
> descripción verdadera o siquiera verosímil del mundo.[64]

---

63) 램프레히트, 스털링 P. *op. cit.*, p.1047.

더욱이 부친의 친구였던 마세도니오 페르난데스가 매우 중남미적이면서도 형이상학적이었던 데 영향을 받아, 그와의 친분이 두터워질수록 보르헤스 역시 형이상학적인 주제를 생각하고 시공간에 대해 고민할 수 있는 능력을 배양시킬 수 있었다. 마세도니오 페르난데스는 행동을 앞세우는 사람은 아니었고, 그저 사색이 주는 순수한 즐거움에 빠져 사는 사람이었다고 한다.(PP, p.75.) 그의 두뇌 활동은 끊임이 없었고 또한 신속했다. 다만 얼른 겉으로 드러내지 않을 뿐이었다. 그리고 그에게는 주변 사람들의 비난이나 지지나 중요할 바 없었다.(PP, p.79)

마세도니오 페르난데스에 대해 보르헤스는 한 기고문을 통해 다음과 같이 고백한 바 있다. "이미 내 나이 꽤 되었고, 그동안 유명 인사들과 숱한 대화를 나누어보았다. 그러나 그 누구도 내게 마세도니오만큼, 아니 그와 비슷할 정도라도 깊은 인상을 남겨주지 못했다. 그는 자신의 놀랄 만한 지성을 드러내기보다는 감추는 사람이었다.(PP, p.76.) 나는 아버지로부터 마세도니오와의 우정 그리고 그에 대한 숭배를 이어받았다. 1921년에 우리 가족은 수년간의 유럽 생활을 정리하고 귀국하게 되었는데, 처음에는 제네바의 서점들, 마드리드에서 만끽했던 대화를 통한 풍요로운 삶이 무척이나 그리웠었다. 하지만 그런 향수들은 마세도니오를 만나게 되면서 떨쳐버릴 수 있었다."(PP, p.77.)

물론 보르헤스는 전통적인 가톨릭 국가에서 태어나고 성장했다. 그러나 다양한 종교서적을 탐독하고 신사조를 접할 수 있는 기회를 얻게 되면서 우주와 인간에 대한 인식론적 고민에 빠져들고 불가지론적 회의를 거듭하게 된 바 있다. 이는 유일신 사상으로 대표되는 기독교 교리와는 대치되는 행위로 볼 수 있으며, 결국 보르헤스는

---

64) Rita Guibert, *op. cit.*

자신의 뿌리를 거부하지는 않지만 기독교인이라는 전통을 포기하기
에 이른다.65)

지금까지 나는 여러 차례 '신'에 대한 글을 써왔고, 개중에는 유머스
러운 방식으로 신의 존재를 증명한 글도 있었다. 그러나 궁극적으로는
내가 하나님의 존재를 과연 믿고 있는 것인지 잘 모르겠다. 물론 나는
만물의 이면에는 우리 아닌 뭔가가 존재하고 있다고 믿는다. 그러나
그게 과연 하나님인지는…… 나는 신을 믿는 것이 두렵다. 사람들이 다
른 것보다는 자기 스스로에 대한 연민 때문에 하나님을 믿고 있기 때
문이다.

He escrito mucho sobre Dios, inclusive he escrito una demostración
casi humorística sobre su existencia. Pero al fin de cuentas no sé si
creo en Dios. Creo que algo, no nosotros, está detrás de las cosas. Pero
respecto a Dios…… Tengo miedo de creer en Dios porque los humanos
siempre creemos en Dios más por autocompasión que por otra cosa.66)

또한 이와 관련해, 보르헤스는 "왜 스스로를 기독교인이라 부르지
않는가"라는 질문에 대해 다음과 같이 대답하고 있다.

나 스스로가 기독교인이라고 느꼈던 시절이 있었다. 그러나 훗날 기
독교인임을 받아들이고 그 신학적 체계를 수용하는 것에 대해 생각해
본 결과 내가 실제로는 기독교인이 아님을 깨달을 수 있었다. 가톨릭

---

65) 보르헤스는 한 인터뷰에서 종교적 회의주의에 대해서는 어떻게 생각하
느냐는 질문을 받자, "그 면에 있어서는 매우 회의적인 생각을 가지고
있어서, 이제는 신이 존재하지 않는 것은 아닐까라는 의구심마저 갖고
있습니다."고 대답했다.
Pablo Brescia y Lauro Zavala, *op. cit.*, p.329.
En eso he sido tan escéptico que ahora ya dudo de que *no* exista Dios.
66) Pablo Brescia y Lauro Zavala, *op. cit.*, p.333.

신자이면서도 나는 개신교에 오히려 이끌리고 있었다. 내가 이렇게 개신교 쪽으로 끌리게 된 것은 지위서열의 부재 때문이었던 것 같다. (……) 뿐만 아니라, 나는 유태교도가 될 수 있는 가능한 모든 일을 다 하기도 했다. 나는 늘 유태 시조들을 찾아 헤맸다. 우리 어머니는 아세베도 가문 출신이니 포르투갈 유태인 혈통으로 볼 수 있을 것이다. (……) 또한 나는 카발라와 스피노자 철학에도 많은 관심을 가졌다. (……) 사실 우리 모두는 혈통 속에 흐르는 다양한 유전자를 넘어서 결국은 그리스인이자 히브리인인 것이다. 로마라는 것이 그리스의 확장임을 생각해보면 우리 모두 그리스인이 아닐 수 없다. (……) 모든 라틴 문학과 철학은 결국 그리스 문학과 철학에 근간하고 있다. 한편 우리가 스스로를 기독교인이라고 믿든 믿지 않던 간에, 결국 유대교에서 비롯되었음에는 의문의 여지가 없다.

Porque hay momentos en que me siento cristiano, y luego cuando pienso que admitirlo comporta aceptar todo un sistema teológico, veo que realmente no lo soy. Siendo católico, me siento atraído por el protestantismo. Yo creo que lo que me atrae en el protestantismo, o en algunas formas del protestantismo, es la ausencia de una jerarquía. (……) Además, yo he hecho todo lo posible por ser judío. Siempre he buscado antepasados judíos. La familia de mi madre es Acevedo, y podría ser judía portuguesa. (……)……me han interesado mucho la cábala y la filosofía de Spinoza, …… (……) Creo que nosotros, más allá de las vicisitudes de nuestra sangre, somos dos cosas: griegos y hebreos. Somos griegos porque Roma no fue otra cosa que una extensión de Grecia. (……) Toda la literatura y la filosofía latinas están basadas en la literatura y filosofía griegas. Por otro lado, podemos creer o no creer en el cristianismo, pero es indudable que procede del judaísmo.[67]

---

67) Rita Guibert, *op. cit.*

결국, 보르헤스는 경직된 기독교적 시각으로 우주와 인간의 본질을 탐구하지 않았다. 물론 스스로의 말처럼 각자의 믿음과는 상관없이 서구인들의 근간이 유대교임을 부인하지는 않지만 편협하지 않은 자세로 모든 종교서를 지적 탐구의 대상으로 삼았던 일은 그의 인식론적 기틀이 다분히 혼재향적일 수 있는 토양을 마련하는 데 일조하였던 것으로 분석된다.

더욱이 앞서 언급한 바 있던 어마어마한 독서량과 가문에 내려오던 유전적 영향으로 일찍이 실명하게 되었던 개인적 불운은 오히려 다양한 인식론적 토양을 발판으로 하여 무한한 문학적 상상력을 발휘할 수 있는 계기로 작용하기도 하였다. 보르헤스는 자신의 실명 사실을 작가의 천분을 타고 태어나고 그 천분에 순응한 것만큼이나 순순히 운명으로 받아들이는 여유 있는 자세를 보여준다.

> 어느 날 오후, 대담 프로에 출연하기 위해 보스톤 텔레비전 방송에 갈 일이 있었다. 택시기사가 보르헤스의 집 앞에 도착해 문 앞에 서 있던 그에게 말했다. "장님 한 사람을 태우러 왔는데요." 그러자 안색 하나 변하지 않고 보르헤스가 대답했다. "내가 바로 장님이라오. 잠시만 기다려 주시오."

> －Una tarde que iba a ser entrevistado por la televisión de Boston, el chófer del taxi que vino a buscarlo, al verlo en la puerta, le dijo: "Vengo a recoger a un ciego." Sin inmutarse, Borges contestó: "Yo soy el ciego, espere un momento por favor."[68]

그리고 시력 상실로 인한 영향에 대해서도 오히려 전향적인 자세를 드러낸다.

---

68) *Ibid.*

나는 평생 동안 좋은 시력을 가져본 적이 한번도 없었지만, 장차 나의 운명이 어떻게 될지는 알고 있었다. (……) 1955년, 그러니까 자유혁명 이후 내가 국립도서관장에 임명되었을 당시 나는 이미 책을 볼 수 없을 지경에 이르러 있었다. (……) "……나에게 수많은 책들과 어둠이 함께 주어진 것이었다. ……" (……) 조금이라도 보이는 것과 전혀 보이지 않는 것 사이에는 엄청난 차이가 존재한다. 아무 것도 볼 수 없는 사람은 수인(囚人)에 다름 아니다. 반면, 나는 자유롭게 도시 여기저기를 돌아다닐 수 있을 정도로는 앞이 보였다.

Yo nunca tuve mucha vista, pero sabía cuál sería mi destino. (……) y en 1955, cuando la Revolución Libertadora me nombró director de la Biblioteca Nacional, ya no podía leer. (……) "……Me dio a la vez los libros y la noche……" (……) hay una diferencia casi infinita entre ver muy poco o no ver. Una persona que no ve está como prisionera; en cambio, yo veo bastante para poder recorrer las ciudades con cierta ilusión de libertad.69)

실명은 또한 보르헤스가 에세이식의 짤막한 글 형식을 선호하게 되는 데 결정적인 영향을 미쳤다. 보르헤스는 스스로 지금껏 장편소설을 써본 적이 없다고 밝히면서, 장편소설의 경우에는 소설을 읽은 독자들 입장에서도 연속적인 방식으로 소설을 읽어야 하는 것과 마찬가지로 작가 역시 연속적인 방법으로 쓸 수밖에 없기 때문이라고 그 이유를 밝히고 있다. 그리고 분량이 한 페이지나 한 페이지 반 정도에 달하는—우화나 비유 같은—단시와 짧은 글들을 즐겨 쓰는데, 실명으로 인해 이런 글들도 머리 속에 기억해두었다가 나중에 옮겨 쓰거나 수정한다고 자신의 글쓰기 작업을 설명하고 있다.70)

69) I*bid*.
70) I*bid*.

그리고 실명은 독서와 글쓰기에 있어서 집중력이 강화되는 계기로도 작용한다고 말한다.

> 사람이 실명을 하게 되면, 시간이 그 전과는 상이한 형태로 흐른다. (……) 모든 것에 대해 생각하거나 혹은 아무런 생각도 하지 않은 채 그저 살아갈 뿐이다. 그저 시간이 흐르도록 놓아두는 것이다. (……) 그러나 거기에는 일종의 달콤함과 좀 더 강력한 집중력이 있다. (……) 예전에는, 그러니까 아직 시력이 살아 있을 때에는 표피적인 독서를 했다. 언제라도 다시 읽을 수 있음을 알고 있었기 때문이었다. 그러나 지금은, 누군가 다른 사람에게 책을 읽어달라고 부탁을 해야 하는데, 이때 계속해서 다시 읽어달라고 할 수는 없는 일이다. 그래서 큰 소리로 책을 읽어줄 때에는 이전보다 훨씬 더 집중해서 듣게 된다.

> ……el tiempo fluye de un modo distinto cuando uno ha perdido la vista. (……)……pienso en cualquier cosa; o simplemente no pienso, me dejo vivir no más. Dejo que el tiempo fluya, (……) pero sí con una especie de dulzura, con mucha más concentración. (……)……antes cuando yo leía algo, lo leía de un modo superficial, porque sabía que podía volver al libro. En cambio ahora, si le pido a una persona que me lea no puedo estar exigiéndole eso continuamente. Cuando me leen en voz alta, escucho con más atención que antes.[71]

La ceguera ha influido sin duda en mi ≪obra≫. Llamémosla así entre comillas. Nunca he escrito una novela, porque pienso que de igual modo que la novela existe de un modo sucesivo para el lector, quizá sólo exista de un modo sucesivo para el autor también. (……) Además, estoy escribiendo coplas de milonga y otras composiciones breves—como fábulas y parábolas—que pueden abarcar una página o una página y media. También ésos puedo llevarlos en la cabeza, dictarlos y corregirlos después.

71) I*bid.*

보르헤스 전문가로 인정받은 바 있었던 에미르 로드리게스 모네갈 Emir Rodriguez Monegal은 이미 시력을 거의 상실한 보르헤스와 함께 아르헨티나 국립 도서관 서가 사이를 걸었던 일화를 말하면서 당시의 경험을 플라톤의 동굴신화에 역으로 비유한 바 있다.72)

보르헤스는 내 손을 잡아끌고는 재빨리 기다랗고 구불구불하게 나 있는 계단을 내려간다. 나는 멍한 상태로 어둠의 한 가운데 남게 된 것이다. 순간, 복도의 저쪽 끝으로 불빛이 흘러나오고 있는 게 보인다. 그리고 그곳에서는 단조로운 현실이 나를 기다리고 있다. 친구 녀석을 골탕 먹인 꼬마 아이의 얼굴에 떠오르는 그런 미소를 머금은 보르헤스의 곁에 선 채, 나는 시계를 회복한다. 빛과 그림자로 이루어진 진정한 세계, 내가 인식하도록 훈련되어진 인습의 세계를. 그렇지만 나는 여전히 종이로 만든 미로 같은(또 다른) 현실에 의해 산산조각 난 꿈속에서 깊은 물 속에 잠겼다가 수면 위로 올라온 사람과도 같은 경험을 하고 있는 것이다.

"Borges drags me, makes me quickly descend the long, winding staircase, fall exhausted into the center of darkness. Suddlenly, there is light at the end of another corridor. Prosaic reality awaits me there. Next to Borges, who smiles like a child who has played a joke on a friend, I recover my eyesight, the real world of light and shadow, the conventions I am trained to recognize. But I come out of the experience

---

72) 조정옥. [알기 쉬운 철학의 세계], 서울: 철학과 현실사, 1998, p.133.
우리가 보고 듣고 만지는 세계는 우리에게 가장 현실적이고 실재적이고 진실한 세계라고 생각되지만, 그런 감각세계는 플라톤에 의하면 가상에 불과하며 하나의 어두운 동굴과 같다. 쇠사슬에 묶인 수인과 같은 사람들이 캄캄한 동굴 속에서 타오르는 불길에 비춰진 사물들을 보고 있는데 그것은 사물의 참모습(이데아)이 아니라 이데아의 그림자에 불과하다. 동굴 속에서 어떤 한 사람(철학자)이 사슬을 끊고 밖으로 나아가 눈부신 태양 아래 나타난 이데아를 바라본다. 이것이 동굴의 비유이다.

like one who emerges from deep water of a dream, shattered by the(other) reality of that labyrinth of paper."[73]

찬란한 빛을 바라보는 대신, 모네갈은 여전히 도서관이라는 꿈 혹은 악몽 속에 잠겨 있는 듯해 보인다. 진정한 빛과 어둠의 세계는 하나의 환영으로 화했으며, 세계의 질서 역시 순간적으로 정지해버린 것이다. 도서관은 모네갈이 발견해낸 것처럼, 거부감을 줌과 동시에 매력을 발산하기도 하고, 백일하에 드러내는가 하면 어둠 속으로 침잠하기도 하고, 지식을 전달하기도 하고 때로는 혼돈 속으로 빠져들기도 한다. 이러한 도서관이야말로 실명한 보르헤스에게 있어서 에덴동산과 같은 낙원이었다.[74]

이렇게 헤아릴 수 없을 정도의 수많은 책을 탐독했던 보르헤스의 독서량과 버클리를 필두로 하는 다양한 철학자들의 사상에 대학 철학적 사유, 다양한 종교에 대한 식견 그리고 실명을 계기로 한 새로운 글쓰기 형식의 시도와 이로 인해 갖게 된 '시간'에 대한 새로운 개념 인식 등의 보르헤스 개인적인 성장배경은 혼돈의 시대인 20세기라는 시대적 배경과 맞물려 보르헤스가 문학이라는 틀을 빌어 혼재적 공간을 탄생시키게 된 자양분이 되었다.

---

73) Emir Rodríguez Monegal, Jorge Luis Borges: A Literary Biography, New York: Dutton, 1978, p.431.
74) Edna Aizenberg, Borges and His Successors, Columbia, University of Missouri Press, 1990, p.114.

3. 보르헤스 헤테로토피아의 특징

보르헤스는 유년 시절의 스페인 체류 경험과 청년 시절의 유럽 문화 접촉을 통해 개방적인 성품을 취득하고 지적 호기심을 강화시키고 충족시킬 수 있었으며, 중남미적임과 동시에 형이상학적이었던 마세도니오 페르난데스로부터는 형이상학적 주제를 고찰하는 태도를 자연스럽게 배웠다.

뿐만 아니라 마세도니오 페르난데스와 역시 다독가였던 부친의 영향으로 일찍이 유럽 대륙의 철학을 접하게 된 보르헤스는 그중에서도 특히 영국 경험론에 심취하게 된다.

로드리게스 모네갈은 저서 『보르헤스가 쓴 보르헤스 Borges por él mismo』에서 실제로 보르헤스의 사상은 '감각의 인상 이면에 객체가 존재함을 부정'한 버클리와, '변화의 인지 이면에 주체가 존재하지 않는다'고 한 흄으로부터 출발하여, '그 누구도 과거에 살지 않았으며, 그 누구도 미래를 살지 않을 것이다. 현재만이 유일한 삶의 형상이며, 현재야말로 당신의 소유물로서 그 어떤 악도 당신으로부터 현재를 빼앗아갈 수는 없다'고 한 쇼펜하우어에 도달하게 된다고 말한 바 있다.[75]

보르헤스는 이 세 명의 철학자들의 사상, 즉 객체와 주체에 대한 부정을 출발점으로 하여, 자신만의 고유한 경험에 깊이 뿌리내리고 있는 이론을 확립시켜 나간다. 즉 버클리의 관념론에서 출발한 철학적 사유의 결과를 문학에 적용시킨 것이다.

이때 보르헤스는 현상적 실체에 대한 희의를 거듭하는 과정에서

---

75) Emir Rodríguez Monegal, <u>Borges por él mismo</u>, Barcelona: Editorial laia, 1984. p.87.

인간에게 있어 죽음이야말로 피할 수 없는 운명이기에 모든 철학적 혹은 인식론적 사유의 결과는 '시간'이라는 단 하나의 주제로 회귀하게 됨을 깨닫게 되고, 시간의 주제를 철두철미하게 분석하기에 이른다. 그 결과, 보르헤스는 시간이라는 것이 과거의 전통적인 기독교적 선형개념으로 파악할 수 없는 것임을 확인하고 그 대안으로 순환하고, 역행하고, 갈라지는 시간개념을 상정해본다. 이 시간의 개념은 결국 모든 철학적 사유와 그를 둘러싼 외계의 사물에도 적용되어 기존의 인식론적 틀을 깨는 혼재향을 형성하게 된다.

보르헤스가 인생이 덧없고 허망하기 때문에 '꿈'과 같다고 묘사했던 전통적 시각을 그대로 답습하고 있다고 볼 수는 없다. 아니, 절대 그것은 아니다. 보르헤스는 좀 더 과격한 작가라 하겠다. 그는 인생뿐 아니라 총체적 현실 모두가 꿈결과도 같은 특성을 지니고 있다고 본다. (……) 그런가 하면, 세계를 모든 사람들에 의해 꾸어지는, 즉 '모두가 함께 꾸는 꿈'이라고 정의하기도 했다. 따라서 죽음 역시 또 다른 꿈의 재현이라는 것이다. 이처럼 전통적 이미지에 역설적 자유로움으로 변화를 가함으로써, 보르헤스는 자신의 텍스트 체계에 세상에 대한 그만의 고유한 시각을 부여한다.

No se trata sin embargo, de afirmar que Borges comparte aquella visión tradicional de que la vida es un sueño porque es fugaz y transitoria. No Borges es más radical: no sólo la vida, la realidad entera es de naturaleza onírica. (……) En otro lugar dirá que el universo es soñado por todos, que es un sueño "compartido". Por eso la muerte es presentada como otro sueño. Manejando con libertad paradójica esas pocas imágenes tradicionales, Borges forja de a poco en el sistema de sus textos una visión personal del mundo.[76]

---

76) Ibid., p.100.

　그 결과 "나는 근대성이라는 미신과, 오늘은 어제와 조금 다르고 내일은 또 오늘과 조금 다르리라는 꿈으로부터 자유로워졌음을 느낀다."[77]라는 생각이 가능할 수 있는 것이다.

　그리고 이를 드러내는 장치로서 거울 이미지의 우주를 상정하고 있는 것이다.

　"거울은 공간을 점유하지 않는 공간이기에 유토피아라 할 수 있다. 나는 거울 속에서 나 자신이 아닌 나를 발견하지만, 그 나는 비현실적인 나이며 거울의 표면 뒤쪽에 존재하는 비공간적인 나다. 나는 그곳에 있지만 그곳에 있지 않다……. 그러나 거울이 현실 세계에 존재하는 한 그곳은 또한 혼재향의 세계이며, 내가 공간을 점유하고 있다는 사실에 대한 일종의 반－행위적 영향력을 발생시킨다. 거울 앞의 공간으로부터 나는 나 자신의 모습이 반영된 그곳(거울 속)에 나 자신이 부재함을 발견하게 된다. 이 현실적 공간에 발붙이고 선 채 나 자신을 응시하면서 나는 또 다른 거울 속 공간 속에 위치한 나 자신으로 돌아가게 되고, 나 자신에게 시선을 돌림으로써 상대편에 존재하는 나를 형성시킨다. 이런 과정을 볼 때, 거울은 하나의 혼재향이다. 그것은 내가 점유하고 있는 이 공간을 하나의 확고한 현실로 만들어준다……. 그리고 확고한 비현실로도 만들어준다."

　"The mirror is, after all, a utopia, since it is a placeless place. In the mirror, I see myself there where I am not, in an unreal, virtual space that opens up behind the surface; I am over there, there where I am not…… But it is also a heterotopia in so far as the mirror does exist in reality, where it exerts a sort of counter－action on the position that I occupy. From the standpoint of the mirror I discover my absence from the place where I am since I see myself over there. Starting

---

77) 낸시 케이슨 폴슨. *op. cit.*, p.25.

from this gaze that is, as it were, directed toward me, from the ground of this virtual space that is on the other side of the glass, I come back toward myself; I begin again to direct my eyes toward myself and to reconstitute myself there where I am. The mirror functions as a heterotopia in this respect: it makes this place that I occupy at once absolutely real…… and absolutely unreal."[78]

이처럼 보르헤스가 비선형적인 시간관을 상정하고, 거울의 이미지로서의 현실과 비현실의 상호 투영을 문학에 적용시킴으로써 '고갈'이라는 선고를 받고 만 문학에 대해 '소생'이라는 진단을 내릴 수 있게 된 것이다. 이는 혼재적 우주 인식의 결과, 텍스트를 통해 확고부동한 것으로 인식되던, 그러나 허구에 불과한 외부의 세계를 반영하는 대신 또 다른 허구인 텍스트를 반영하게 됨으로써, 푸코의 말대로 혼재적 효과를 발생시키게 되고, 텍스트와 현실 사이에 존재하던 '모방'이라는 관계가 뿌리째 흔들리게 됨을 의미한다.[79]

실제로 하나의 텍스트가 또 다른 텍스트를 반영하는, 즉 또 다른 텍스트에 대해 언급할 수 있는 방법은 패러디, 패스티쉬, 에코, 암시, 직접 인용 등 다양하다. 일부 이론가들은 상호 텍스트성이 문학에 있어서 필수적인 요소라고 말한다. 즉 모든 텍스트들은 그 텍스트를 쓴 저자가 그 사실을 깨닫고 있든 그렇지 못하든 상관없이 다른 텍스트를 재료로 하여 짜여져 있다는 것이다.[80]

---

78) Edna Aizenberg, *op. cit.*, p.118.
79) I*bid*.
80) David Lodge, *op. cit.*, pp.98－99.
There are many ways by which one text can refer to another: parody, pastiche, echo, allusion, direct quotation, structural parallelism. Some theorists believe that intertextuality is the very condition of literature, that all texts are woven from the tissues of other texts, whether their authors know it or not.

비오이 카사레스 Bioy Casares는 『환상문학 선집 Antología de la Literatura Fantástica』에서 보르헤스 소설의 특징을 다음과 같이 설명하고 있다. "보르헤스는 에세이와 픽션을 동시에 포괄하는 새로운 문학 장르를 개척하였다. 이 새 장르 속에는 끊임없는 지성과 행복한 상상력이 충만하고, 지루함이나 인간적인 면들, 즉 정감적이고 감상적인 요소들은 존재하지 않은 채, 지적이고 철학적이며 문학 전문가에 가까운 독자들을 지향하고 있다."[81] 즉 인간적 요소의 부재를 강조하면서, 사실주의를 완전히 배격하는 수단으로 환상성을 부각시키고 있다고 말하고 있는 것이다. 환상문학의 결과는 바로 일종의 모호성의 창출이다. 환상적 요소들이 빚어내는 효과는 다름 아닌, 그것이 현실일 수도 있지 않을까라는 가능성들을 수용하는 과정에서의 '망설임'이다. 바레네체아 Barrenechea가 보기에, 보르헤스의 환상성은 바로 현실적인 것과 비현실적인 것 사이의 대조에서 발생하는 문제의식 problematización이다. 이러한 환상세계 앞에서 독자들은 동요상태에 놓인다. 왜냐하면 우리로서 '현실'과 환상, 과거와 현재, 보이는 것과 보이지 않는 것 사이를 구분하는 것은 불가능하기 때문이다. 이제 더 이상 뚜렷한 서술의 중심은 없고, 언어는 일련의 자의적 대체물로 변화되고 만 것이다.[82]

보르헤스는 현 사회가 바탕을 두고 있는 모든 기반을 붕괴시킨다. 즉 시간, 공간, 주체성, 언어, 이야기 그리고 글쓰기의 코드를 무효화하는 것이다. 그것의 열린 결말은 무서운 방식으로 우리를 불안하게 하는데 이는 현실에 대한 완전한 부정은 동시에 우리를 탈출구 없는 혼재향적 동요 상태로 몰아가기 때문이다.[83] 현실과 비현실이

---

81) 낸시 케이슨 폴슨. *op. cit.*, p.27에서 재인용.
82) *Ibid.*, pp.29-74.
83) *Ibid.*, p.59.

뒤섞인다면, 도대체 이 '현실'은 무엇이며, 그 속의 '나'는 무엇인가 라는 비관적 의문을 갖게 되는 것은 당연한 이치일 테니 말이다.

결론적으로, 보르헤스 작품이 추구하는 이상은 무한한 가능성을 내포하는 것이며[84], 보르헤스의 헤테로토피아의 근본적인 특징이라 면 우주와 자아와 시간에 대한 그리고 한발 더 나아가 문학에 대한 기존 인식론의 틀을 완전히 해체시키는 파격에 있다고 할 수 있다. 즉 '거울주의'를 통한 상호 투영의 결과, 현실과 비현실의 경계가 모 호해지고, 그 결과 혼재적 효과를 발생시킨다는 데 있는 것이다. 그 자세한 특징은 본문에서 살펴보도록 하겠다.

---

84) Ezequiel de Olaso, *op. cit.*, p.133.
   El ideal de un cuento borgeano es encerrar infinitas posibilidades.

헤테로토피아의 심층적 측면

1. 코스모스적 우주관 vs 우주인식의 혼재향

보르헤스는 자신의 문학세계 전반에서 꿈과 칼을 비롯한 다양한 상징들을 활용하고 있으며, 특히 거울과 미로라는 메타포를 즐겨 사용하고 있다. 거울이라는 메타포는 동일성을 창조함과 동시에 원형, 즉 현실을 무한히 확장하는 특징을 지니고 있다. 마주 보는 두 개의 거울을 가정해볼 때 인지할 수 있듯이 거울은 동일성의 무한 확장을 암시하는 상징이다. 그리고 그 거울에 의해 복제된 무한한 상들은 현실의 허상이다. 즉 거울이 만들어 내는 상은 모두가 허상인 것이다. 보르헤스는 말한다.

거울과 성교는 사람들의 수를 증식시키기 때문에 가증스럽다.

Los espejos y la cópula son abominables, porque multiplican el
número de los hombres.(OC Ⅰ. p.431.)

문제는 거울이 실상만 복제하는 것이 아니라 그것이 만든 허상까
지도 다시 복제한다는 데 있다. 결국 하나의 거울에 의해 만들어진
허상은 또 다른 거울에 의해 허상의 허상을 만들 수 있기에 허상은
무한히 증식될 수 있다는 것이다.[1]

이러한 원리에 의해 보르헤스는 현실을 복제한 텍스트는 허상이
며, 더 나아가 이미 무한 증식된 수많은 허상 중의 하나임을 간파하
고, 더 이상 리얼리즘 글쓰기를 고수하기보다는 허상인 텍스트를 반
영하는 또 다른 거울이 되기를 자처하고 나선다.

물론 책들은 서로 상이하다. 소설들은 상상할 수 있는 모든 변형을
동원하지만 모두 단 하나의 동일한 구조를 가지고 있다. 철학서들은
모두 똑같이 명제와 반명제, 즉 하나의 학설에 대한 찬동과 반박을 함
께 가지고 있다. 어떤 책이든 그 안에 그것에 대한 반대의 책을 가지
고 있지 않으면 그 책은 미완성의 책으로 간주된다.

También son distintos los libros. Los de ficción abarcan un solo
argumento, con todas las permutaciones imaginables. Los de naturaleza
filosófica invariablemente contienene la tesis y la antítesis, el riguroso
pro y el contra de una doctrina. Un libro que no encierra su contralibro
es considerado incompleto.(OC Ⅰ, p.439.)

앞서 언급했듯이, 거울 이미지는 두 가지 서사적 구조를 발전시킨
다. 하나는 이중 복제에서 시작된 무한 복제의 가능성이고, 다른 하

---

1) 김춘진 편. [보르헤스], 서울: 문학과 지성사, 1996, p.20.

나는 유사 현실창조의 원리이다.2) 결국, 유사 현실의 무한 증폭은 현실의 현실성을 상쇄시키기에 이를 수밖에 없는데, 폴 드만 Paul de Man은 거울 이미지와 관련하여 "거울의 구조는 고요하고도 무서운 무한을 표현함으로써, 보르헤스의 산문에 사악한 성질을 부여하고 있다"3)고 말하기도 했다. 보르헤스는 두 거울이 서로 반사하면서 만들어지는, 즉 무한히 재생산되는 복도의 이미지를 연상시킴으로써 화자로 하여금 소설 안에 하나의 현실이 있음을 암시하고, 그 결과 허구와 역사 사이의 모순을 지워버리려는 시도를 한다. 이렇게 마주보고 있는 두 개의 거울 원리에 따를 때 보르헤스의 텍스트들은 픽션으로서의 자족성을 충족시키게 되고, 따라서 텍스트 외적인 세계는 그 중요성을 상실해버리며, 심지어 더 이상 존재하지 않기에 이른다. 이러한 현실성의 상실은 보르헤스의 문학 곳곳에서 드러나고 있는데, 특히 관념으로 이루어진 세계 '틀뢴'이 달성한 유사 현실이 유사성을 넘어서 현실 자체가 되어버리는 것이 두드러진 예일 것이다.

그 것은 환상적인 세계가 실제의 세계 속에 처음으로 침범한 사건이었다. (······) 지나칠 정도로 실제 세계와 비호환적이지는 않은 어떤 세계를 보여주기 위한 계획의 일환······ (······) 틀뢴과의 접촉과 그것의 관습은 이 세계를 해체시켜 버렸다. (······) 이미 우리의 기억 속에서 하나의 허구적 과거는 우리가 그것에 대해 전혀 모르고 있는—심지어 우리가 그것이 거짓이라는 것조차 모르는—또 다른 과거의 자리를 점하고 있다.

Tal fue la primera intrusión del mundo fantástico en el mundo real. (······)······al plan de exhibir un mundo que no sea demasiado inco-

---

2) Ibid., p.21.
3) 낸시 케이슨 폴슨. op. cit., p.41.

mpatible con el mundo real. (……) El contacto y el hábito de Tlön han desintegrado este mundo. (……) Ya en las memorias un pasado ficticio ocupa el sitio de otro del que nada sabemos con certidumbre—ni siquiera que es falso.(OC Ⅰ, pp.441-443.)

결국, 거울 이미지에 불과한 틀뢴이라는 관념세계가 현실이 되어버린 것이다.

이 정도에 이르면, 어디까지가 현실이고 어디까지가 유사 현실, 즉 허상인지를 구분해낼 수 없기에 이르고, 더 나아가 보르헤스가 바라보는 현실, 즉 우주는 픽션과 동급이라는 결론에 도달하게 된다.

보르헤스는 "우주 혹은 현실이라는 것은 결국 인상의 혼돈 덩어리일 뿐이다."⁴⁾고 정의하면서 자신이 현실을 이렇게 정의하는 이유에 대해 다음과 같이 설명하고 있다.

우리는 우주가 무엇인지 알지 못한다. "세상은 ― 데이빗 흄은 이렇게 적고 있다. ― 어쩌면 유아적인 한 신이 창조해낸 조잡한 스케치에 불과할지도 모른다. 자신의 형편없는 솜씨에 수치심을 느껴 도중에 던져버리고만 그런 스케치…… 세상은 상급신들의 조소의 대상이 되는 저급한 어느 신의 작품일 수도 있다.

No sabemos qué cosa es el universo. "El mundo—esribe David Hume—es tal vez el bosquejo rudimentario de algún dios infantil, que lo abandonó a medio hacer, avergonzado de su ejecución deficiente; es obra de un dios subalterno, de quien los dioses superiores se burlan."(OC Ⅱ, p.86.)

---

4) Didier T. Jaén, <u>Borge's esoteric library</u>, London: University Press of America, 1992, p.52.
The universe or reality, is thus a chaos of impressions upon which any semblance of order is imposed or arbitrary.

이 점에 대해서는 평론가 이온 아그게아나 Ion T. Agheana 역시 "보르헤스 작품에 나타나는 우주는 유아적인 신, 지치고 늙어버린 신, 이미 죽어버렸거나 혹은 미쳐버린 신이 만들어낸 작품에 불과하다."[5]고 말함으로써 동의한 바 있다.

그리고 더 나아가 보르헤스는 저급한 신의 작품인 그 세계의 역사를 일컬어 "악마와 타협한 한 하급 신이 만들어낸 하나의 문서에 불과하다."(OC Ⅰ, p.437.)고 말한다. 즉 보르헤스는 세계 혹은 우주라는 것의 실체성을 인정하지 않고 그것 역시 하나의 허상일 수 있음을 강조하면서, 자신이 상정한 현실과 허구의 혼재향을 문학세계 속에서 훌륭하게 구현해내고 있는데, 사실 보르헤스에게 있어 혼재향은 곧 문학이었다. 문학은 또 다른 '창조적 현실', 즉 허구이기 때문이다.

본 장에서는 서론에서 밝힌 바와 같이, 헤테로토피아가 실질적으로 보르헤스 문학에서 어떤 형태로 구현되고 있는지를 검증해보고자 한다.

앞서 밝힌 다섯 가지의 구체적 접근 방법 중에서 우선 우주인식론적 접근을 통해서는 보르헤스의 작품들이 현실을 인식하는 방법이 매우 헤테로토피아적임을 살펴볼 것이다. 즉 현실과 허구를 이분법적으로 분리하는 기존의 우주 인식론의 해체를 문학적으로 구현해낸 보르헤스 특유의 글쓰기를 분석하고자 하는 것이다.

1) 범신론적 관점: 「월트 휘트만에 대한 소고」를 중심으로

종교는 기본적으로 '죽음', 즉 '시간성'의 문제를 초월하거나 극복

---

5) Carlos Cañeque, op. cit., p.117.
 ……se afirma que el universo sólo puede ser la obra de un dios infantil, de un dios cansado y viejo, de un dios que murió hace tiempo, o de un dios que se ha vuelto loco…….

하기 위해 발생한 것이다. 따라서 죽음 이후에 무엇이 올 것인가에 관심의 초점이 맞춰진다. 기독교에서는 사후의 세계에 구원과 영생을 마련해놓고 있기는 하지만, 근본적으로 구원의 주체가 있고, 영생을 부여해줄 생명의 주인이 있다는 사고 자체는 신 대 인간의 관계를 창조자와 피조물의 관계라고 전제했을 때 가능한 논리인 것이다.

이에 비해, 보르헤스는 신과 인간의 위상을 단지 위계상의 근소한 차이만 지닌 제작자라는 동급의 위치에 놓았으며, 이를 문학에 적용시켜 문학세계를 창조해내는 작가 또는 저자도 단순한 필경사에 불과하다는 논리를 끄집어내고 있다. 그 결과 20세기의 문학을 고갈의 문학이 아닌 소생의 문학으로 탈바꿈시킬 수 있었던 것이다. 작가가 필경사라면, 문학은 필사본일 수 있으며, 변주를 위시해 에피스테메의 변화를 반영한 무한복사가 가능하다면 문학은 소생할 수 있기 때문이다.

보르헤스는 유럽체류 시절에 다양한 철학과 종교를 접할 수 있었을 뿐 아니라 스스로 종교 관련 서적을 상당량 탐독한 바 있다고 밝히고 있다. 그 결과 자신의 혈통이 속해 있는 기독교적 배경하에서도 끊임없이 도교, 불교, 수피교 등을 비롯해 심지어는 밀교에 이르는 다양한 종교를 연구해 왔다. 그는 "나는 생애의 여러 해를 중국철학 연구에 할애했다. 특히 도교에 상당한 관심을 지녔었고 불교도 연구한 바 있다. 뿐만 아니라 수피교에도 흥미를 갖고 있었다."[6]고 밝히고 있다. 물론 그럼에도 불구하고 이런 것들을 개인적 신앙이라는 차원에서가 아니라 오로지 '사고의 가능성'으로서, 특히 '문학을 위한 상상이라는 관점'에서 고찰해 왔음도 지적하고 있다.[7] 그

---

6) Rita Guibert, *op. cit.*
   He dedicado muchos años de mi vida al estudio de la filosofía china, especialmente taoísmo, que me ha interesado mucho, y también he estudiado el budismo. He estado también muy interesado por el sufismo.

실례로 보르헤스가 인터뷰를 통해 자신이 무신론자임을 드러낸 것을 들 수 있다.[8]

그런가 하면, 보르헤스는 실제로 자신의 문학적 상상력의 토대가 된 것은 철학이었다고 밝힌 바 있는데, 특히 "나는 쇼펜하우어나 버클리를 제외하고는 이 세상을 진실하게 묘사하고 있다거나 최소한 비슷하게라도 묘사하고 있다는 느낌을 받을 수 없었다."[9]고 말함으로써 스스로 이들 철학자들의 사상을 수용하는 자세를 드러낸 바 있다.

서구 사상의 원류라 할 수 있는 기독교적 논리에 따르면 세계는 신의 말씀을 통해 창조된 피조물이며 인간은 철저하게 신성에 비해 하급한 신의 피조물이다. 문제는, 보르헤스 스스로가 자신이 기독교 인임을 부인하고 나섰다는 데 있다. 실례로 보르헤스는 이그나시오 솔라레스 Ignacio Solares와의 인터뷰에서 "나는 늘 예수 그리스도에 대한 경외심을 갖고 있었다. 예수는 지금까지 우주 역사의 큰 기둥이었으며, 앞으로도 그럴 것이다. 그렇지만 예수에 대해 뭔가 잘못 알고 있는 것이 있다고 본다. 바로 예수가 사람들이 기대하는 만큼 선량하기만 한 존재는 아니라는 것이다. 내가 보기에는 소크라테스나 부처가 훨씬 선량하고 공감할 만한 인물이라고 본다. 예수에게는 정치가적인 성향은 물론 더 나아가 선동가적인 면모까지 발견되기 때문이다. 예를 들어, '나중 된 자로서 먼저 될 자가 있다'[10]라 했는

---

7) Rita Guibert, *op. cit.*
   He estudiado esas religiones, o esas filosofías orientales como posibilidades para el pensamiento o para la conducta, o las he estudiado desde un punto de vista imaginativo para la literatura.
8) 보르헤스는 "당신은 종교를 갖고 있습니까?(Es usted religioso?)"라는 질문에 대해, "아니다.(No.)"라고 명확히 대답한 기록을 남기고 있다.(Ibid.)
9) *Ibid.*
   Pero yo creo que eso ocurre con toda la filosofía. Creo que fuera de Schopenhauer, o de Berkeley, yo no he tenido nunca la sensación de estar leyendo una descripción verdadero o siquiera verosímil del mundo.

데, 얼마나 부당하고 부조리한 말인가. 또한 '심령이 가난한자는 복이 있나니 천국이 그들의 것임이요'[11]라는 말도 도대체 이해할 수가 없다. 가장 이해할 수 없는 것은 '부자는 결코 천국에 갈 수 없으니,[12] 이는 이미 이 땅에서 보상을 받았기 때문'이라는 것이다. 정말 천국이 영원한 곳이라면, 어떻게 몇 년 되지도 않는 이 땅 위에서의 행복을 천국에서의 행복에 비할 수 있다는 말인가? 영원을 일시적인 것과 비교할 수는 없는 노릇이다. 지상에서 잠시 행복했다고 해서 영원한 천국의 형벌을 받아야 한다는 것은 부당하다."[13]고 말함으로써 기독교 교리에 대한 의구심을 드러낸 바 있다. 그리고 '왜 스스로가 기독교인임에 대해 확신할 수 없는가?' 하는 질문에 대해서는 다음과 같은 대답을 한 바 있다.

그건 때로는 나 스스로가 기독교인임을 느끼는 순간도 있지만, 내가 기독교를 받아들이고 있구나 하고 생각하는 순간 이미 나는 모든 종교의 체계를 수용하고 있음을 깨닫기 때문이다. 결국 나는 진정한 기독교인이 아니었던 것이다. 카톨릭 신자의 신분으로 있으면서 개신교에

---

10) 대한성서공회 편. *op. cit.*
   보라 나중 된 자로서 먼저 될 자도 있고 먼저 된 자로서 나중 될 자도 있느니라 하시더라. p.104.(누가복음 13:31)
   먼저 된 자로서 나중 되고 나중 된 자로서 먼저 될 자가 많으니라. p.28.(마태복음 19:30)
   나중 된 자로서 먼저 되고 먼저 된 자로서 나중 되리라. p.29.(마태복음 20:16)

11) *Ibid.*, p.5.(마태복음 5:3)

12) *Ibid.*, p.28.
   예수께서 제자들에게 이르시되 내가 진실로 너희에게 이르노니 부자는 천국에 들어가기가 어려우니라. 다시 너희에게 말하노니 낙타가 바늘귀로 들어가는 것이 부자가 하나님의 나라에 들어가는 것보다 쉬우니라 하시니.(마태복음 19:23−24)

13) Pablo Brescia y Lauro Zavala, *op. cit.*, pp.224−335.

끌리곤 했었다. 내가 개신교 혹은 개신교의 일종에 빠져든 것은 그 속
에 상하의 위계가 존재하지 않았기 때문이었다. (……) 뿐만 아니라 나
는 유태교도가 되기 위해 가능한 모든 방법을 동원해보기도 했다. 늘
조상 중에 유태인 피를 지닌 사람들을 찾아 나서곤 했다.

Porque hay momentos en que me siento cristiano, y luego cuando
pienso que admitirlo comporta aceptar todo un sistema teológico, veo
que realmente no lo soy. Siendo católico, me siento atraído por el
protestantismo. Yo creo que lo que me atrae en el protestantismo, o en
algunas formas del protestantismo, es la ausencia de una jerarquía.
(……) Además, yo he hecho todo lo posible por ser judío. Siempre he
buscado antepasados judíos.[14]

그럼에도 불구하고, 보르헤스의 작품 속에는 종교적 색채가 강하
게 드러나고 있다. 다만 "나는 기독교인이라고 확신할 수는 없지만,
신학관련 서적은 많이 읽었다. 이런 책들은 아주 흥미로웠던 것이
사실이지만 단순히 상상의 가능성이라는 차원에서일 뿐이었다."[15]라
는 보르헤스의 말대로 그의 작품 속에 나타나는 종교적 지식이나 색
채 등은 새로운 글쓰기 가능성의 지평을 넓힌다는 차원에서 이해해
야 할 것이다. 보르헤스의 작품에서 종교가 담당하고 있는 역할이
무엇이냐는 질문에 대해 비평가 이온 아그에아나 역시 "보르헤스에
게 있어서 종교는 기본적인 미학적 역할을 담당하고 있다. 보르헤스
가 개인적으로 종교적 삶을 살았다고는 생각지 않는다. 그가 종교,

14) Rita Guibert, *op. cit.*
15) *Ibid.*
   Yo no estoy seguro de ser cristiano; pero he leído muchos libros de
   teología por los problemas teológicos. Todo eso me ha interesado, pero
   como una posibilidad para la imaginación.

특히 신학에 대해 기울인 관심은 문학적이고 미학적인 관심일 뿐이었다."고 밝히고 있다.[16]

이런 배경하에, 보르헤스는 기독교뿐 아니라 그 외의 많은 종교에 관심을 갖게 되면서 범신론적이고, 그노시즘적이고, 카발라적인 우주관과 자아인식론을 문학에 도입하게 된 것이다.

예로부터 동양에서는 자연을 읽어 지(知)에 도달하는 방법론을 사용해 왔다. 즉 『대학』에서 일컫는 격물치지(格物致知)가 그것이다. 보르헤스는 스페인어판 『주역』의 서문을 쓸 만큼 이 방법론에 매료되었으며, '우주는 신이 쓴 하나의 거대한 책'이라는 주제에 매우 강하게 집착해 왔다. 이는 보르헤스가 우주를 도서관으로 정의한 것과도 무관하지 않을 것으로 보인다. 우주의 삼라만상, 즉 작은 돌멩이 하나와 미물에 불과한 벌레 한 마리까지도 하나의 상형문자 역할을 하고, 그것들이 모여 문장을 이루어냈을 때 이를 풍경으로 바라볼 수 있다면, 우주를 한 권의 책 혹은 수많은 책들이 집적되어 있는 도서관으로 보는 것은 당연한 귀결일 것이다.

보르헤스는 범신론에 대해 다음과 같이 이해하고 있었다.

> 범신론은 신이라는 존재는 서로 모순적인 여러 가지 사물을 의미하거나(좀 더 적나라하게 말해서) 잡다한 사물을 의미한다는 내용을 담는 형식의 글을 널리 전파시켜 왔다. 그 글들의 원형은 바로 이것이다: "내가 제사이며, 제물이며, 살주식(撒酒式)이며, 불이로다."(바가바지타 9장 16절) 이보다 앞서, 조금 모호하기는 하지만, 헤라클레이투스도 67번째 단편에서 이렇게 말한 바 있다: "신은 낮이요, 밤이며, 겨울이요

---

16) Carlos Cañeque, *op. cit.*, p.114.
La religión cumple en Borges un papel estético fundamental. Creo que Borges no vivió la religión en un sentido personal; no era un hombre religioso. Su interés por la religión y, sobre todo, por la teología era un interés literario y estético.

여름이고, 전쟁이며 평화이고, 배부름이요 배고픔이다." 플로티누스는
제자들에게 불가해한 하늘을 일컬어 그 속에 "만물이 모든 곳에 존재
하며, 모든 각개가 전부이고, 모든 태양은 모든 별이며, 각각의 별은
모든 별들이고 또한 태양이다."(아이네이스 Ⅴ권 8장 4) 17세기 페르시
아의 아타르는 자신들의 왕 시무르를 찾아 날아다니는 새들의 힘겨운
순례를 노래했는데, 그들 중 다수는 바다에 빠져 죽고 말았지만 살아
남은 새들은 결국 자신들이 바로 시무르이며 시무르는 자신들 각각의
한 마리의 새이며 그 새들 모두이기도 함을 발견하였다.

El panteísmo ha divulgado un tipo de frases en las que se declara
que Dios es diversas cosas contradictorias o(mejor aún) misceláneas. Su
prototipo es éste: "El rito soy, la ofrenda soy, la libación de manteca
soy, el fuego soy"(Bhagavadgita, Ⅸ, 16). Anterior, pero ambiguo, es el
fragmento 67 de Heráclito: "Dios es día y noche, invierno y verano,
guerra y paz, hartura y hambre." Plotino describe a sus alumnos un
cielo inconcebible, en el que "todo está en todas partes, cualquier cosa
es todas las cosas, el sol es todas las estrellas, y cada estrella es todas
las estrellas y el sol"(Enneadas, Ⅴ, 8, 4). Attar, persa del siglos Ⅻ,
canta la dura peregrinación de los pájaros en busca de su rey, el
Simurg: muchos perecen en los mares, pero los sobrevivientes descubren
que ellos son el Simurg y que el Simurg es cada uno de ellos y
todos.(OC Ⅰ, p.251.)

즉 신성이 기독교에서 상정하고 있는 유일신 속에 깃들어 있는
것이 아니라 모든 사물들 속에 자리잡고 있다는 것이다.
또한 「누구인가로부터 아무도 아닌 것으로 De Alguien a Nadie」
에서는 범신론적 관점에서의 신관을 이렇게 설명하고 있다.

모든 개별체들은 신의 현전(즉, 신성의 계시 혹은 발현)으로서, 그

이면에는 신이 존재하는데, 그 신은 유일한 실체이지만 "정확히 그 정체가 무엇인지는 알 수 없다. 그것은 신이 어떤 '무엇'이 아닌데다가, 스스로도, 다른 모든 지성으로도 이해할 수 없는 불가해한 존재이기 때문이다." 신은 단순한 지(知)가 아닌, 그 이상의 무엇이며, 단순한 선(善)이 아닌, 그 이상의 무엇이다. 모든 속성을 한참이나 능가하며, 모든 속성을 거부한다.

Las cosas particulares son teofanías(revelaciones o apariciones de lo divino) y detrás está Dios, que es lo único real, "pero que no sabe qué es, porque no es un qué, y es incomprensible a sí mismo y a toda inteligencia". No es sapiente, es más que sapiente; no es bueno, es más que bueno; inescrutablemente excede y rechaza todos los atributos.(OC Ⅱ, p.116.)

실제로 보르헤스가 접한 다양한 종교들 중에서도 만물에 신성이 깃들어 있다는 범신론의 핵심은 '세계가 신성 혹은 초월적 현실의 투사'라는 것이다.[17] 이것은 곧 우주가 비현실과 접목되어 있음을 가리킨다. 신성이라는 초월적 혹은 비현실적 존재가 사물 속에 깃들어 있다는 것은 우리가 지금까지 현실로 인식하고 있던 우주가 거울에 맺힌 비현실의 모습일 수도 있다는 의구심을 불러일으키기 때문이다. 또한 모든 사물에 신성이 깃들어 있다는 것은 각각의 사물이 또 다른 사물들과 동일할 수 있음을 가정토록 한다.

이러한 정체성 원리의 확대는 수사학적으로 무한한 가능성을 지닌 것으로 보인다. 인도의 작품과 아타르의 작품을 독서한 에머슨은 「브

---

17) Didier T. Jaén, op. cit., p.78.
   The central idea of pantheism is that the world is a projection of the divine or the transcendental realm.

라마」라는 시를 남긴다. 그 시를 구성하고 있는 열여섯 개의 시 구절 중에서도 가장 기억할 만한 구절은 바로 이것일 것이다: "그들이 나로부터 벗어나 날아오를 때면, 내가 곧 그들의 날개라네." 같은 유추이기는 하지만 보다 근본적인 목소리를 내는 것이 스테판 게오르게의 「나는 하나이며 모두이다 Ich bin der Eine und bin Beide(은하수 Der Stern des Bundes)」이다. 월트 휘트만은 이 과정을 새로이 혁신했다. 다른 이들처럼 신성을 규정하거나 단어들이 갖는 '유사성과 변별성'을 이용한 유희를 위해 그것을 실행하지는 않는다. 그는 독할정도로 부드럽게 자기 자신을 모든 사람들과 동일시하고자 했다.

Las posibilidades retóricas de esa extensión del principio de identidad parecen infinitas. Emerson, lector de los hindúes y de Attar, deja el poema Brahma; de los dieciséis versos que lo componen, quizá el más memorable es éste: When me they fly, I am the wings(Si huyen de mí yo soy las alas). Análgo, pero de vez más elemental, es Ich bin der Eine und bin Beide, de Stefan George(Der Stern des Bundes). Walt Whitman renovó ese procedimiento. No lo ejerció, como otros, para definir la divinidad o para jugar con las "simpatías y diferencias" de las palabras; quiso identificarse, en una suerte de ternura feroz, con todos los hombres.(OC Ⅰ, p.251.)

위에서 볼 수 있듯이 '정체성의 원리'라는 것은 신성에 근간하는 것도 아니며, 반드시 신성에 대한 규정이 전제해야 하는 것도 아니다. 그보다는 휘트만과 같이 자신을 타인과 동일시함으로써 자아와 타자 간의 결합을 상정할 수도 있으며, 더 나아가 많은 문학적 변종을 만들어 내거나 응용을 창출해낼 수 있는 것이다. 서로 상호 모순적인 것들의 융합이야말로 '유사성과 변별성'을 지닌 말들의 유희라는 수사법의 실행일 것이다.

그래서 휘트만은 "이런 원리를 통해 각각의 독자들과 개별적 관계를 정립하게 된다"(OC Ⅰ, p.253.)고 한다. 그리고 그 결과 "자기 자신과 그 독자를 혼동하게 되고, 또 다른 타자인 휘트만과 대화를 나누게 된다"(OC Ⅰ, p.253)는 것이다. 마찬가지로 보르헤스에서 곧잘 나타나곤 하는 소멸, 즉 그 속에서는 각각의 인물이 또 다른 타자가 될 수 있고, 모두가 될 수 있으며, 세계가 될 수 있다는 사고는 아나 마리아 바레네체아로 하여금 이러한 보르헤스의 사고를 니힐리스트적 범신론으로 해석하게 했고, 하이메 알라즈라키로 하여금 스피노자적 범신론으로 해석토록 했다.[18]

범신론적 가설을 척도로 한 보르헤스의 우주 인식에 따르면, 우주는 비현실인 허구이며, 허구의 책들의 세계와 세계라는 책은 결국 한가지이다. 독자이거나 관객인 우리들은 스스로도 깨닫지 못하고 있는 가공의 인물들이며, 우리가 햄릿이나 돈키호테를 읽고 있는 그 순간, 그 누군가도 우리를 읽고 있거나, 쓰고 있거나, 지우고 있을 것이다. 따라서 그러한 우주의 역사는 다양한 메타포의 역사일 수밖에 없는 것이다.(OC Ⅱ, p.13.) 결국 범신론적 관점에서 볼 때 각각의 사물은 곧 모든 사물들이며, 우주의 역사는 각 개인 속에 담겨 있고, 전 생애는 오직 한 순간으로 이루어져 있다고 정의할 수 있다. 그리고 이를 문학, 특히 창작과정에 적용시켜 본다면 보르헤스가 추구하던 혼재향적 결론, 즉 저자의 복수성이라는 것은 허상일 뿐이며, 모든 저자라는 것은 실제로 오직 한 저자일 뿐이라는 결론에 도달할 수 있는 것이다.

---

18) Martín Lafforgue, *op. cit.*, p.369.
La frecuente eliminación de Borges, en las que cada personaje puede ser el otro y cualquiera ser todos, cualquiera ser el mundo, alentó la interpretación de Ana María Barrenechea de un panteísmo nihilista, y de Jaime Alazraki de un panteísmo espinozista.

2) 불교적 관점: 「어느 전설의 형상들」을 중심으로

보르헤스는 스스로 "나는 나 자신을 기독교도라고 생각지는 않지만 불교도도 아니라고 생각한다."(OC Ⅲ, p.243.)고 말하곤 했다. 그러나 불교에 관심이 있느냐는 질문에 대해서는 얼굴 가득 미소를 띠고 정말 흥미롭다는 표정을 드러내면서, "아주 많지요. 뿐만 아니라, 부처에 대한 책을 쓸까 생각 중입니다."고 말했을 정도이다. 스스로를 불자와 연관지어 말할 만큼 그는 불교에 지대한 관심을 보여 왔고, 그 결과 알리시아 후라도 Alicia Jurado와 공저로 『불교란 무엇인가? ¿Qué es el Budismo?』[19]라는 불교 관련 책을 저술하기에 이른다. 또한 보르헤스는 불교와 관련된 주제를 자신의 작품 곳곳에서 다루기도 한다.

보르헤스는 『또 다른 심문 Otras Inquisiciones』에 실려 있는 「어느 전설의 형상들」에서 불교적 관점에서 구현해낸 혼재적 세계관을 제시하면서, 세계와 그 속의 존재를 꿈이며 허상이라 말하고 있다.

원래 불교에서는 싯다르타의 태자인 붓다가 정각한 순간을 다음과 같이 묘사하고 있다.

> 홀로 나무 아래 정좌한 싯다르타는 자신과 모든 중생의 무한한 전생을 보았다. 우주 구석구석의 수없이 많은 세계를 한눈에 보았다. 그 뒤 모든 인과의 사슬을 살펴보았다.

> Sólo inmóvil bajo el árbol, Siddharta ve sus infinitas encarnaciones anteriores y las de todas las criaturas; abarca de un vistazo los innumerables mundos del universo; después, la concatenación de todas las causas y efectos.(QB, pp.17 − 18.)

---

19) Jorge Luis Borges, Alicia Jurado, Qué es el budismo, Buenos Aires: Emecé Editores, 1991.

부처는 공간적으로 우주에 가득 찬 모든 것이 시간의 흐름을 통해 변화해 가는 모습을 본 것이다. 즉 원인과 결과의 연쇄가 치밀한 사슬을 이루고 있다는 진리를 자각했던 것이다.(불교강의, p.21.) 이처럼 부처가 정각을 통해 깨닫게 된 우주의 참모습을 보르헤스는 '알렙'과 어렵사리 풀어낸 '신의 글'로 표현하고 있다. 즉 보르헤스에게 있어 우주란 "미래에 있을 것이고, 현재에 있고 그리고 과거에 있었던 모든 것들이 서로 얽혀 짜인 형태(OC Ⅰ, p.59.)"였으며, "전혀 흐트러짐 없이 모든 각도에서 본 지구의 모든 지점들이 있는 알렙"(OC Ⅰ, p.623.)이었던 것이다.

그러나 보르헤스가 만일 여기에서 그쳤다면, 문학이 아닌 신학의 논리를 성립시켰겠지만, 그는 한걸음 더 나아가 정각과 관련된 모든 전설과 심지어는 정각을 이루어낸 부처의 실존마저도 부정하고자 한다. 즉 부처나 그가 발견해낸 인과의 사슬로 이루어진 우주마저도 환영일 수 있다는 의견을 개진하는 것이다.

우선 보르헤스는 쾌펜 Koeppen의 불교 버전을 들어 부처의 눈에 띈 '생로병사'의 형상들마저도 신성이 교훈을 남기기 위해 만들어낸 환영에 불과하다고 말한다.

> 쾌펜은 이 전설의 말미에 등장하는 나병 환자와 죽은 자, 그리고 승려를 일컬어 싯다르타에게 가르침을 주기 위해 신성들이 만들어 낸 환영이라고 언급하고 있다. (……) 신들이 죽은 사람을 하나 만들어 냈지만 시신을 운구하는 동안 싯다르타 왕자와 그의 마부를 제외한 그 누구도 그 시신을 보지 못했다고 적고 있다.

> Koeppen anota que en la última forma de la leyenda, el leproso, el muerto y el monje son simulacros que las divinidades producen para instruir a Siddhartha. (……) Se dice que los dioses crearon a un muerto

y que ningún hombre lo vio mientras lo llevaban, fuera del cochero y
del príncipe.(OC Ⅱ p.120.)

이 부분에서는 부처 상위에 존재하는 신성을 상정함으로써 일면
부처를 일개 피조물로 폄하하는 시각이 드러나기도 한다. 그러나 앞
서도 언급했듯이 보르헤스가 불교를 종교로서 받아들였다기보다는
자신의 문학적 세계를 구현하기 위해 적합한 하나의 장치로 사용했
던 것을 고려할 때, 여기에서 무엇보다도 관심을 기울여야 할 부분
은 현실이라고 믿었던 세계와 그 속의 존재들을 보르헤스가 하나의
환영, 또는 꿈으로 규정했다는 점이다.

  그저 힌두스탄의 온갖 종교들, 특히 불교에서 세상을 덧없는 꿈에
  불과하다고 가르치는 것을 떠올려보는 것만으로도 충분하다. (……) 대
  승불교에서는, 이 땅에서의 부처의 일평생 또한 이 같은 한 차례의 유
  희 또는 한 번의 꿈이며, 지상세계 역시 또 다른 꿈일 뿐이라고 본다.

  ……basta recordar que todas las religiones del Indostán y en
  particular el budismo enseñan que el mundo es ilusorio. (……)……un
  juego o un sueño es, para el Mahayana, la vida del Buddha sobre la
  tierra, que es otro sueño.(OC Ⅱ p.120.)

보르헤스가 불가해한 총체적 우주로 묘사했던 '알렙'은 유사 현실
이었다. 그는 "나는 모든 지점들로부터 <알렙>을 보았고, 나는 <알
렙> 속에 들어 있는 지구를, 다시 지구 속에 들어 있는 <알렙>과
<알렙> 속에 들어 있는 지구를 보았고……"(OC Ⅰ, p.626.)라고 했
으며, 또한 "의아스러워 보일지도 모르지만 나는 또 다른 <알렙>이
존재한다고(존재했다고) 생각한다. 나는 가라이 가에 있던 <알렙>은

가짜였다고 생각한다."(OC Ⅰ, p.627.)고 함으로써 알렙을 우주의 거
울 이미지로 규정하기에 이른다.

그러나 우주를 비출 수 있는 거울 혹은 거울 그 자체가 우주인 그
런 엄청난 알렙이란 상상할 수는 있으나 우리의 눈으로 확인할 수 있
는 그런 것은 아니다. 따라서 이 경우, 보르헤스의 거울은 단순 모사
를 넘어 무한복제를 통해 유사 현실을 창조하고 있는 것이다. 즉 메
타포를 통해 동일성을 창조해냄으로써 허구를 창출하는 것이다.[20]

결국, 알렙은 실제의 우주를 대체하고 있는 허구로, 언어적 환상
이 빚어낸 부재의 이미지일 뿐이다. 이러한 부재의 이미지를 보르헤
스는 '공허'라는 이름으로 설명하고 있다.

> 어차피 대승 불교적 시각에서 보면, 이 세상도, 불자들도, 열반도,
> 윤회도, 부처도, 하나같이 비현실일 뿐이니까 말이다. 한 유명 서책에
> 따르면, 열반에 들면 그 누구도 죽지 않는다고 한다. 왜냐하면 열반 속
> 에서는 무수한 존재들의 소멸이 어느 마법사가 우연히 마법으로 빚어
> 낸 환영들의 소멸에 불과하다고 보기 때문이다. 또 다른 서책에서는
> 모든 것을 그저 공허함이나 하나의 이름, 또는 그 사실을 밝힌 한 권
> 의 책이자 그 책을 읽는 한 사람의 독자일 뿐이라고 적고 있다.

> Porque a los ojos del budismo del Norte el mundo y los prosélitos y
> el Nirvana y la rueda de las transmigraciones y el Buddha son igualmente
> irreales. Nadie se apaga en el Nirvana, leemos en un tratado famoso,
> porque la extinción de innumerables seres en el Nirvana es como la
> desaparición de una fantasmagoría que un hechicero en una encrucijada
> crea por artes mágicas, y en otro lugar está escrito que todo es mera
> vacuidad, mero nombre, y también el libro que lo declara y el hombre
> que lo lee.(OC Ⅱ, p.121.)

---

20) 김춘진 편. *op. cit.*, p.24.

세계가 허상이기 위한 필수조건은 바로 그 속에 존재하는 인물들의 허구성일 것이다. 보르헤스는 또한 현실 속에 존재하고 있는 모든 이들의 존재가치를 무화시켜 버린다. 개별성을 지닌 개체란 결국 보편성을 반영하는 거울일 뿐이라는 것이다.

······순간적 존재로서의 부처는 영원한 부처의 투영 혹은 반영이다.

······el Buddha temporal es emanación o reflejo de un Buddha eterno.(OC Ⅱ, p.120.)

보르헤스는 「거북의 화신 Avatares de la Tortuga」에서도 '나'를 일컬어 하나의 환영(幻影)으로 규정함으로써 같은 시각을 드러내고 있다.

"가장 위대한 마법사는(노발리스는 명확하게 기록하고 있다.) 스스로 환영으로 등장함으로써 자신까지 환영화시킬 수 있는 마법사가 아닐까? 우리의 경우가 바로 그런 경우가 아니겠는가?

"El mayor hechicero(escribe memorablemente Novalis) sería el que se hechizara hasta el punto de tomar sus propias fantasmagorías por apariciones autónomas. ¿No sería ése nuestro caso?"(OC Ⅰ, p.258.)

불교에서는 세계를 부처의 꿈인 동시에, 그 꿈이 펼쳐질 수 있도록 해주는 연극의 무대라고 한다. 마치 호접몽을 꾼 장자가 꿈에서 깨어나 '내가 나비를 꿈꾼 것인지, 나비가 나를 꿈꾼 것인지 알 수 없다'고 한 것과 같은 맥락일 것이다.[21] 보르헤스가 '잠들어 있음'과

---

21) 장자는 『장자(莊子)』 「제물론(齊物論) - 내편(內篇)」에서 '호접몽(胡蝶夢)'을 언급하면서, 나비와 장주 사이에는 피상적인 분별·차이만 있을 뿐 절대적인 변화는 없음을 강조한 바 있다.

'깨어 있음'을 명확하게 구분 짓지 않는 야생의 동물들과 인간의 어린아이들을 강조해 언급하는 것 역시 같은 맥락으로 해석할 수 있다.(OC Ⅲ, p.222.)

이제 보르헤스는 현실에 비현실성, 즉 환상적인 요소를 가미하여 하나의 전설을 만들어내기에 이르렀으며, 그 끝에 이르러서는 자신이 만들어낸 전설마저도 '실수'로 태어나게 된 또 다른 허구의 전설로 남게 되더라도 그 운명을 기꺼이 감수하겠다고 밝히고 있다. 이로써 보르헤스는 전설의 진실성이나 허위성이 그다지 중요할 것 없음을 강조하고 있으며, 현실과 허구의 명확한 경계 긋기를 거부하고 나선 것이다.

> 지금까지 써 내려온 전설에 대한 내 글이 본질적으로 진실에 근간하되 우연한 실수들로 덧입혀져 또 하나의 전설이 된다 할지라도 나는 절대 놀라지 않을 것이다.

> ······no me sorprendería que mi historia de la leyenda fuera legendaria, hecha de verdad sustancial y de errores accidentales.(OC Ⅱ, p.121.)

이처럼, 현실과 허구는 더 이상 경계 짓거나 이분법적으로 분리해낼 수 있는 개념이나 존재일 수 없다. '틀뢴'의 사물들이 현실에서 발견되는 것처럼, 관념으로 이루어진 허구가 현실로 침투해 들어오는 상황이 전개되고 있는 것이다. 허구마저 현실이 되어버린다면, 현실은 더 이상 현실일 수 없으며, 모든 것이 현실이고, 모든 것이 허구라면, 결국 결론은 '아무 것도 아님'일 수밖에 없다. 즉 무(無)에 도달하게 되는 것이다. 보르헤스는 이렇게 말한다.

> 무수한 형상들과 무한 크기의 숫자는(제12장에는 스물 세 개의 어휘

가 들어 있는데, 이 어휘들은 0들로부터 커져나온 어느 한 숫자, 즉 9 부터 49, 그리고 51과 53의 다음에 나오는 숫자를 가리킨다.) 무한하고 어마어마한 크기의 물거품으로, 무(無)의 강조에 다름 아니다. 이렇게 이 전설 속에는 비현실이 틈입하고 있다. 처음에는 성문 앞에 출현한 네 명의 등장인물들을 환영으로 만드는가 싶더니, 다시 왕자를 환영으 로 만들고, 이렇게 환영이 된 왕자와 더불어 모든 세대의 사람들과 우 주 전체를 다 환영으로 만들고 마니까.

Las vastas formas y los vastos guarismos(el capítulo Ⅻ incluye una serie de veintitrés palabras que indican la unidad seguida de un número creciente de ceros, desde 9 a 49, 51 y 53) son vastas y monstruosas burbujas, énfasis de la Nada. Lo irreal, así, ha ido agrietando la historia; primero hizo fantásticas las figuras, después al príncipe y, con el príncipe, a todas las generaciones y al universo.(OC Ⅱ, p.121.)

모든 것이 결국 무로 통하는 보르헤스의 철학이 문학으로 형상화 된 순간이다. 보르헤스가 구현해낸 문학적 우주는 현실이며 꿈이며 허상이며 공허이며 무(無)인 것이다.

근본적으로 불교에서는 우주의 기원을 인연설(因緣說)에 두고 있 다. 이는 태초부터 스스로 존재하는 절대자에 대한 주장은 억지 논 리에 불과하다는 반성에서부터 출발한 논리였다. 즉 사물의 생성과 소멸에는 필연적인 인과(因果)관계가 상존하며, 그 인연의 실타래가 바로 우주의 비밀이라는 입장인 것이다.

이러한 불교의 우주관은 석가를 중심으로 한 고대 불교인들의 우 주에 대한 상상력이라고도 할 수 있다. 놀랄 만큼 과학적 토대가 갖 추어진 상황설명이 있는가 하면, 다소 황당무계한 내용도 없지 않기 때문이다. 그러나 전체를 관통하는 기본적인 맥락은 업과 윤회라는 등식과, 특히 이 윤회가 영겁회귀로서 반복된다는 것이다. 즉 무한한 반복을 통해 무변광대(無邊廣大)한 우주의 존재논리를 설명하고 있는 것이다.

보르헤스는 이러한 불교의 교리를 원용하여 현실이 무한대로 증대한 무변광대한 상황을 현실적 허구라고 일컬었다. 이 '현실적 허구'는 '허구적 현실'을 수용하는 유연성을 가진 그의 문학적 우주이기도 하다. 이제 보르헤스에게 있어서 현실은 허구 안에 존재하는 동시에 허구 또한 현실 안에 존재하는 상황이 되고 만다. 다시 말해서 현실은 허구이자 모든 것이면서 아무 것도 아닌 무인 상태인 것이다. 이렇게 보르헤스의 문학적 우주 공간은 현실과 허구가 경계 없이 뒤섞여 있는 혼돈의 공간이며 현실과 허구의 혼재향에 문자의 옷을 입힌 것이다.

3) 그노시즘적 관점: 「가짜 바실리데스에 대한 변론」과 「위장한 염색업자 하킴 데 메르브」를 중심으로

1931년에 발표된 「가짜 바실리데스에 대한 변론」에서 보르헤스는 자신이 그노시즘에 대한 지식을 쌓아간 과정을 순차적으로 설명하고 있다.

우선 그는 자신이 여섯 살 무렵 처음 접하게 된 백과사전에서 발견해낸 한 삽화에 대해 설명하고 있다. "그 왕은 공작새의 길고도 가냘픈 머리를 갖고 있었고……(OC Ⅰ, p.213.)". 그 후, 청소년 시절에 께베도의 작품 속에 포함되어 있던 바실리데스와 발렌티누스에 대한 몇몇 인용을 접하게 된다. 나중에야 보르헤스는 자신이 여러 해 전에 보았던 그 삽화들이 바로 바실리데스가 숭배하는 잡신의 모습이었음을 발견하게 된다. 보르헤스는 자신이 그노시즘에 관심을 기울이게 된 계기를 다음과 같이 말하고 있다. "나는 그노시즘적인 사람들이 얼마나 필사적이고 대단한 사람들인가를 깨달았다. 그리고 그들이 매우 열정적으로 사색했음을 알게 되었다."[22] 그래서 보르헤스는 그때부터 그노시즘에 대한 글을 읽어 내려가기 시작했다고 한다.

이러한 간략한 역사를 통해 보르헤스가 그노시즘에 심취했던 과정의 세세한 부분까지 파악할 수는 없지만, 최소한 그가 평생에 걸쳐 그노시즘에 지대한 관심을 표명하게 된 계기에 대해서만은 이해하고도 남음이 있을 것이다.

'지식'을 뜻하는 헬라어 그노시스에서 유래한 그노시즘은 선택받은 자에게만 신적 비의(秘義)의 지식이 계시된다고 하며, 소위 '영지주의'로 번역되고 있다. 영지주의자들은 이러한 신비한 지식이 '영적 계급'에 속하는 사람들에게만 부여되는 것으로 이들은 구원을 얻을 수 있지만, 두 번째 계급인 '혼적 계급'에 속하는 사람들은 다만 신앙만을 가질 수 있으며, 세 번째 계급인 '물질적 계급'에 속하는 사람들은 사탄과 욕망 속에서 살아가며 소망도 없고 종국적으로는 멸망에 이를 수밖에 없는 사람들이라 한다.

정통 기독교에서는 이들이 구원으로의 길이자 '인간의 모습으로 이 땅에 오신 예수'를 부인한다는 이유로 이단으로 취급하고 있다. 이는 성서에서도 찾아볼 수 있는 부분이다.[23]

---

22) Borges: A Reader. Ed. Emir Rodríguez Monegal & Alastair Reid, New York, 1981, Didier T. Jaén, op. cit., p.85에서 재인용.
"I learned also what desperate and admirable men the gnostics were and I became acquainted with their fervid speculations."
23) 대한성서공회 편. op. cit., p.335.
사랑하는 자들아 영을 다 믿지 말고 오직 영들이 하나님께 속하였나 분별하라. 많은 거짓 선지자가 세상에 나왔음이라. 이로써 너희가 하나님의 영을 알지니 곧 예수 그리스도께서 육체로 오신 것을 시인하는 영마다 하나님께 속한 것이요 예수를 시인하지 아니하는 영마다 하나님께 속한 것이 아니니 이것이 곧 적그리스도의 영이니라.(요한1서 제물론 불교와 보르헤스와의 관계에서도 알 수 있었듯이, 보르헤스는 그노시즘을 자신의 종교로써 선택한 것은 아니었다. 다만 그것을 자신의 문학적 특징을 구현해내는 수단으로서 활용했던 것으로, 그의 혼재향적 문학세계는 다분히 그노시즘적 사고와 비유될 수 있다. 그래서 「가짜 바실리데스에 대한 변론」에서도 보르헤스가 그노시즘이라는 종교에 대해 학문적 혹은 철학적 고찰을 하기보다는 그노시즘에서 말하는 '꿈으로서의 세계' 개념에 중점을 두고 있는 것이다.

즉 그가 이 글을 쓴 목적은 다분히 그노시즘적 우주관을 통해 자신의 문학이 구현해내고자 하는 환상적 사고와 상상력을 발휘한 창조의 세계를 창출하고자 하는 데 있었던 것으로 사료된다는 것이다.

그노시즘에서는 세상을 창조한 분 곧 유대인의 하나님은 최고의 존재가 아니고 소위 '데미우르고'라고 불리는 매우 열등한 존재에 불과하다고 주장한다. 따라서 그 데미우르고가 창조한 우주 역시 미완의 결점 투성이일 수밖에 없다.

「가짜 바실리데스에 대한 변론」에는 보르헤스의 그노시즘적 우주관이 명확하게 요약되어 있다.

바실리데스의 우주론에는 태초에 한 신이 있었다. 이 신성은 이름도 없었고, 근원도 없었다. 그 신성으로부터 파테르 인나투스가 생겨났다. 그의 주변은 플레로마 혹은 충만함으로 채워져 있었다. 즉 플라톤적 원형들과, 가해한 본질들과, 우주적인 것들이 모여 이룬 특별한 박물관인 것이다. 이 신은 불변의 신이지만, 휴식의 일환으로 일곱 개의 하급 신성을 방사하여 그들로 하여금 활동하도록 하고, 첫 번째 하늘을 부여하여 그곳을 관장하도록 하였다. 이렇게 만들어진 첫 번째 조물주로부터 두 번째 신이 나왔고, 그 신과 더불어 천사들과 위정자들과 왕들이 나타났다. 이들은 또 한 단계 낮은 하늘을 세웠다. 태초의 하늘로부

_____

4장 1절-3절)

터 두 단계를 거친 대칭적 하늘이 만들어진 것이다. 이 제2천으로부터 다시 제3천이 만들어졌고, 제3천은 또 다른 하급의 하늘을 생성하였으며, 이런 식으로 창조된 하늘이 365개에 이르게 된다. 이 마지막 하늘의 주인이 바로 성서 속의 하나님으로, 그가 지닌 파편적 신성은 거의 '0'에 다다를 정도이다. 이 조물주와 천사들은 현세의 가시적 우주를 설립하고, 오늘날 우리가 두 발을 딛고 서 있는 비실체적인 땅을 빚어낸 후 그 땅을 다시 분배하였다.

En el principio de la cosmogonía de Basílides hay un Dios. Esta divinidad carece majestuosamente de nombre, así como de origen; de ahí su aproximada nominación de Pater innatus. Su medio es el pleroma o la plentitud: el inconcebible museo de los arquetipos platónicos, de las esencias inteligibles, de los universales. Es un Dios inmutable, pero de su reposo emanaron siete divinidades subalternas que, condescendiendo a la acción, dotaron y presidieron un primer cielo. De esta primera corona demiúrgica procedió una segunda, también con ángeles, potestades y tronos, y éstos fundaron otro cielo más bajo, que era el duplicado simétrico del inicial. Este segundo cónclave se vio reproducido en uno terciario, y éste en otro inferior, y de este modo hasta 365. El señor del cielo del fondo es el de la Escritura, y su fracción de divinidad tiende a cero. Él y sus ángeles fundaron este cielo visible, amasaron la tierra inmaterial que estamos pisando y se la repartieron después.(OC Ⅰ, pp.213-214.)

즉 그노시즘에서는 365개 이상의 계층으로 이루어진 창조의 세계에서도 가장 마지막에 만들어진 하위 층이 바로 우리가 현실이라 믿고 있는 이 세계이며, 신성이라고는 거의 남아 있지 않은 그 하급의 창조주가 소위 '성서'에 등장하는 유일신 여호와라는 것이다. 과거 께베도에게는 터무니없고 어리석게만 느껴지던 위와 같은 영지주의적 사고는 의외로 보르헤스에게 있어서는 그가 픽션들 속에 드러나

는 우주에 대한 비전을 확립할 수 있는 계기가 되었다는 점이 이채
롭다. 그노시즘적 시각에서 본 우주는 더 이상 질서나 조화에의 희
망을 가질 수 없는 곳이었다. 혹은 만일 질서라는 것이 있다 하더라
도, 그 질서는 신의 질서일 뿐, 인간의 질서일 수는 없는 것이다. 질
서가 있거나 없거나, 우주는 결국 불가해할 뿐이다. 왜냐하면 인간의
지성을 가지고는 있지도 않은 혹은 있더라도 신성의 규율에 의해 관
장되고 있기 때문에 인간의 지성으로는 도저히 근접할 수 없는 질서
를 확립해낼 수는 없기 때문이다.

　이러한 그노시즘적 우주의 구조는 「위장한 염색업자 하킴 데 메르
브」에서 거의 유사한 형태로 형상화되고 있다.

　　하킴의 천지창조설에 보면 태초에 빛으로 된 하나의 신이 있다. 장
엄하게도 이 신은 근원도, 이름도, 얼굴도 없다. 그는 변화되지 않는
신이다. 그러나 그의 이미지가 활동을 개시하면서 첫 번째 하늘을 하
사하고 통치하는 아홉 개의 그림자들을 사출했다. 이 첫 번째 조물주
적 왕에 이어 또한 천사들, 통치자들, 왕들과 함께 두 번째 왕이 등장
했다. 그리고 이들은 아래에 첫 번째 하늘과 대칭을 이루는 또 다른
하늘을 만들었다. 이 두 번째 천상적 교구는 세 번째로 또다시 재생되
고, 그것은 다시 또 다른 하급 하늘로 재생되고, 그렇게 해서 하늘의
총수가 999번째까지 이르게 되었다. 가장 바닥에 존재하는 하늘의 주
인이 ― 다른 그림자들의 그림자의 그림자 ― 바로 이 우주를 관장하는
신이고, 그가 가진 파편적 신성의 가치는 '0'에 이르게 된다.

　　En el principio de la cosmogonía de Hákim hay un Dios espectral.
Esa divinidad carece majestuosamente de origen, así como de nombre y
de cara. Es un Dios inmutable, pero su imagen proyectó nueve sombras
que, condescendiendo a la acción, dotaron y presidieron un primer cielo.
De esa primera corona demiúrgica procedió una segunda, también con

ángeles, protestades y tronos, y éstos fundaron otro cielo más abajo, que era el duplicado simétrico del inicial Ese segundo conclave se vio reproducido en uno terciario y ése en otro inferior, y así hasta 999. El señor del cielo del fondo es el que rige—sombra de sombras de otras sombras—y su fracción de divinidad tiende a cero.(OC Ⅰ, p.327.)

다만 바실리데스의 우주와 하킴의 우주가 원형적 신성의 반복적 복사를 통한 우주창조라는 유사한 창조의 논리를 보여주고 있는 데 비해 그 하위계층의 수가 바실리데스에서는 365로 나타나고 있고, 하킴에서는 999에 이르고 있는 차이를 드러내고 있음이 눈에 띈다. 그러나 이것은 보르헤스가 기독교력에서 일년 365일을 의미하는 숫자로부터 좀 더 회교도적이고 밀교적인 의미를 갖는 999로의 전환을 시도했던 것에 기인할 뿐이다. 9라는 수는 충만을 의미하는 수 3에 다시 한번 3을 곱한 수로써, 실제로 불교와 신플라톤주의, 그노시즘, 기독교, 카발라, 수피교 등 모든 종교에서 '충만함'과 '하나로 화함'을 의미하는 숫자로 여겨지고 있는 것을 고려한다면[24] 당연한 변화로 받아들일 수 있을 것이다.

그노시즘은 우주를 비이성적이고 불완전한 존재로 상정하고 있다는 점에서 일면 논리적으로 여겨질 수 있으나, 현재 매우 광범위하게 용인되고 있는 '선량하고 이성적인 조굴주'에 대한 성서적 믿음과 완전히 대치된다는 점에서는 반대로 비논리적인 모습을 보여준다. 그러나 이러한 모순이야말로 보르헤스가 발견해낸 가장 유용한 문학적 장치임을 부인할 수 없다. 이러한 장치를 통해 보르헤스는 무한 증식된 패러디 중 하나로서의 현실을 상정할 수 있었던 것이다.

---

24) Chevalier / Gheerbrant pp.663−665., Didier T. Jaén, *op. cit.*, p.89에서 재인용.

우리들이 기거하고 있는 지상은 하나의 실수, 덧없는 패러디이다. 거울들과 부성은 가증스러운 것이다. 왜냐하면 그것들은 그러한 패러디를 증식시키고 확고히 해주기 때문이다. 혐오감이 가장 본질적인 덕목이다.

La tierra que habitamos es un error, una incompetente parodia. Los espejos y la paternidad son abominables, porque la multiplican y afirman. El asco es la virtud fundamental.(OC Ⅰ. p.327.)

즉 세상은 더 이상 완벽한 신의 작품일 수 없으며, 우리 인간은 더 이상 조물주가 빚어낸 완벽한 피조물일 수 없다는 것이다. 이러한 우주의 근원에 대한 영지주의적 신념에 따르면, 도서관 역시 '그저 어느 신의 작품에 불과할 뿐'이라는 결론에 도달하게 된다.25) 더 이상 태초의 원형의 희미한 그림자만이 남아 있는 원형과 무한복제의 산물인 패러디의 정체성을 명확히 구분 지을 수 없게 된 것이다. 이와 관련된 명확한 실례들이 「위장한 염색업자 하킴 데 메르브」의 곳곳에서 드러나고 있다.

젊은 시절 나는 그러한 사악한 마술에 빠졌고, 창조물들이 가진 원래의 색깔들을 교란시켜 놓았다. 천사가 내게 양들은 호랑이들과 다른 색깔을 가지고 있다고 말했다. 그러나 사탄은 내게 전지전능 자가 그러기를 원했던 것이고, 나의 대담성과 나의 자줏빛 염색은 가치 있는 일이라고 말했다. 지금 나는 천사와 사탄이 똑같이 진실을 오인했고 그리고 모든 색깔은 저주스러운 것이라는 것을 안다.

---

25) Jaime Alazraki, *op. cit.*, p.54.
    Como la creencia gnóstica del origen del universo, también la Biblioteca ≪sólo puede ser obra de un dios≫.

Así pequé en los años de juventud y trastorné los verdaderos colores de las criaturas. El Ángel me decía que los carneros no eran del color de los tigres, el Satán me decía que el Poderoso quería que lo fueran y se valía de mi astucia y mi púrpura. Ahora yo sé que el Ángel y el Satán erraban la verdad y que todo color es aborrecible.(OC Ⅰ, p.325.)

보르헤스는 인간과 신을 엄격한 위계질서로 구분하려는 기독교적 시각, 즉 천사의 시각에서 탈피하여 감히 신에 대한 도전을 종용하는 사탄의 시각을 수용하는 듯하지만, 결국에는 천사와 사탄을 모두 오류로 판단하고 '모든 색깔이 저주스러운 것'이라는 결론, 즉 신도 인간도 제3의 계급에 속하는 하등한 존재에 불과할 뿐이라는 결론에 도달한다.

그 결과, 그 하급신의 창조물이자, 초월적 현실로부터 유리된 끝없는 모방의 모방에 불과한 우주라는 현실의 정체성은 '불완전성'으로 격하될 수밖에 없고, 보르헤스가 시도했던 해체적 글쓰기는 '실존의 모조품'인 지상의 현실을 또 다시 표방한 모방의 모방이자, 이미지에서 사출된 또 다른 이미지일 수밖에 없게 된 것이다.

그렇다면 과거 전지전능한 위상을 점유했던 '작가'라는 위치 역시 그노시즘적 신성을 지닌 하급의 창조자의 위상을 갖게 되며, 결국 앞서 언급했듯이 그 신성 역시 '0, 또는 없음'을 지향하게 되는 것은 당연한 논리로 보인다.

보르헤스는 「죽음에의 열망 Biathanatos」에서도 세계의 위상을 유한한 하급신의 창조물로 격하시킴으로써 그노시즘적 우주관을 보여준다.

자신의 교수대를 만들어 내기 위해 세상을 창조한 한 신에 대한 것이다.

La de un dios que fabrica el universo para fabricar su patíbulo.(OC
Ⅱ, p.80.)

즉 우주는 죽음을 열망하던 신이 자신의 신성을 표현하기 위한
장으로서 창조했을 뿐이라는 것이다. 여기에서 '죽음', 즉 소멸을 가
정할 수 있는 신이라면, 그 신은 이미 모든 것을 초월한 전지전능한
신의 입지를 상실한 것이고, 이는 곧 하급의 신임을 인정하고 있는
것으로 해석할 수 있다. 그리고 그러한 유한한 신이 창조해낸 우주
의 존재가치는 당연히 불안정하고 부정적인 것이 될 수밖에 없다.

그도 나처럼 쇼펜하우어를 탐독하던 독자였다. 그는 쇼펜하우어의 영
향으로 (아니, 어쩌면 그노시스 주의의 영향이었을 수도 있다) 우리 인
간이, 태초의 시간에 존재하고 싶지 않다는 열망으로 스스로를 파괴시
켜버린 어떤 신의 파편일 수도 있다는 상상을 하게 되었다. 세계사는
바로 그 파편들의 암울한 번민이다.

Fue, como yo, lector apasionado de Schopenhauer. Bajo su influjo(y
quizá bajo el de los gnósticos) imaginó que somos fragmentos de un
Dios, que en el principio de los tiempos se destruyó, ávido de no ser.
La historia universal es la oscura agonía de esos fragmentos.(OC Ⅱ,
p.80.)

이러한 자료들에 근거해볼 때, 보르헤스가 인식하고 있던 세계의
형상은 굳건한 현실이 아닌, 수없이 반복적이고 주기적으로 복사되
고 사출된 '이미지의 이미지'에 불과한 것임을 확인할 수 있다.
그렇다면 유럽 사상이나 기독교 사상의 근간이 되어 온 완벽하게
질서 잡힌 우주, 개체와 전체가 질서 속에 조화를 이룬 탄탄한 현실
에 근거한 코스모스는 더 이상 보르헤스에게 존재할 수 없는 것이

다. 따라서 그러한 현실의 또 다른 투영으로서의 '책', 즉 보르헤스가 구현해내고자 했던 문학세계는 이미지의 이미지를 또 다시 복사한, 전지전능하고 지존하신 조물주의 창조의지는 거의 무화되어 어렴풋이 흔적만이 남아 있을 뿐인 카오스에 불과한 것이다.

태초에 존재했던, 플라톤적 원형들로 충만했던 신성이 창조해낸 원형적 현실로부터 방사되고 또 다시 거듭된 복사를 통하여 원형적 현실로부터 아스라이 멀어져버린 현실을 상정한 그노시즘적 우주관은 거의 '0'으로 무화되면서 아련하게 원형적 현실의 흔적만을 간직한 가운데 새롭게 방사되어 나간 그 원형의 또 다른 변주들로 인해 이제 어디까지가 원형이고 어디까지가 변주인지를 구분 짓지 못하게 하며, 이 둘의 명확한 경계의 척도를 제시하는 것조차 불가능하게 한다. 그리고 이러한 우주관은 결국 보르헤스로 하여금 원형적 '책'으로부터 무한히 생성되어지는 원형적 형상의 다양한 메타포로서의 문학세계, 즉 '양피지 글쓰기'로서의 문학을 가능케 하였으며, 보르헤스의 문학적 우주 자체를 원형과 복사본이, 실체와 이미지가 경계 없이 뒤섞여 있는 카오스, 즉 현실과 허구의 혼재향으로 자리매김시키고 있는 것이다.

4) 카발라적 관점: 「카발라에 대한 변론」과 「신의 글」을 중심으로

보르헤스에게서는 불교나 그노시즘적 원리보다는 카발라적 원리가 훨씬 더 강도 있게 나타나고 있다.[26] 카발라는 유대교의 신비주의로 볼 수 있다.

---

26) Didier T. Jaén, op. cit., pp.8 – 9.

사실 서양 문화의 3분지 1은 유대의 흔적을 지니고 있다. 인간의 삶을 되돌아보면, 각개의 인간이 가지고 있는 철학이 무엇이든 간에 하나님이라는 존재를 취급하지 않을 수가 없음을 깨닫게 된다.

그 이유는 첫째로 아무도 자기 자신의 존재를 자기 스스로가 가져올 수 있다고는 생각지 않기 때문이다. 자기 자신이 그러하듯 물론 다른 사람을 존재케 하지도 못한다. 즉 인간은 어떤 다른 것에 의해 존재하게 되었다는 것이다. 둘째, 모든 사람은 자기 능력이 어떤 한계 내에서 제한되어 있음을 안다. 즉 인간은 그 한계에 직면했을 때 필경 신의 존재와 직면하게 될 수밖에 없는 것이다.[27]

물론 그 초월적 신이 때로는 살풍경하다든지, 무질서적, 비도덕적이거나 적개심이 있다든지 하는 특성에 따라 신의 존재는 의심을 받기도 한다. 그러나 유대 사상이 승리한 것은 이런 요소들에 대해 항복하지 않았기 때문인 것이다.

유대 사람들이 하나님을 인격적 존재로 대우함에 있어서 특이한 점은 하나님만이 유일하고, 최고인 존재라 믿었고, 자연을 초월하는 뜻에서의 인격주의에 초점을 둔다는 점이다. 그와 대조해서 애굽 사람들은 자연의 힘을 신격화하였다. 즉 폭풍은 폭풍신으로, 태양은 태양신으로, 비는 비신으로 취급했던 것이다.

물론 구약성서에서도 야훼 이외의 다른 신들에 대한 언급이 있지만, 고대 지중해 사람들의 종교와 관련하여 유대교가 이루어낸 근본적 공헌은 단일신주의의 확립이었다. 예를 들어, 이 세상의 모든 비관적인 형태와는 반대로 유대교의 기록은 "태초에 하나님이 천지를 창조하시다"로 시작된다.

그들에게 다른 신들은 야훼 하나님과 다음 두 가지 점에서 달랐

---

27) 앤더슨, 노오만. [세계의 종교들], 서울: 생명의 말씀사, 1985, pp.205 – 206.

다. 첫째, 이 모든 신들의 기원은 야훼 하나님에게 있다.28) 둘째, 야
훼 하나님과는 달리 다른 신들은 죽음을 면할 수가 없다. 고로 다른
신들은 야훼 하나님의 경쟁자가 아니라 종속자들이라는 것이다.29)

카발라(Kabbalah)라는 말은 문자 그대로 '전통'으로 번역되는
데,(OC Ⅲ, p.270.) 이미 12세기 이전데 유대교 안에는 카발라라는
이름으로 불릴 만한 신비 사조가 있었다.30)

근본적으로 신비주의라는 것은 전통적인 종교관의 연장 또는 확대
라고 생각할 수 있으며, 유대 신비주의 카발라는 랍비 유대교와 몇
가지 점에서 차이를 드러내고 있다. 카발라에서는 첫째, 성경의 창조
주 하나님은 제한적인 신으로서 그는 더욱 고급하며, 무한한 미지의
신, 아인 소프(Ayin-Sof)에 종속되어 있다고 한다. 둘째, 우주를 무
로부터 이루어진 창조의 결과가 아니라 아인 소프로부터 방출된 속
성, 즉 세피로트(Sefirot)에 의해 이루어진 복합 작용의 결과로 본다.
셋째, 세피로트야말로 유한한 우주와 무한한 신 사이를 연결하는 다
리라는 견해를 갖고 있는 것이다.31)

아인 소프라는 말은 '무한'으로 번역할 수 있다. 아인은 무로 번역
되고 소프는 한계나 끝을 의미하기 때문이다. 이것은 카발리즘의 신에
대한 명칭으로 이해를 초월한 전체적 통일체를 상징하는 것이다.32)

무한자, 아인 소프는 불가지한 존재이다. 그것의 존재성은 그 비
존재성에 대한 증명을 통해서만 입증될 수 있다. 카발라에 따르면
이 무한자의 개념이 설명되어질 수 있는 유일한 방법은 '그것은 존

---

28) 대한성서공회 편. *op. cit.*, p.714.
　　내가 말하기를 너희는 신들이며 다 지존자의 아들들이라 하였으나.(시
　　편82:6)
29) 앤더슨, 노오만. *op. cit.*, p.208.
30) 찰스 폰스. [카발라], 조하선 옮김, 서울: 물병자리, 2000, p.10.
31) *Ibid.*, p.12.
32) *Ibid.*, p.99.

재하지 않는다'고 말하는 것이라고 한다. 신, 즉 모든 작용을 초월하여 있는 절대적 신은 오로지 무에 의해서만 이해되어질 수 있을 뿐이다. 카발라의 감추어진 신, 아인 소프는 한때 충만한 상태로 있었다. 그러나 일반적인 용어상의 실재적 존재를 만들어내는 자기표현 행위를 함으로써 무(無)가 되었다. 그러나 아인 소프의 이러한 표현 행위, 즉 우주로 자기를 구체화시키는 행위가 이루어졌다고 하여 아인 소프 자신이 고갈되어버리는 것은 아니다. 아인 소프가 무로 되었다는 것은 그것이 아무 것도 존재하지 않는 텅 빈 진공이 되었다는 의미가 아닌 것이다. 무의 상태는 비어 있다는 것과는 아무런 관계도 없다. 그것은 오히려 그림으로 그려지거나 논리적으로 설명되어질 수 있는 어떤 구조적 성질을 가지고 있지 않는, 표현 불가능, 인식 불가능한 상태에 더 가깝다. 세펠 조하르 Sefer Zohar[33])의 표현에 의하면 그것은 어떠한 자취도 없으며 어떠한 수단이나 방법으로도 그것에 이를 수 없다고 한다.[34)]

결국, 카발라적 우주관에서는 그노시즘에서와 마찬가지로 모든 인지와 이해 너머에 존재하는, 이름도, 호칭도, 한계도 없는 불가해한 신을 상정하고 있는 것이다. 그리고 인간의 이해력을 영원히 초월하여 존재하는 근원적 무(無)로서의 이 아인 소프가 근원적 의지를 발현함으로써 자신을 표현 혹은 현시하고자 하였고, 그 결과 무로부터의 창출, 즉 엑스 니힐로 Ex nihilo가 이루어져 세상이 창조되었다고

---

33) Ibid., pp.45-46.
   카발라에서는 세펠 조하르 Sefer Ha-Zohar(光輝의 書 Book of Splendour) 또는 세펠 예트지라 Sefer Yetzira(創造의 書 Book of Creation)가 전해지고 있다. 조하르는 수세기 동안 중요성에 있어서 탈무드와 성경에 버금가는 위치를 차지하였으며 랍비 공동체에 의해 이러한 지위를 부여받은 유일한 카발라 경전이다. 또한 조하르는 모세 5경에 대한 주석서이기도 하다.
34) Ibid., pp.259-260.

보는 것이다.

   ……그것은 무(無)를 의미하는 니힐름이라는 한마디로 축약될 수 있
다. 신은 '無로부터의 창조'의 근원적 '없음'이며, 원형들과 더 훗날 구
체적인 인간을 창조해내는 심연이다. 신은 완전한 無이다.

   ……acude a la palabra nihilum, que es la nada; Dios es la nada
primordial de la creatio ex nihilo, el abismo en que se engendraron los
arquetipos y luego los seres concretos. Es Nada y Nada.(OC Ⅱ, p.116.)

  보르헤스는 자신의 작품 곳곳에 이러한 카발라적 우주관을 도입하
고 있는데, 그중 가장 대표적인 예가 아마도 골렘의 전설일 것이다.
그는 자신의 시 「골렘 El Golem」에서 카발라적 우주관을 이렇게 표
현하고 있다.

   랍비는 사랑스러운 눈으로 그를 바라보고 있었다.
   그리고 일종의 두려움도 느꼈다.(그는 말했다.) 어쩌다
   내가 이런 괴로움을 줄 자식을 만들어냈다는 말인가?
   어쩌다 분별이라는 나태함을 허락하였다는 말인가?

   왜 무한한 일련에
   또 하나의 상징을 추가하였을까? 왜
   무한히 되감겨질 부질없는 실패에
   또 하나의 원인과 결과와 노고를 더했을까?

   희미한 불빛이 비치는 번민의 시간 속에서
   그는 자신의 골렘에 시선을 고정시키고 있었다.
   누가 우리에게 말해줄 것인가?

프라하의 랍비를 바라볼 때 신이 갖게 되는 느낌을.

El rabí lo miraba con ternura
Y con algún horror. ¿Cómo(se dijo)
Pude engendrar este penoso hijo
Y la inacción dejé, que es la cordura?

¿Por qué di en agregar a la infinita
Serie un símbolo más? ¿Por qué a la vana
Madeja que en lo eterno se devana,
Di otra causa, otro efecto y otra cuita?

En la hora de angustia y de luz vaga,
En su Golem los ojos detenía.
¿Quién nos dirá las cosas que sentía
Dios, al mirar a su rabino en Praga?(OC Ⅱ, pp.264－265.)

골렘이 속한 세상은 사슬처럼 이어지는 창조의 계층 중에서도 최하위에 속하는 한 조물주가 창조한 세상이다. 그 조물주의 상위에서는 또 다른 상위의 신이 또 하나의 골렘으로서의 그를 애처로운 눈빛으로 바라보고 있을 것이다.

이러한 우주 체계는 보르헤스의 다른 작품에서도 빈번하게 나타나고 있지만, 보르헤스가 『서문들에 대한 서문을 달고 있는 서문들 Prólogos con un prólogo de prólogos』에서 "두 가지 생각 — 아니, 어쩌면 두 가지 강박관념이라고 하는게 낫겠다. — 이 프란츠 카프카의 작품 전반에 담겨 있다. 그 하나가 바로 '종속'의 문제이고, 또 다른 하나가 '무한'의 문제이다. 그의 모든 픽션들을 보면 상하의 위계가 존재하고, 이러한 위계의 질서는 무한으로 이어지고 있다.(PP, p.158)"고

밝힌 바 있듯이 카프카의 문학이 상정하는 우주에서도 동일한 체계를
지닌 채 나타나고 있음을 알 수 있다.

결국, 보르헤스는 성서 속의 창조주 하나님을 제한적인 권능을 지
닌, 상위의 신이자 무한한 미지의 신 아인 소프에 종속되어 있는 신
으로 자리매김 시키고, 더 나아가 정전으로 여겨지고 있는 모세오경
또는 기독교의 성경보다 비전으로 취급되던 카발라 신비주의를 우위
에 둠으로써 기존의 질서와 사고의 틀을 완전히 뒤집는 파격을 드러
내고 있으며, 바로 이런 파격으로부터 소위 '카발라적 글쓰기'라 명
명할 수 있는 해체적이고 혼재향적인 보르헤스의 문학관이 태동하였
음을 확인시켜주고 있는 것이다.

한편 카발라에서 아인 소프와 세피로트가 점하고 있는 위상을 고
려해볼 때, 그 초월 영역의 성질을 의사소통시킬 수 있는 언어는 상
징적인 것이 될 수밖에 없음을 추론해낼 수 있으며, 같은 맥락에서
볼 때, 천지의 창조는 신의 현시이자, 이는 곧 신이 자신을 표현하
기 위해 창출해낸 '언어'로 해석할 수 있다.

카발라적 우주관의 맥락에서 파악할 수 있는, 불가해한 신, 즉 궁
극적 진리와 그 신을 묘사하기 위해 사용된 언어 형식 사이의 간극
에 존재하는 절대적 혼돈에 대해 보르헤스는 「누군가로부터 아무도
아닌 자로」에서 다음과 같이 설명하고 있다.

> 전능하신, 전재하신, 전지하신 등의 표현들은 신을 상상을 불허하는
> '최상급'들로 이루어진 가공할 만한 혼돈 덩어리로 만든다. 다른 것들
> 도 그렇지만, 이런 식의 명명법도 신성을 제한하는 것으로 보인다.
> (……) 그 어떤 서술어도 신을 표현하기에는 적합하지 않다고 지적한
> 바 있다. 신을 규정하는 것은 '무(無)'여야 한다. (……) 어떤 '무엇'이라
> 는 것은 곧 그 외의 다른 모든 것이 아님을 의미한다. 이러한 진실로
> 인해 혼돈을 경험하게 되는 직관은 사람들로 하여금 '아무것도 아님'

이야말로 '그 무엇이 되기'이며, 경우에 따라서는 '모든 것이 되기'가 아닐까라는 상상을 하게 한다.

Las palabras omnipotente, omnipresente, omniscio, que hacen de Dios un respetuoso caos de superlativos no imaginable. Esa nomenclatura, como las otras, parece limitar la divinidad. (……) Ningún predicado afirmativo conviene a Dios. Nada se debe afirmar de Él. (……) Ser una cosa es inexorablemente no ser todas las otras cosas; la intuición confusa de esa verdad ha inducido a los hombres a imaginar que no ser es más que ser algo y que, de alguna manera, es ser todo.(OC Ⅱ, pp.115－117.)

결국, 이 글의 주제는 언어와 창조를 서로 연관짓고자 하는 사고로 집약될 수 있다. 즉 우주의 창조 작업 자체를 신의 언어로 해석하고자 하는 것이며, 따라서 이 우주는 신의 비밀스런 글쓰기를 위해 존재하는 상징의 체계일 뿐이라는 것이다.

17세기 초 프랜시스 베이컨은 그의 저서 『학문의 진보 Advancement of Learning』에서 신은 우리인간이 실수를 범하지 않도록 하기 위해서 우리에게 두 권의 책을 주었다고 말한 바 있다. 그 한 권은 성스러운 글로 쓰인 책으로 신의 뜻을 드러내고 있으며, 또 다른 한 권은 피조물의 글로 쓰인 책으로 신의 권능을 보여줄 뿐 아니라 첫 번째 책을 해석하기 위한 열쇠로 기능하기도 한다는 것이다.

A principio del siglo XⅦ, Francis Bacon declaró en su Advancement of Learning que Dios nos ofrecía dos libros, para que no incidiéramos en error: el primero, el volumen de las Escrituras, que revela Su Voluntad; el segundo, el volumen de las criaturas, que revela Su poderío y que éste era la llave de aquél.(OC Ⅱ, p.93.)

이제 보르헤스는 이 세계를 신이 ㅈ-신을 현현하기 위해 써 내려
간 한 권의 책으로 상정하고 있다. 즉 언어로 이루어진 세계의 개념
을 제시하는 것이다. 그리고 우주라는 현실을 신의 '말씀'으로 이루
어진 언어의 총체, 즉 관념으로 바라봄으로써 우리가 현실이라고 부
르는 것의 정체성을 '허구'로 상정하고 있다. 따라서 그 안에 존재하
는 인간의 위상은 책 속의 등장인물 혹은 언어의 기본 단위인 활자
의 그것이 된다.

　　말라르메에 따르면 세상은 한 권의 책을 위해 존재하며, 블루아에
　　따르면 우리 모두는 마법책을 구성하고 있는 한 문장이거나 한 단어
　　혹은 한 글자이고, 끊임없이 이어지는 이 책이야말로 세상에 존재하는
　　유일한 것으로, 세상 그 자체이다.

　　El mundo, según Mallarmé, existe para un libro; según Bloy, somos
　　versículos o palabras o letras de un libro mágico, y ese libro incesante
　　es la única cosa que hay en el mundo: es, mejor dicho, el mundo.(OC
　　Ⅱ, p.94.)

이처럼 등장인물인 인간의 정체성이 활자에 다름 아니라면, 그 활
자들이 모여 이루어낸 총체는 한 권의 책이 아닐 수 없다. 우주를
언어로 이루어진 세계, 즉 관념으로 바라보는 보르헤스의 시각은 「
신의 글」에서도 문학의 옷을 입고 형상화된다.

　　점차로 숙제로 삼고 있던 재규어라는 구체적인 수수께끼보다 한 신
　　이 쓴 어느 문장이라는 일반적인 수수께끼가 나로 하여금 더욱 불안하
　　게 만들었다. 하나의 절대적인 정신이(나는 스스로에게 자문했다.) 문
　　장을 만든다면 그는 어떤 형태의 문장을 만들까? 나는 인간의 언어들
　　에서조차도 우주 전체를 내포하지 않는 문장은 단 하나도 없다는 것을

떠올렸다. (……) 신은 단지 그 말 안에 수많은 말들이 들어 있는 단 하나의 말만 해야 한다는 생각이 들었다. 그에 의해 발음된 그 어떤 말도 우주보다 열등하거나 시간의 총합계보다 적어서는 안 된다.

Gradualmente, el enigma concreto que me atareaba me inquietó menos que el enigma genérico de una sentencia escrita por un dios. ¿Qué tipo de sentencia(me pregunté) construirá una mente absoluta? Consideré que aun en los lenguajes humanos no hay proposición que no implique el universo entero. (……) Un dios, reflexioné, sólo debe decir una palabra y en esa palabra la plenitud. Ninguna voz articulada por él puede ser inferior al universo o menos que la suma del tiempo.(OC Ⅰ, p.598.)

나는 우주와 우주의 심오한 구성 방식들을 보았다. (……) 나는 신들의 뒤에 있는 얼굴 없는 신을 보았다. 나는 유일무이한 행복을 이루어 가고 있는 무한한 과정들을 보았고, 모든 것을 이해하게 되면서 또한 호랑이에 씌어진 글을 이해하기에 이르렀다. 그것은 14개로 된 무작위적인(무작위적으로 보이는) 단어들의 조합이다. 그리고 전지전능해지기 위해 나는 그것을 큰소리로 말하기만 하면 되는 것이리라.

Vi el universo y vi los íntimos designios del universo. (……) Vi el dios sin cara que hay detrás de los dioses. Vi infinitos procesos que formaban una sola felicidad y, entendiéndolo todo, alcancé también a entender la escritura del tigre. Es una fórmula de catorce palabras casuales(que parecen casuales) y me bastaría decirla en voz alta para ser todopoderoso.(OC Ⅰ, p.599.)

실제로, 카발라는 사변적 카발라와 실천적 카발라로 크게 둘로 나누어지는데, 이 중 사변적 카발라는 주로 철학적인 문제들을 다루는 반면 실천적 카발라는 때때로 마법 카발라로 불리기도 하며 히브리어 문자의 신비적 가치에 중점을 둔다.[35] 이 실천적 카발라에 따르면 역사적 사건들은 신에 의해 운명 지워진 것이 아니며 다만 미리 예정된 것이 있다면 기록된 토라, 즉 도세오경 안에 포함된 어구나 문자의 수라는 것이다.[36]

또한 토라는 거기에서 모음 점 하나 덧붙이거나 뺄 수조차 없기 때문에 그리고 신 자신의 비밀스런 생명을 투영하고 있는 살아 있는 유기체로 여겨지고 있기 때문에 그것은 신성한 에너지를 담고 있는 그릇이라고 한다.[37]

카발라의 경전 가운데 세펠 예트지라는 우주 창조론과 우주 철학을 다루고 있는 비교(秘教), 마쉐 베레쉬트(Maaseh Bereshith)로부터 나온 책들 중 하나인데[38], 두 부분으로 이루어진 이 비전 중 첫 부분은 10세피로트 또는 10수(數)를 다루고 있으며, 두 번째 부분은 히브리 알파벳의 확립에 대해 다루고 있다. 카발라에서 이 히브리 알파벳은 창조의 신성한 도구로써 전체적으로 만물의 기초를 이루고 있는 것으로 간주된다.

신성한 알파벳의 본질을 보면, 히브리 알파벳의 22문자는 기식음, 폐쇄음, 치찰음 중의 하나에 속하게 되는데 특히 3모자(알레프, 멤, 쉰 Aleph, Mem, Shin)는 이 세 종류의 음을 대표함과 동시에 나머지 19개 알파벳의 근원이 되고 있다. 그리고 우주는 만물의 제1질료인 세 원소(불-하늘, 물-땅, 공기-하늘과 땅을 매개하는 스피리트)와 3모자와의 관계에 의해 창조된다고 함으로써, 우주의 창조가 언어의 창조의 결과라는 신비한 결론에 도달하게 되는 것이다. 곧

---

35) 찰스 폰스. *op. cit.*, p.12.
36) 따라서 성서의 텍스트 전체는 하나의 암호체계를 형성하게 되고, 이를 판독하여 나오는 결과들에 카발라주의자들이 주목하는 것이다.
37) 찰스 폰스. *op. cit.*, p.25.
38) Ibid., p.37.

알파벳은 창조 자체의 도구인 것이다.[39]

다시 말해, 앞서 언급한 바 있는 세피로트야말로 바로 카발라에서 말하는 창조의 언어를 일컫는다. 세피로트는 신의 속성이거나 혹은 현현된 측면들의 방출이자, 이것들이 곧 신의 언어 중 첫 번째 문자들인 것이다. 그리고 이것이 히브리어의 스물두 개 알파벳과 결합하여 기본적인 언어를 이루었고, 그 언어로서 세상이 창조되기에 이르렀다는 것이다.

카발라에 따르면, 이러한 창조의 과정은 소위 '모세오경' 속에 코드화되어 담겨지게 되었다고 한다. 근본적으로 카발라주의자들은 히브리어 성서를 신비주의와 숫자에 담긴 신비한 의미를 연구하는 기술인 수비술에 근거하여 해석하고 있다. 즉 그들은 모세오경에 나타나는 문자나 단어, 숫자, 액센트를 마치 암호처럼 다루고 있는 것이다. 그 속에는 예언을 비롯하여 신의 신비적 의지에 의하여 숨겨진 심오한 의미가 담겨 있다고 한다. 카발라의 목적이 신의 의지를 명확히 읽어내고 그렇게 함으로 신과 하나가 되는 것에 있기에 모든 사람들이 모세오경을 읽어내고자 하지만 신비적 능력이 없는 자들이 이것을 피상적으로 읽게 되면 단지 문자 그대로의, 또는 비유적인 의미로 밖에 읽어낼 수 없으며, 따라서 외형적인 의미만을 이해할 수 있을 뿐 그 안에 담긴 상징적 의미들은 깨달을 수 없다는 것이다. 물론 모든 사람들이 모세오경을 깊이 있게 해석하고 그 속에 담긴 암호까지 명철하게 해독해낼 수는 없는 일이다. 따라서 토라, 즉 모세오경은 읽는 자의 수준에 따라 무한한 층위로 읽혀질 수 있는 책이 될 수밖에 없는 것이다.

이처럼, 카발라의 최대 관심사는 언어의 상징적 기능 및 그의 해석이며,(OC Ⅲ, p.270.) 따라서 카발라가 언어적 상징으로써의 문학

---

39) *Ibid.*, pp.39−40.

과 언어에 대한 암호 풀어내기로서의 굔학비평과 긴밀하게 연관될
수밖에 없는 이유가 설명된다.[40]

또한 이러한 카발라적 교리는 하나의 텍스트도 다양하게 읽힐 수
있다는 보르헤스의 해체주의적 문학관과 긴밀하게 연결되어 있음을
이해할 수 있다. 즉 보르헤스의 카발라에 대한 변론은 곧 문학에 대
한 변론인 것이다.[41] 하이메 알라즈라키 Jaime Alazraki는 보르헤스
에 있어서의 카발라적 글쓰기가 무슨 의미인가라는 질문에 대해 "물
론 보르헤스가 하나의 성스러운 텍스트, 고갈되지 않는 하나의 텍스
트를 창출해내고자 했던 것은 아니다. 카발라적 글쓰기라는 것은 카
발라주의자들이 성서를 해석하는 방법과 마찬가지로 다양한 방향에
서 보르헤스의 작품들을 읽어낼 수 있음을 의미하는 것이다."[42]고
대답한 바 있는데, 보르헤스의 해체주의적 문학관과 카발라적 글쓰
기의 관계는 이 말에서도 잘 설명되어진다.

카발라적 글쓰기에서는 이미 기표와 기의 사이의 일대일 연계는
파괴되어 버렸다고 보아야 할 것이다. 독자에 따라서 하나의 기표라
도 얼마든지 다양한 기의를 수반하는 것으로 해독될 수 있기 때문이
다. 보르헤스는 문학이 더 이상 하나의 기표에 하나의 기의가 일대
일로 대응되듯이 하나의 의미로 해석될 수 없음을 말한다. 카발라주
의자들의 성서해석이 무한한 판본으로 나올 수 있듯이, 카발라적 글
쓰기를 지향하는 보르헤스는 유일하게 해석되는 모세오경보다는 읽

---

40) Didier T. Jaén, *op. cit.*, 1992, p.96.
41) *Ibid.*, p.100.
   Borges' vindication of Cabala is also a vindication of literature.
42) Carlos Cañeque, *op. cit.*, p.333.
   Por supuesto que no quiere decir que Borges intentó producir un texto
   sagrado, escribir un texto inagotable. Lo que quiere decir es que en muchos
   sentidos podemos leer los cuentos de Borges de la misma forma que los
   cabalistas leían el texto sagrado.

는 자의 수준에 따라 무한한 층위로 읽혀질 수 있는 카오스적 또는
헤테로토피아적 문학을 실천하고 있는 것이다.

5) 쇼펜하우어적 관점: 「따데오 이시드로 끄루스의 전기
(1829 – 1874)」를 중심으로

보르헤스는 철학적 사유에 있어서 근본적으로 버클리의 유명론적
입장을 따르는 모습을 보여줄 뿐 아니라, 자신의 작품 곳곳에서 쇼
펜하우어를 언급함으로써 쇼펜하우어 사상의 많은 부분을 수용하고
있음을 드러내고 있다. 그는 자신이 세계의 본질은 의지이며, 우주는
그 의지의 표상, 즉 관념이라고 한 쇼펜하우어에 매혹되어 있었음을
밝힌다.

　　　필리프 마인랜더도 나처럼 쇼펜하우어를 탐독하던 독자였다.

　　　Philipp Mainländer fue como yo, lector apasionado de Schopenhauer.
　　　(OC Ⅱ, p.80.)

그리고 쇼펜하우어의 사상을 자신의 철학적 성찰의 계기로 삼았음
을 인정한다.

　　　나는 그다지 많지 않은 일들을 겪었고, 꽤 많은 책들을 읽었다. 다
　　　시 말하자면, 쇼펜하우어의 사상이나 영어가사로 된 음악들이 어떤 사
　　　건들보다는 내게 훨씬 더 많은 기억을 불러일으켰다는 것이다.

　　　Pocas cosas me han ocurrido y muchas he leído. Mejor dicho: pocas

cosas me han ocurrido más dignas de memoria que el pensamiento de
Schopenhauer o la música verbal de Inglaterra.(OC Ⅱ, p.232.)

쇼펜하우어가 기독교를 싫어하고 인도의 종교, 즉 힌두교와 불교
를 좋아했던 것으로 미루어볼 때 보르헤스와의 근접성이 발견되는
것은 당연하다.

쇼펜하우어는 젊은 시절 낭만주의자들, 특히 노발리스 Novalis, 호
프만 Hoffmann 등을 접하면서 그리스를 숭상하고 기독교에 내포되
어 있는 히브리적 요소를 언짢게 생각하는 사고를 지니게 되었다고
한다. 그가 불교를 좋아했던 것은 자신의 연구실에 숭배자였던 칸트
의 반신초상과 더불어 청동불상을 간직하고 있었던 것으로 미루어보
아도 잘 알 수 있다.

쇼펜하우어의 철학세계는 기본적으로 칸트철학을 계승하고 있지만
물 자체를 인정하고 그것을 의지(意志)와 동일한 것으로 간주한 것이
특이한 점이다.43) 쇼펜하우어에 의하면, 우리의 신체로서 지각에 나
타나는 것은 참된 의지라고 한다. 의지의 작용에 대응하는 현상은 신
체의 운동인데, 쇼펜하우어에 의하면 이로 말미암아 신체가 현상이
고, 그 현상의 실재가 의지라는 것이다. 이런 사고는 「따데오 이시도
로 끄루스의 전기(1829 - 1874) Biografía de Tadeo Isidoro Cruz(1829
- 1874)」에서 잘 드러나고 있다.

(미래 속에 감추어진 그 근본적이고 찬란한 밤이 그를 기다리고 있
었다. 마침내 자신의 원래의 얼굴을 보고, 자신의 원래의 목소리를 들
었던 그 밤. 이 밤을 잘 이해하는 것으로 그에 관한 이야기가 끝이 난
다. 보다 정확히 말해 이 밤의 한순간, 아니 이 밤에 그가 했던 행동
하나를. 왜냐하면 행동들이란 바로 우리 인간들의 상징이기 때문이다.)

43) 러셀, B. [서양철학사(하)], 최민홍 옮김, 서울: 집문당, 2001, pp.1045 - 1047.

얼마나 길고 복잡한 과정을 거쳤건 간에 어떤 운명도 단 한순간의 현실 속에 담겨 있는 법이다. 바로 이 한순간에 인간은 영원히 자신이 누구인지 알게 된다.

(Lo esperaba, secreta en el porvenir, una lúcida noche fundamental: la noche en que por fin vio su propia cara, la noche en que por fin oyó su nombre. Bien entendida, esa noche agota su historia; mejor dicho, un instante de esa noche, un acto de esa noche, porque los actos son nuestro símbolo.) Cualquier destino, por largo y complicado que sea, consta en realidad de un solo momento: el momento en que el hombre sabe para siempre quién es.(OC Ⅰ, p.562.)

쇼펜하우어의 『의지와 표상으로서의 세계』라는 책은 당시까지만 해도 그 누구도 의심하지 않았던 인간 이성과 과학 기술 발전에 대한 낙관적 전망에 대해 낸 최초의 비판적 목소리였다. 즉 당시의 철학과 과학은 세계가 합리적이고 논리적인 구조로 되어 있으며 학문은 이것을 드러내는 과정이라고 말했던 것이다. 그리고 그 속에서 인간은 점점 더 행복해지리라고 믿음을 지켜나가고 있었다. 그런데 바로 그런 시점에서 쇼펜하우어는 세계란 결코 합리적으로 되어 있지 않으며 '비합리적이고 맹목적인 의지'일 뿐이라고 비판하고 나섰던 것이다. 쇼펜하우어에게 있어서 의지란 곧 충동과 욕망을 의미했으며, 식물이 생장하는 것도, 돌이 중력의 법칙에 따라 아래로 떨어지는 것도, 동물이 살아남기 위해 투쟁하는 것도 알고 보면 합리적인 법칙에 따라 이루어지는 것이 아니라 '의지'에 따라 맹목적으로 이루어진다는 것이다. 즉 세계의 본질은 의지이며, 우주와 삼라만상은 그 의지의 표상이라는 것이다.

보르헤스는 이와 같이 우주가 의지에 의해 창출된다고 본 쇼펜하

우어의 사상이야말로 이 우주의 형상을 제대로 반영한 유일한 것이라고 인정하고 있다.[44]

　쇼펜하우어는 이미 그러한 진리를 밝힌 바 있다. 그는 기록하기를, 음악이라는 것은 우주와 마찬가지로 의지의 매우 즉각적인 표출이다.

　Schopenhauer había declarado ya esa verdad. La música, escribe, es una tan inmediata objetividad de la voluntad, como el universo.(OC Ⅰ, p.201.)

　즉 보르헤스는 유일신으로서의 '창조주 하나님의 천지창조'라는 가장 기본적인 기독교적 교리에 근거한 서구 문명의 우주관을 인간의 의지에 따른 선택으로 대체한 쇼펜하우어의 견해를 수용하고 있는 것이다.
　쇼펜하우어의 의지와 표상으로서의 세계를 수용하면서 보르헤스가 동일한 우주관을 표방하기 위해 또 다른 축으로 활용하고 있는 사상이 바로 스베덴보리[45]의 천국 / 지옥론이다. 그는 심지어 천국과 지

---

44) Didier T. Jaén, op. cit., p.83.
　Borges expresses the thought that Schopenhauer's doctrine of "the world as a fabrication of the will" is the only one in which he recognizes some "vestige of the universe."
45) Emanuel Swedenborg(1688－1772): 스웨덴 스톡홀름 태생의 자연 과학자·철학자·신학자. 웁살라 대학에서 언어학·수학·광물학·천문학·생리학·신학을 공부하였다.
　초기에는 자연 과학을 연구하였으나, 심령적 체험을 겪은 뒤 과학적 방법의 한계를 깨닫고 신비적 신학자로서 활약하였다. 철학적으로는 무한자를 모든 피조물에 존재하는 힘과 생명으로 보고, 그 무한자를 신으로 규정하였다. 성부·성자·성령이라는 3위격의 통일신으로서의 전통적 교리를 부정하였다.
　『천국의 놀라운 세계와 지옥에 대하여』를 써 유명해졌는데, 이는 『묵시록』의 새로운 해석으로서 그의 학문의 진수를 보여준 것이었으며, 그 밖의 저서로는 『자연 사물의 원리』, 『영혼 세계의 질서』, 『새 예루살렘』

옥이라는 가장 기본적인 기독교적 명제마저도 인간의 의지에 따른 선택일 뿐이라는 견해를 피력한 사상가였다.

스베덴보리에게 있어서…… (……) …… 천국과 지옥은 인간이 자유롭게 찾아낸 대상으로, 형벌로 처해진 곳도, 자비로 베풀어진 곳도 아니다.

Para Swedenborg, …… (……) ……, el cielo y el infiernno son estados que con libertad busca el hombre, no un establecimiento penal y un establecimiento piadoso.(OC II, p.82.)

이러한 시각은 기독교적 논리에 따를 때 사후 영혼의 안식처와 형벌로서의 천국과 지옥을 인간의 운명을 좌지우지하는 '의지'의 산물로 봄으로써 우주를 의지와 표상으로 보는 쇼펜하우어적 사고와의 동일성을 내포하고 있는 것으로 해석되며, 실제로 보르헤스는 그의 주장이 쇼펜하우어 사상과 동일함을 강조하는 전략으로써 이처럼 스베덴보리를 빈번하게 언급하는 것이다.(OC II, p.126.)

스베덴보리에게서도 마찬가지로 발견된다. 「인간과 초인」에서 지옥은 형벌 장소가 아니라, 복받은 이들이 천당을 택하는 것과 마찬가지로, 죽은 죄인들이 자신들의 본질적 친화성에 따라 선택한 장소이다.

También en Swedenborg. En Man and Superman se lee que el Infierno no es un establecimiento penal sino un estado que los pecadores muertos eligen, por razones de íntima afinidad, como los bienaventurados el Cielo.(OC II, p.126.)

등이 있다.

스베덴보리는 철학적으로는 무한자를 모든 피조물에 존재하는 힘과 생명으로 보고, 그 무한자를 신으로 규정한 바 있으며, 성부·성자·성령이라는 3위격의 통일 신으로서의 전통적 교리를 부정했다. 그에 따르면, 삼위일체는 성부는 신 존재의 기원 자체이고, 성자는 그 신적 영혼의 인간적인 구현이며, 성령은 예수 또는 신적 인간의 지속적인 활동이라고 한다. 결국, 쇼펜하우어와 마찬가지로 삼위일체의 신의 자리를 인간의 의지로 대체시켜버린 것이다.

보르헤스는 곳곳에서 쇼펜하우어를 직접적으로 언급하면서 세계를 관념 혹은 그 관념의 표상으로 상정한 쇼펜하우어의 사상을 수용하고 있는데, 실제로 그간 우주의 본질을 꿈이라는 형이상학적 이미지로 보아온 경우는 많았지만 이를 의지 및 그 의지의 표출로 탈바꿈시킨 쇼펜하우어의 사상은 파격적이지 않을 수 없었던 것이다.

이는 보르헤스의 인물인 따데오 이시도로 끄루스의 행동에서도 잘 드러난다.

> 그는 하급 군인의 신분으로 내전에 참가했다. 이따금 그는 자신이 태어난 지역을 위해 싸우기도 하고, 이따금 그 반대편에 서서 싸우기도 했다. (……) 그는 깨닫기 시작했다. 그는 한 운명이 다른 한 운명보다 나을 게 없지만 모든 인간은 자신의 가슴 안에 지니고 있는 것을 존중해야 한다는 것을 깨달았다. 그는 떼 지어 몰려든 개의 운명이 아닌 늑대의 운명이 자신에게 친밀하게 느껴지고 있음을 알았다. 그리고 상대가 바로 자신이었음을 깨달았다.

> Como soldado raso, participó en las guerras civiles; a veces combatió por su provincia natal, a veces en contra. (……) Comprendió que un destino no es mejor que otro, pero que todo hombre debe acatar el que lleva adentro. (……) Comprendió su íntimo destino de lobo, no de perro gregario; comprendió que el otro era él.(OC I, pp.562−563.)

즉 자신이 어느 편에 서서 싸웠는지, 또 어떤 운명을 받아들였는
지도 결국은 각자의 의지에 의해 결정된 사실의 표출이었을 뿐, 신
의 개입과는 무관하다는 것이다. 즉 인간의 행위나 그 행위의 총체
로 이루어진 역사라는 것도 실은 인간 의지와 표상이라는 허구에 불
과하게 되는 것이다.

　　관념론에서 말하듯이 이 세상이 '누군가'의 꿈이라면, 그리고 그 '누
군가'가 지금도 우리 모두가 등장하는 꿈을 꾸고 있고 이 우주의 역사
를 꿈꾸고 있는 것이 사실이라면, 모든 종교와 예술을 모조리 말살시
켜 버리고 도서관을 통째로 불태워 버린들 어느 한 편의 꿈속에서 세
간 몇 점 소멸시켜버리는 것보다 대수로울 것 없을 것이다. 일단 한번
세간을 꿈꾸어냈던 정신이라면 또 다시 그것들을 꿈꾸어낼 것이기 때
문이다. 그리고 정신이 꿈꾸기를 지속한다면, 잃을 것은 하나도 없다.
환상처럼 느껴지는 이 사실을 납득하게 된 쇼펜하우어는 자신의 저서
『소품과 단편집 parerga und paralipomena』에서 역사를 셀룰로이드 조
각은 그대로이되 나타나는 형상은 다양하게 바뀌는 만화경에, 배우는
바뀌지 않고 다만 역할과 가면만 바뀌는 무한하고 복잡한 희비극에 비
교한 바 있다.

　　En efecto, si el mundo es el sueño de Alguien, si hay Alguien que
ahora está soñándonos y que sueña la historia del universo, como es
doctrina de la escuela idealista, la aniquilación de las religiones y de
las artes, el incendio general de las bibliotecas, no importa mucho más
que la destrucción de los muebles de un sueño. La mente que una vez
los soñó volverá a soñarlos; mientras la mente siga soñando, nada se
habrá perdido. La convicción de esta verdad, que parece fantástica, hizo
que Schopenhauer, en su libro Parerga und Paralipomena, comparara la
historia a un calidoscopio, en el que cambian las figuras, no los pedacitos
de vidrio, a una eterna y confusa tragicomedia en la que cambian los

papeles y máscaras, pero no los actores.(OC Ⅱ, p.57.)

다시 말해, 우주가 인간 영혼의 투사이며 우주의 역사는 인간 개
개인 속에 들어 있다고 하는 이러한 직관은 곧 세계는 쇼펜하우어가
말하듯이 의지의 표상, 즉 의지의 표출에 불과하다는 우주인식론을
상정하는 근간이 되며, 이는 결국 창조즈로서의 절대신의 권능의 자
리에 끊임없이 분출되는 욕망으로 인해 고통 받기에 절제하고 금욕
하는 노력을 기울여야만 하는 인간 의지가 들어섬으로써 다양한 만
화경과도 같은 혼재향적 우주와 역사를 가능케 하고 있는 것이다.

결국 보르헤스는 끄루스의 의지를 통하여 새로운 운명을 선택하고,
그 결과 새로운 우주의 역사를 써 내려간다. 보르헤스에게 있어서 의
지의 발현은 새로운 창조의 작업인 것이다. 그리고 창조의 주체인 인
간의 의지는 전통적 기독교 교리에서의 신의 위상과 동일한 것이기
에, 신과 인간의 경계는 이미 무너져버렸고, 그 자리에 남은 것은 신
적 인간과 인간적 신이 병치적 관계 속에서 혼재하는 혼재향이다.

2. 자기 동일적 자아 개념 vs 자아 인식의 혼재향

보르헤스의 생애를 기록한 많은 책들은 보르헤스 일가, 특히 부친
의 독서 성향이 보르헤스에 많은 영향을 미친 것으로 기록하고 있
다.[46] 예를 들면, 유년 시절에 이미 영국계 할머니의 영향으로 영어
로 된 다양한 책들을 접하게 되고, 점차 아버지의 권유를 통해 형이

상학과 심리학 책 들을 읽어내면서 버클리와 흄, 로이스, 윌리엄 제
임스 등을 알게 되었다고 한다.[47] 보르헤스는 이러한 철학적 토대하
에 다시 문학작품을 섭렵하였으며, 레인, 버튼, 페인 등을 통해 동양
의 문화를 맛보게 되었다.

뿐만 아니라 청소년기에는 유럽 체류 기간에 자연스럽게 드 퀸
시[48]를 읽으면서 그노시즘을 접하게 되었으며 칸시노스-아센스를
통해 카발라에 대한 관심을 갖게 되기도 하였다. 또한 이 시기에 프
랑스문학과 독일문학을 섭렵하고 라틴어를 깨우쳤으며 특히 버클리
의 유명론으로부터 쇼펜하우어로 이어지는 그들의 인식론을 자신의
우주에 대한 인식의 초석으로 삼게 되었다.

앞서도 언급한 바 있듯이, 이러한 보르헤스의 철학적 자세는 그가
훗날 혼재적 글쓰기를 할 수 있는 인식론적 토양이 되었다.

이처럼, 어린 시절부터 접하게 되었던 버클리의 관념론은 보르헤
스로 하여금 자아의 부재를 직관토록 하는 데 크게 기여하였다.[49]
그 일례로 보르헤스는 자신의 작품 꽤 많은 곳에서 버클리를 언급하

---

46) The Aleph and Other Stories 1933-1969. Tr. Norman Thomas di Giovanni,
New York, 1971, p.138, Didier T. Jaén, *op. cit.*, p.45에서 재인용.
His father's taste in reading seems to have shaped Borges's own.
47) I*bid*.
First, books on metaphysics and psychology.(Berkeley, Hume, Royce and
William James)
48) 보르헤스는 『Otras Inquisiciones』 78쪽을 통해 드 퀸시를 읽으면서 자신
의 작품 「죽음에의 열망 El "Biathanatos"」를 처음 구상하게 되었다고 밝
히고 있다.
A De Quincey(con quien es tan vasta mi deuda que especificar una
parte parece repudiar o callar las otras) debo mi primer noticia del
Biathanatos.
49) Didier T. Jaén, *op. cit.*, p.46.
Berkeley's idealism, seems to have contributed to his own intuition of
the non-existence of the self.

고 있는데, 그중에서도 특히 「알레그리로부터 소설로 De las alegorías a las novelas」에서는 다음과 같이 버클리 철학의 영향력에 대해 평가하고 있다.

예전에는 몇 안 되는 소수만이 주창했던 신사조 유명론이 오늘날에는 만인이 공감하는 것이 되어 버렸다. 유명론의 승리는 참으로 폭넓고 근원적이어서 '유명론'이란 이름조차 붙일 필요가 없을 정도이다. 유명론자 아닌 사람이 없기에 그 누구도 자신이 유명론자라고 밝히지도 않는다. 그러나 중세 시대에만 해도 가장 근원적인 것은 사람이 아니라 그 속에 깃든 인성이었으며, 개인이 아니라 종, 종이 아니라 속, 속이 아니라 신이었다는 점을 이해해야 한다.

El nominalismo, antes la novedad de unos pocos, hoy abarca a toda la gente; su victoria es tan vasta y fundamental que su nombre es inútil. Nadie se declara nominalista porque no hay quien sea otra cosa. Tratemos de entender, sin embargo, que para los hombres de la Edad Media lo sustantivo no eran los hombres sino la humanidad, no los individuos sino la especie, no las especies sino el género, no los géneros sino Dios.(OC Ⅱ, p.124.)

또한 「시간에 대한 새로운 논법」에서는 시종일관 버클리로부터 흄을 거쳐 쇼펜하우어에 이르는 인식론적 관점을 수용하고 있는 태도를 명확히 하고 있다.

이런 추론법은 추후에 모든 것을 부정하기 위해 부분들을 부정하는 것이 된다. 나는 전부를 거부함으로써 부분들 하나하나를 두드러지게 하고자 한다. 나는 버클리와 흄의 변증법을 경유하여 다음과 같은 쇼펜하우어의 견해에 이른다.

Tales razonamientos, como se ve, niegan las partes para luego negar el todo; yo rechazo el todo para exaltar cada una de las partes. Por la dialéctica de Berkeley de Hume he arribado al dictamen de Schopenhauer.(OC Ⅱ, p.148.)

이처럼, 보르헤스의 자아 부정은 버클리의 관념론에서 출발하고 있는 것으로 사료된다. 즉 버클리에서 흄으로 이어지는 인식론적 전통을 그대로 이어받아 '자아'의 존재를 부정하고 이것을 그의 총체적 문학세계의 출발점으로 삼고 있는 것이다.[50) 보르헤스는 말한다.

버클리는 감각의 인상 이면에 객체가 실재함을 부정하며, 흄은 변화의 지각 이면에 주체가 실재함을 부정한다. 전자는 물질을 부정한 것이고, 후자는 정신을 부정한 것이다. 전자는 인상의 연속선상에 물질이라는 형이상학적 개념을 포함시키는 것을 원치 않았고, 후자는 정신상태의 연속선상에 '나'라는 형이상학적 개념을 덧붙이기를 원치 않는다.

Berkeley negó que hubiera un objeto detrás de las impresiones de los sentidos; David Hume, que hubiera un sujeto detrás de la percepción de los cambios. Aquél había negado la materia, éste negó el espíritu; aquél no había querido que agregáramos a la sucesión de impresiones la noción metafísica de materia, éste no quiso que agregáramos a la sucesión de estados mentales la noción metafísica de un yo.(OC Ⅱ, pp.145－146.)

보르헤스는 이와 같은 버클리의 관념론을 사용해서, 실제 현실을 즉각적인 지각의 흐름으로 환원시킴으로써 현재 지각되는 것만이 존재한다고 보고 있으며, 이는 다시 공간과 정체성의 연속성을 부정하

---

50) *Ibid.*, p.141.

는 효과를 가져오게 되는 것이다.

또한 흄에 의하면 이 세상에는 자아에 해당되는 어떤 인상도 존재하지 않는다고 한다. 자아는 자기 동일적 실체가 아니며 단지 빠른 속도로 변하며 붙잡기 어려운 여러 가지 의식 내용들의 집합에 불과하다는 것이다.[51) 결국 자아의 실체를 인정하지 못하고 있으며, 이러한 사고가 보르헤스의 인식론적 토대가 된 것이다.

그런데 자아의 부정은 곧 외부적 현실의 부정과 맥을 같이 하게 된다.[52) 이미 1장에서 밝힌 바와 같이 보르헤스는 이 세계를 현실과 허구의 혼재향으로 인식하고 있었다.

> 시간, 즉 『프린키피아』에서 말하는 그 일률적인 절대시간으로 이루어진 세계, 끝없이 지속되는 미로, 혼돈, 꿈. 데이비드 흄이 도달했던 거의 불완전한 분열, 바로 그것 말이다.

> Un mundo hecho de tiempo, del absoluto tiempo uniforme de los Principia; un laberinto infatigable, un caos, un sueño. A esa casi perfecta disgregación llegó David Hume.(OC II, p.139.)

> 바로 우리가 세상이 무엇인지 알지 못하기 때문이다. "세상은－데이비드흄은(1779년에 간행된 『자연종교에 관한 대화』 제5권에서) 이렇게 말했다.－어떤 유아적 신(神)이 그리다가 자신의 형편없는 그림 솜씨가 창피해 한 쪽으로 내동댕이 쳐버린 조악한 스케치에 불과하며, 다른 상위 신들의 비웃음의 대상에 불과한 저급한 신의 작품이며, 어느덧 노쇠해 은퇴하여 죽음을 목전에 둔 신성(神性)의 혼돈스러운 산물이다."

---

51) 조정옥. *op. cit.*, p.108.
52) Didier T. Jaén, *op. cit.*, p.45.
   ······negation of the self goes together with negation of external reality.

No sabemos qué cosa es el universo. "El mundo — esribe David Hume — es tal vez el bosquejo rudimentario de algún dios infantil, que lo abandonó a medio hacer, avergonzado de su ejecución deficiente; es obra de un dios subalterno, de quien los dioses superiores se burlan; es la confusa producción de una divinidad decrépita y jubilada, que ya se ha muerto"(OC Ⅱ, p.86.)

이러한 우주 인식의 논리에 따르면 우주는 불완전한 하급신의 놀이의 결과로 빚어진 허구의 작품에 불과하며, 자연히 허구인 세상 속에 존재하는 인간의 존재 가치 역시 허구일 수밖에 없을 것이다.

보르헤스는 인간 혹은 자아의 존재 가치를 무화시키기 위한 방편으로 매우 다양한 해석을 작품 속에 도입한다. 예를 들어 인간을 하급신의 꿈을 통해 빚어진 허상으로 상정하기도 하고, 그노시즘이나 카발라적 논리를 들어 인간을 신성이 거의 무화된 신성의 투사체로 상정하기도 하며, 그 결과 '나'라는 한 개별자의 정체성이 자취를 감추고 자아와 타자 간의 경계가 허물어져 버리는 혼재향적 인간관을 제시하는 것이다.

본 장에서는 이러한 전제를 확인하고, 그 결과 보르헤스의 작품들이 자아를 인식하는 방법이 매우 헤테로토피아적임을 증명하고자 한다. 즉 자아와 타자를 명확히 구분하고 있는 이분법적 인식론의 해체를 시도한 보르헤스의 문학적 결실을 분석하고자 하는 것이다.

1) 꿈꾼 자와 꿈꾸어진 자(꿈꾼 자는 또 다른 꿈꾸어진 자라는 혼재적 자아 개념): 「원형의 폐허」를 중심으로

보르헤스의 「원형의 폐허 Ruinas Circulares」라는 작품의 골격을 이루고 있는 사유의 근간은 불교, 도교, 카발라, 그노시스 학파의 우주관 등 복합적이다. 보르헤스가 우주를 인식하는 방법 역시 다양한 철학적 사유를 바탕으로 하고 있는 것을 고려해볼 때 당연한 귀결이라고 생각된다.

1장에서 언급했듯이, 카발라 및 그노시즘적 관점에서는 우주를 신성의 투영이되 절대적이고 완벽한 신성으로부터 멀리 떨어져버린 불완전한 혼돈의 덩어리로 규정하고 있다. 심지어 "그노시즘 교리에서는 우주를 거칠거나 조악한 한 신의 작품"으로 묘사하고 있기도 하다.(OC Ⅱ, p.39.)

> 그노시스 학파의 우주 구조론에 보면 조물주들은 제 발로 일어설 줄도 모르는 '빨간 아담'을 창조한다. 마치 도인의 수많은 밤들이 창조해낸 꿈의 아담처럼 이 흙으로 만든 그노시스 학파의 아담도 미숙하고, 조악하고, 초보적이기 그지없는 인간이었다.

> En las cosmogonías gnósticas, los demiurgos amasan un rojo Adán que no logra ponerse de pie; tan inhábil y rudo y elemental como ese Adán de polvo era el Adán de sueño que las noches del mago habían fabricado.(OC Ⅰ, p.453.)

카발라주의자 들에 의하면 인간은 우주의 축소판, 즉 우주의 상징적 거울이며,(OC Ⅰ, p.595.) 또한 우주는 우리들 정신의 투사이며 우주의 역사는 각각의 인간 개개인 속에 담겨져 있다고 한다.(OC Ⅱ, p.57.)

따라서 카발라의 창조신화인 골렘의 전설에서는 그 우주 속에 존재하는 인간의 위상을 랍비의 피조물로 상정하고 있는 것이다. 보르헤스가 쓴 시 「골렘 El Golem」을 일례로 살펴보면 카발라적 관점에서 본 우주적 존재로서의 인간의 위상을 읽어낼 수 있다.

> 랍비는 사랑스러운 눈으로 그를 바라보도 있었다.
> 그리고 일종의 두려움도 느꼈다. (그는 말했다.) 어쩌다
> 내가 이런 괴로움을 줄 자식을 만들어냈다는 말인가?
> 어쩌다 분별이라는 나태함을 허락하였다는 말인가?
> (……)
> 누가 우리에게 말해줄 것인가?
> 프라하의 랍비를 바라볼 때 신이 갖게 되는 느낌을.

> El rabí lo miraba con ternura
> Y con algún horror. ¿Cómo(se dijo)
> Pude engendrar este penoso hijo
> Y la inacción dejé, que es la cordura?
> (……)
> ¿Quién nos dirá las cosas que sentía
> Dios, al mirar a su rabino en Praga?(OC Ⅱ, p.265.)

골렘이 속한 세상은 사슬처럼 이어지는 창조의 계층 중에서도 최하위에 속하는 한 조물주가 창조한 세상이며, 그 조물주의 상위에서는 또 다른 상위의 신이 또 하나의 골렘으로서의 그를 애처로운 눈빛으로 바라보고 있다고 말하는 것이다. 결국, 카발라적 우주관에서는 이런 수많은 층위의 골렘들 저 너머에, 모든 인지와 이해의 저편에 존재하는, 이름도, 호칭도, 한계도 없는 불가해한 신을 상정하고 있음을 알 수 있으며, 그 신성의 투영으로서의 인간을 피조물로 인정하고 있다.

한편 불교적 관점에서 보자면, 인생은 일장춘몽이며 그 속에 존재하는 인간이 지니는 가치는 꿈속에 등장하는 하나의 환영에 지나지

않는다.

　순간적 존재로서의 부처는 영원한 부처의 투영 또는 반영으로, 천상의 부처가 명령을 내리면 지상의 부처는 이로 인해 곤란을 겪거나 혹은 그 명을 그대로 실행한다. (……) 빈테르니츠에 따르면, (어떤 한 부처가 행하는) 유희속 연밀한 관계가 바로 '랄리타비스타라'이다. 또한 대승불교에서는 이 땅에서의 부처의 일평생 또한 이 같은 한 차례 유희 또는 한 번의 꿈이라고 본다.

　La escuela del Mahayana, que enseña que el Buddha temporal es emanación o reflejo de un Buddha eterno; el del cielo ordena las cosas, el de la tierra las padece o las ejecuta. (……) Minuciosa relación del juego(de un Buddha) quiere decir Lalitavistara, según Winternitz; un juego o un sueño es, para el Mahayana, la vida del Buddha sobre la tierra, que es otro sueño.(OC Ⅱ, p.120.)

　따라서 '만일 문학이 꿈이라면, 그것은 꿈꾸는 자 없는 꿈이다.'[53] 라는 주장이 가능한 것이다. 즉 보르헤스가 누차 강조했듯이 작가는 더 이상 창조자로 존재할 수 없으며, 기존하는 재료를 가지고 다시 빚고 만드는 단순한 제작자의 역할에 그치고 만다는 의미로의 해석이 가능한 것이다.

　관념론에서 말하듯이 이 세상이 '누군가'의 꿈이라면, 그리고 그 '누군가'가 지금도 우리 모두가 등장하는 꿈을 꾸고 있고 이 우주의 역사를 꿈꾸고 있는 것이 사실이라면, 모든 종교와 예술을 모조리 말살시켜 버리고 도서관을 통째로 불태워 버린들 어느 한 편의 꿈속에서 세

---

53) Ibid., p.50.
If literature is a dream, it should be a dream without a dreamer.

간 몇점 소멸시켜버리는 것보다 대수로울 것 없을 것이다. 일단 한번 세간을 꿈꾸어냈던 정신이라면 또 다시 그것들을 꿈꾸어낼 것이기 때문이다. 그리고 정신이 꿈꾸기를 지속한다면, 잃을 것은 하나도 없다.

En efecto, si el mundo es el sueño de Alguien, si hay Alguien que ahora está soñándonos y que sueña la historia del universo, como es doctrina de la escuela idealista, la aniquilación de las religiones y de las artes, el incendio general de las bibliotecas, no importa mucho más que la destrucción de los muebles de un sueño. La mente que una vez los soñó volverá a soñarlos; mientras la mente siga soñando, nada se habrá perdido.(OC Ⅱ, p.57.)

보르헤스는 "이미 쇼펜하우어는 인생과 꿈은 같은 책 속 책장들로써, 그 책장들을 차례차례 읽어나가는 것이야말로 바로 삶이며, 한 장씩 넘겨 가는 행위야말로 바로 꿈꾸기라고 기록한 바 있다"(OC Ⅱ, p.27.)고 말한다. 뿐만 아니라, "말라르메에 따르면, 세상은 한 권의 책을 위해 존재하며, 블루아에 따르면, 우리 모두는 마법책을 구성하고 있는 한 문장이거나 한 단어 혹은 한 글자이고, 끊임없이 이어지는 이 책이야 말로 세상에 존재하는 유일한 것으로, 세상 그 자체이다."(OC Ⅱ, p.294.)라고 기록함으로써 인생을 하나의 픽션 또는 허구로 상정하기를 주저치 않는다.

그런데 이렇게 인생을 하나의 꿈꾸기로 보거나 인간에 대해 '꿈'이라는 메타포를 설정하는 행위는 상당히 오랜 역사를 지니고 있음을 알 수 있다.

꿈이라는 주제는 『천일야화』에서 즐겨 쓰는 주제 중의 하나이다. 아주 그럴듯해 보이는 꿈을 꾼 두 사람의 이야기가 있다. 카이로에 살고 있던 어떤 사람이 하루는 꿈을 꾸었다. 꿈속에서 음성이 들려오기를 페르시아에 있는 이스파한이라는 도시로 가면 보물이 기다리고 있을 것이라고 하는 것이었다. 그는 길고도 험난한 여행 끝에 지칠 대로 지친 모습으로 이스파한에 도착한다. 그리고 잠시 쉬고자 어느 회교사원의 뜰에 몸을 눕혔다. 그리고 자신도 모르는 사이에 도적떼들 속으로 섞여 들어가고 만다. 그들 일행은 모두 체포되었고, 왜 이 도시로 왔느냐는 질문을 받게 된다. 이집트인은 자신의 이야기를 들려주지만, 재판관은 어금니가 다 드러날 정도로 껄껄대며 웃더니 이렇게 말한다. "이 사리 분별 못하는 귀 얇은 사람아! 나 역시 카이로에 있다는 어떤 집을 꿈에서 세 번이나 보았네. 그 집에는 너른 정원이 있고, 그 정원에는 해시계와 샘물과 무화과나무가 있더군. 그 샘물 밑에 보물이 숨겨져 있다는데…… 난 그런 말도 안 되는 소리를 손톱만큼도 믿어본 적이 없네. 그러니 다시는 이스파한을 찾지 말게나. 자 동전을 한 닢 줄 테니 이것을 가지고 얼른 여기를 떠나게!" 이집트인은 카이로로 돌아왔다. 그는 재판관의 꿈속에 나타났다던 집이 바로 자신의 집임을 알고 있었다. 집으로 돌아온 그는 샘물 밑을 파 보았고, 그곳에서 보물을 발견했다.

El tema de los sueños es uno de los preferidos de Las mil y una noches. Admirable es la historia de los dos que soñaron. Un habitante de El Cairo sueña que una voz le ordena en sueños que vaya a la ciudad de Isfaján, en Persia, donde lo aguarda un tesoro. Afronta el largo y peligroso viaje y en Isfaján, agotado, se tiende en el patio de una mezquita a descansar. Sin saberlo, está entre ladrones. Los arrestan a todos y el cadí le pregunta por qué ha llegado hasta la ciudad. El egipcio se lo cuenta. El cadí se ríe hasta mostrar las muelas y le dice: "Hombre desatinado y crédulo, tres veces he soñado con una casa en El Cairo en cuyo fondo hay un jardín y en el jardín un reloj de sol y luego una fuente y una higuera y bajo la fuente está un tesoro. Jamás he dado el menor crédito a esa mentira. Que no te vuelva a ver por Isfaján. Toma esta moneda y vete." El otro se vuelve a El Cairo: ha reconocido en el sueño del cadí su propia casa. Cava bajo la fuente y encuentra el tesoro.(OC Ⅲ, p.239.)

이는 꿈이 곧 현실이며 현실은 곧 꿈이라는, 즉 꿈과 현실의 병치적 관계를 설정하는 보르헤스의 혼재향적 세계관을 잘 드러내는 부분이다.

또한 보르헤스는 꿈과 현실의 병치관계를 설명하기 위해 원시인과 어린아이들의 꿈과 의식상태에 대한 비교를 시도한 바 있다.

> 프레이저에 따르면, 원시인들은 의식상태와 꿈을 구분하지 않는다. 그들에게는 꿈조차도 의식상태의 한 에피소드라는 것이다. (⋯⋯) 원시인들의 이런 생각은 의식상태와 꿈을 또렷이 구분하지 않은 어린이들의 생각과 일치하고 있다. (⋯⋯) 이 모든 것들, 즉 의식상태와 꿈은 동일한 층위에서 벌어지는 일들이다. (⋯⋯) 원시인 혹은 어린이에게 있어서 꿈은 의식상태에서 벌어지는 하나의 에피소드이며, 시인들과 신비주의자들에게 있어서는 모든 의식상태가 하나의 꿈이라고 해도 불가능할 것은 없을 것이다.

> Según Frazer, los salvajes no distinguen entre la vigilia y el sueño. Para ellos, los sueños son un episodio de la vigilia. (⋯⋯) Esta idea de los salvajes coincide con la idea de los niños que no distinguen muy bien entre la vigilia y el sueño. (⋯⋯) Todo corría en un solo plano, la vigilia y el sueño. (⋯⋯) Para el salvaje o para el niño los sueños son un episodio de la vigilia, para los poetas y los místicos no es imposible que toda la vigilia sea un sueño.(OC Ⅲ, pp.222−223.)

다시 말해, 보르헤스는 꿈과 현실, 즉 의식상태를 구분 짓지 않음으로써 꿈도 현실의 연장선상으로 이해하고 있는 것이다.

보르헤스는 「자이르 El Zahir」에서 이상주의적 교리에 의하면 <살

다>와 <꿈꾸다>라는 동사가 엄밀하게 등의어라고 지적하면서, "다른 사람들은 내가 미쳐 있는 꿈을 꿀 것이고, 나는 자이르의 꿈을 꾸게 될 것이다. 지상의 모든 사람들이 밤낮으로 자이르를 생각하고 있다면 무엇이 꿈이고 무엇이 현실일까, 지구 아니면 자이르?"(OC Ⅰ, p.595.)라고 물음표를 던지고 있다. 제1장에서 언급한 바 있듯이 현실과 허구를 넘나드는 보르헤스의 환상적 문학기법은 바로 현실과 허구를 하나로 인식하는 우주 인식론에 근거한다. 결국 보르헤스는 「자이르」를 마무리 지으면서 "아마도 그것에 대해 생각하고 또 생각하느라고 결국 자이르를 모두 소진시켜 버리게 될 것이다. 어쩌면 그 주화 뒤에는 신이 존재하고 있을지도 모른다."고 말한다. 자이르를 생각하고 또 생각하는 것은 결국 그 자이르를 무효화시켜 버린다는 것이며, 그 속에 자신을 완전히 몰입시킨다는 것은 다름 아닌 절대자와의 만남을 의미한다는 것이다. 그러나 보르헤스에게 있어서 절대자와의 만남은 실성을 내포하고 있다. 즉 모든 정체성을 상실하게 된다는 것이다.[54] 다만 '알렙'의 경우에서 볼 수 있듯이, 절대자와 한 걸음 떨어진 채 기억을 유지하며 실성하지 않은 채 남아 있다 해도 마찬가지로 개인의 정체성은 존재할 수 없다는 것이 한계일 뿐이다. 절대자와의 합일을 피한다 하더라도 어차피 죽음이 존재하는 이상 그 정체성은 파괴될 수밖에 없기 때문이다.

허구인 우주에 존재하는 인간 혹은 자아의 위상과 관련하여 「골렘」에서는 앞서 언급했듯이 조악한 하급신의 피조물로, 우나무노 Unamuno의 『안개 Niebla』에서는 언제든 작가의 붓끝에서 사라져버릴 수도, 부활할 수도 있는 작품 속 주인공으로 형상화되어 나타나고 있으며, 보르헤스의 「원형의 폐허」에서는 꿈으로 빚어진 아들, 즉

---

54) Pablo Brescia y Lauro Zavala, *op. cit*, p.249.
   Pero ese encuentro implica la locura: la pérdida de toda identidad.

또 다른 환영의 환영으로 그려지고 있다.

보르헤스의 환영이 충격을 주는 것은 원형의 폐허에 둥지를 튼 채 꿈을 통해 아들을 탄생시키고자 했던 '꿈꾼 자' 역시 또 다른 존재의 꿈에 의해 형성된 환영(幻影)에 불과함을 깨닫게 되기 때문이다. 결국 꿈꾼 자가 속한 세계조차도 관념의 소산인 그림자이며, 따라서 우주는 확고한 것이 아니라 의심스럽고 허망한 것임을 파격적으로 보여주고 있는 것이다. 반면, 비평가 기도 까스띠요 Guido Castillo는 「원형의 폐허」에서 꿈꾸는 자와 꿈꾸어진 자와의 관계와 관련하여 "「원형의 폐허」의 꿈꾸는 자는 인간을 창조하고자 하는 의도를 가짐으로써 자신도 미처 깨닫지 못하는 사이에 신의 위상을 차지하고자 한다."[55]고 하였으며, 또한 "마법사라는 존재는 보르헤스의 작품에서 늘 작가를 상징하고 있다. 물론 다양한 작품들 속에서 다양한 형태로 등장하고 있기는 하지만, 그 기본적인 상징성만은 변함이 없다."[56]고 말하고 있는데, 이는 문학에 있어서 작품 속 등장인물을 창조해내는 작가의 위상을 조물주의 위치로 격상시킬 수 있되, 다만 여기에서의 조물주의 성격은 그노시즘이나 카발라에서 말하는 하급신이나 데미우르고의 그것일 수 있음을 말하고 있는 것이다.

보르헤스는 환영의 환영으로 이어져 내려오는 카발라적 우주관과 그 꿈이라는 메타포로 상징되는 불교적 우주관을 다음과 같은 한마

---

55) Carlos Cañeque, *op. cit.*, p.226.
El soñador de *Las ruinas circulares* quiere, en su intento de crear a un hombre, hacer, sin presumir de ello, el papel de Dios. Así, en *Las ruinas circulares* se plantes, entre otras cosas, el problema de la creación literaria, el problema que supone para todo escritor crear un personaje con vida propia.

56) I*bid.*, p.309.
La figura del mago siempre es en Borges un símbolo del escritor; sus diferentes apariciones en los diferentes cuentos no alteran su sentido simbólido esencial.

디에 담는다.

콜리지의 꿈 이야기는 콜리지보다 수 세기 앞서 시작되어 아직도 끝나지 않고 있는 세상이다.

La historia del sueño de Coleridge es anterior en muchos siglos a Coleridge y no ha tocado aún a su fin.(OC Ⅱ, p.21.)

보르헤스는 「원형의 폐허」의 서두에서 루이스 캐롤을 인용하고 있다. "그런데 혹시 그가 너를 꿈꾸기를 멈추어버리기라도 한다면……".(OC Ⅰ, p.451.) 이 문장은 캐롤의 『거울을 통해 A través del espejo』[57] 중 「트위들덤과 트위들디 Tarará y Tararí」라는 장에서 뽑아낸 문장을 인용한 것인데, 트위들디는 앨리스에게 지금 들려오는 코고는 소리는 레드 킹의 것이며, 그가 지금 그녀를 꿈꾸고 있다고 말한다. 레드 킹이 꿈을 멈추어버리면 앨리스가 사라지게 된다는 것이다.[58] 즉 이 세계의 인간들과 세계 그 자체는 레드 킹 또는 마법사들의 꿈속에 있는 환영에 지나지 않음을 지적하고 있는 것이다.

---

57) Lewis Carroll, [A través del espejo]. Ed. de Manuel Garrido, Tradu. de Ramón Buckley, Madrid: Ediciones Cátedra, S. A., 1992.
58) *Ibid.*, p.289.
 − Ahora está soñando − dijo Tararí −. ¿A qué no sabes lo que sueña?
 − ¡Vete a saber! − dijo Alicia −. ¡Eso no lo podría adivinar nadie!
 − ¡Pues está soñando *contigo*! − dijo Tararí, palmoteando con gesto triunfal −. Y si dejara de soñarte, ¿dónde te crees que estarías?
 − Estaría donde estoy ahora − le dijo Alicia −. ¿Dónde iba a estar?
 − ¡Que te crees tú eso! No estarías en ninguna parte − replicó desdeñosamente Tararí −. ¡Tú no eres más que una especie de cosa en el sueño del Rey!
 − Si ahora el Rey se despertara − continuó Tarará −, tú te esfumarías como se esfuma una vela cuando se acaba la mecha.

또한 「신의 글 La escritura del Dios」에서는 "나는 내가 꿈을 꾸고 있다는 것을 깨달았다. 나는 발버둥을 치며 잠에서 깨어났다. 깨어났음에도 불구하고 그것은 소용이 없었다. 왜냐하면 셀 수 없이 많은 모래들이 여전히 나를 질식시키고 있었기 때문이었다. 누군가가 내게 말했다. '너는 완전히 깨어난 게 아니라 조금 전의 꿈에서 깨어난 것이다. 이 꿈은 또 다른 꿈속에 들어 있다. 그렇게 무한히, 마치 모래의 숫자처럼 꿈 또한 영원히 계속될 것이다. 네가 되돌아가야 할 길은 끝이 없고 그리고 너는 정말로 깨어나기 이전에 죽게 될 것이다."(OC Ⅰ, p.598.)라고 말한다. 즉 꿈꾸는 자 뒤에 또 다른 꿈꾸는 자가 존재하며 이러한 관계는 무한히 이어진다는 것이다. 그러다 보니, 그노시즘에서 말하듯이 환영의 환영에 불과한 개별적 인간은 중요성을 상실하지 않을 수 없게 되는 것이다.

이제, 만일 우리가 현실이라면 마법사의 존재도 현실일 것이고, 꿈이 비현실이라면 그 속의 피조물 역시 비현실일 것이라는 일차적 전제를 벗어나, 현실이라 믿었던 자아의 존재조차 또 다른 비현실일 수 있음을 고려하게 되고, 그렇다면 결국 현실과 비현실은 동급이라는 결론에 도달하게 된다.[59] 도교적 시각이 엿보이는 부분이다.

보르헤스는 이미 자신의 『환상문학 선집 Antología de la literatura fantástica』에 장자의 작품을 수록한 바 있으며, 이로 미루어보아 보르헤스 사상과 장자사상 간에 상호 연관성이 있을 것으로 짐작할 수 있다. 따라서 보르헤스와 장자사상, 특히 장자의 호접몽과 망량에 대한 언급을 비교 연구해보는 것은 보르헤스의 꿈꾸어진 자로서의 자아 개념을 이해하기 위한 초석이 될 수 있을 것으로 사료된다.

장자는 상식적인 사고와 세속적인 가치를 일소(一笑)에 부친 채 해학으로 일체를 묵살한 철학자이다.[60] 장자는 사후의 세계를 부정

---

59) Didier T. Jaén, op. cit., p.58.

하지는 않지만, 그렇다고 적극적으로 주장하지도 않는다. 그에게는 사후의 세계란 있어도 좋고 없어도 좋다. 인간이란 우연히 이 세계에 뚝 떨어져 나온 하나의 생명일 뿐이며, 인간을 창조한 것은 인간의 지혜로는 헤아릴 수 없는 커다란 필연(必然) − 자연의 도(道)라고 생각하기 때문이다. 인간이란 불교의 업보(業報)나 그리스도의 원죄 때문에 태어나지는 않았고 다만 그 자체로서 태어나고 죽어 갈 따름이라는 것이다. 장자에게 신(神)은 애당초 존재하지도 않았다. 장자가 말하는 초월적 존재란 인간을 만물과 동등하게 세상에 내던지고 생성 변화시키며 사멸시키는 천지 우주의 자유로운 작용이며 곧 자연의 도이다.[61]

이러한 철학적 근본을 지니고 있던 장자는 자신의 저서 『장자 莊子』의 「제물론(濟物論)」에서 우주 속에 너재하는 사물들의 존재가치에 대해 이렇게 말하고 있다. "사물은 저것 아닌 것이 없고, 또 이것 아닌 것도 없다. [이쪽에서 보면 모두가 저것, 저쪽에서 보면 모두가 이것이다.] 스스로 자기를 저것이라고 한다면 알 수 없지만, 스스로 자기를 이것이라고 본다면 알 수가 있다. 그러므로 「저것은 이것에서 생겨나고, 이것 또한 저것에서 비롯된다.」고 한다."[62]

또한 "헛되이 애를 써서 한쪽에 치우친 편견을 내세우면서 실은 모두가 하나임을 알지 못한다. 그것을 조삼(朝三)이라 한다. 조삼이란 무엇인가? 원숭이 부리는 사람이 원숭이에게 상수리를 나누어주면서 「아침에 세 개, 저녁에 네 개다.」 했더니 원숭이들이 모두 화를 냈다. 그래서 「그럼 아침에 네 개, 저녁에 세 개다.」 하니까 원숭이들이 모두 좋아했다."[63]고 말함으로써 실질적인 변화란 아무 것도

---

60) 안동림 편. [장자], 서울: 현암사, 1998, p.12.
61) Ibid., pp.12 − 14.
62) Ibid., p.59.
63) Ibid., pp.64 − 65.

없는데도 불구하고 기쁨과 노여움이라는 현상이 발생함을 지적한 바
있다. 즉 우주 속 사물들의 존재가치를 모두 하나로 보려는 장자의
자세가 잘 드러나는 부분이다.

뿐만 아니라 장자는 "꿈속에서 즐겁게 술을 마시던 자가 아침이
되면 불행한 현실에 슬피 울고, 꿈속에서 울던 자가 아침이 되면 즐
겁게 사냥을 떠나오. 꿈을 꿀 때는 그것이 꿈인 줄을 모르고 꿈속에
서 또한 그 꿈을 점치기도 하다가 깨어나서야 꿈이었음을 아오. [인
생도 마찬가지요.] 참된 깨어남이 있고 나서라야 이 인생이 커다란
한 바탕의 꿈인 줄을 아는 거요."[64]라고 말함으로써 현실을 꿈의 연
장선상에 놓고 있다.

또한 장자는 망량에 대한 언급을 통해 그노시즘이나 카발라와 유
사한 신관(神觀)을 보여주기도 한다.

"망량(罔兩: 그림자의 그림자, 그림자 바깥쪽에 생기는 엷은 그림자)
이 그림자에게 말했다. 「아까는 그대가 거닐더니 지금은 그쳤고, 또 아
까는 앉았더니 지금은 일어섰구나. 왜 그토록 지조가 없는가?」그림자
가 대답했다. 「아마 내게는 의지하는 무엇이 있어서 그런 성싶다. 내가
의지하는 것 또한 의지하는 그 무엇이 또 있어서 그런 것 같다. 내가
의지하는 것은 뱀이 배 밑의 비늘로 기어가고 매미가 날개에 의지하여
나는 것과 같으니, 내가 거닐고 그치는 까닭은 어찌 알겠으며, 또 앉았
다 일어서는 까닭을 어찌 알겠는가?」"[65]

즉 이 부분에서 장자는 상대적인 세계를 긍정하고 인지(人知)에
의한 분석을 거부하는 모습을 보여주는 것이다. 어떤 사물의 존재나
운동은 그 자체로서 성립되지는 않는다는 것이다. 반드시 원인이 있

64) Ibid., p.81.
65) 장익순. [굿모닝, 장자!], 서울: 도서출판 장원, 1994, p.65.

고 또 그 원인에는 한층 더 높은 원인이 있어서 캐어 나가면 끝이
없다. 결국 인간의 지혜를 초월한 먼 곳에 궁극적인 원인이 있다고
할 수밖에 없다. 그것이 장자가 말하는 도(道)이다. 바꾸어 말하면
모든 사물은 도의 그림자인 셈이다.

그리고 마침내 호접몽을 언급함으로써 현실과 꿈, 자아의 정체성
에 대한 혼재적 시각을 종합적으로 정리하고 있다.

"언제인가 장주(莊周)는 나비가 된 꿈을 꾸었다. 훨훨 날아다니는 나
비가 된 채 유쾌하게 즐기면서도 자기가 장주라는 것을 깨닫지 못했다.
[그러나] 문득 깨어나 보니 틀림없는 장주가 아닌가. 도대체 장주가 꿈에
나비가 되었을까? 아니면 나비가 꿈에 장주가 된 것일까? 장주와 나비에
는 [겉보기에] 반드시 구별이 있다. [있기는 하지만 결코 절대적인 변화
는 아니다.] 이러한 변화를 물화(物化: 만둘의 변화)라고 한다."⁶⁶⁾

만물의 변화란 위와 같은 것으로, 장주와 나비 사이에는 피상적인
분별·차이는 있어도 절대적인 변화는 없다. 장주가 나비이고, 나비
가 곧 장주인 경지가 강조되는 세계이다. 상대가 없는 경지, 차별이
없는 세계, 이것이 바로 장자가 그린 유토피아일 것이다.

장자는 자신의 '호접몽'을 이야기하면서, 꿈을 꾼 자신과 꿈속의
나비가 분간되는 것이긴 하되 근원되는 뿌리는 같은 것, 곧 만물이
내재하는 도의 입장에서 보면 만물의 변화에 지나지 않는 것이 아닐
까 하는 기상천외한 설명을 하고 있다. 장자가 인생을 꿈이라 한 것
은, 현실에 적응하지 못한 좌절과 분노의 수동적 결과가 아닌 삶의
근원인 자연, 모든 현상의 실재인 도에 근거하여 현실의 가변성과
상대성을 강조하기 위해서였다.⁶⁷⁾

66) 안동림 편. *op. cit.*, p.87.
67) 장익순. *op. cit.*, p.66.

보르헤스 또한 「시간에 대한 새로운 반론」에서 장자의 호접몽을 언급하면서 자신의 철학을 전개한 바 있다.

지금으로부터 약 이십사 세기 전 어느 날, 장자는 자신이 나비가 되는 꿈을 꾸었다. 그런데 꿈에서 깨어난 그는 자신이 나비가 되는 꿈을 꾼 것인지 아니면 나비인 자신이 지금 장자라는 사람이 되어 있는 꿈을 꾸고 있는 것인지 알 수가 없었다.

Chuang Tzu hará unos veinticuatro siglos, soñó que era una mariposa y no sabía al despertar si era un hombre que había soñado ser una mariposa o una mariposa que ahora sobaba· ser un hombre.(OC Ⅱ, p.146.)

또한 쇼펜하우어의 의지의 표상 부분을 언급하면서는, 원형의 폐허에서 마법사가 의지의 소산으로 꿈의 아이를 배태하려던 행위와 비교하기도 한다.

그가 추구하고 있는 목표는 물론 초자연적인 것이기는 하지만 불가능한 것은 아니었다. 그는 한 인간을 꿈꾸고 싶었다. 그는 세심한 완벽함을 가지고 그를 꿈꿔 현실 속에 내놓고 싶었다.

El propósito que lo guiaba no era imposible, aunque sí sobrenatural. Quería soñar un hombre: quería soñarlo con integridad minuciosa e imponerlo a la realidad.(OC Ⅰ, p.451.)

즉 보르헤스는 꿈이라는 것이 우연적인 것이 아니라 의지의 투사임을 강조하고 있는 것이다.

꿈에서 깨어난 장자에게는 꿈속에서 보았던 색상들과 자신이 나비였다는 사실로 인한 불안감만이 남아 있었다.(OC Ⅱ, pp.246-247.) 즉 영혼 이전에는 지각만이 존재했으며 정신이 파고들 여지가 전혀 없었음을 의미한다. 이는 보르헤스가 지니고 있던 버클리에서 흄과 쇼펜하우어로 이어지는 유명론적 관점과의 연계성을 드러내는 부분이기도 하다. 그래서 보르헤스는 「자이르 El Zahir」에서 말하기를 "쇼펜하우어가 각개의 주체 속에는 의지가 고스란히 담겨 있다고 말한 것과 마찬가지로 각각의 표상 속에는 가시적 세계가 고스란히 담겨 있다(OC Ⅰ, pp.594-595.)"고 한 것이다.

호접몽과 「원형의 폐허」에서 꿈의 가치는 현실 속에 끼어 든 존재가 아니라 또 다른 현실로서 양립할 수 있는 가치를 지니고 있다. 즉 꿈이 현실보다 하위의 혹은 현실에서 파생된 부수적 가치가 아닌 혼재적 가치를 지님으로써 그 속에 존재하는 자아의 위상 역시 혼재적 가치를 지니게 되고 그 결과 보르헤스 문학에 환상성을 유발시키는 것이다. 보르헤스는 꿈과 현실의 경계를 슬며시 없애버린다.

> 꿈을 꾸고 있는 그 도인의 꿈속에서 그 꿈꾸어지고 있던 존재가 깨어났다.
>
> En el sueño del hombre que soñaba, el soñado se despertó.(OC Ⅰ, p.454.)

'꿈'과 또 다른 꿈일 수도 있는 '현실'이 아무런 간극 없이 뒤섞이며, 그 속에 존재하던 자아의 감성에까지 꿈과 현실이 혼합되면서 경계를 상실하는 것이다. 그리고 보르히스는 여기에서 마침내 정체성을 상실한 개별자로서 느끼게 되는 불안감을 드러내기를 주저하지 않는다.

그는 자신의 아들이 이러한 비정상적인 초능력에 대해 의문을 갖게
되고 어떤 형태로든 단순한 환영에 불과한 자신의 인간조건을 깨닫게
될지도 모른다는 두려움에 사로잡혔다. 사람이 아닌, 다른 사람의 꿈에
의해 만들어진 존재라는. 이 얼마나 비할 바 없는 수치인가! 이 얼마
나 아찔한 일인가! (……) 그는 불길을 향해 걸어 나갔다. 불길은 그를
집어삼키지 못했다. 그저 그를 간질일 뿐 그는 불의 열기에 휩싸이지
도 않았고, 불에 타지도 않았던 것이다. 안도감과 함께, 치욕감과 함께,
두려움과 함께 그는 자신 또한 다른 누군가에 의해 꿈꾸어진 하나의
환영이라는 것을 깨달았다.

> Temió que su hijo meditara en ese privilegio anormal y descubriera de
> algún modo su condición de mero simulacro. No ser un hombre, ser la
> proyección del sueño de otro hombre ¡qué humillación incomparable, qué
> vértigo! (……) Caminó contra los jirones de fuego. Éstos no mordieron su
> carne, éstos lo acariciaron y lo inundaron sin calor y sin combustión.
> Con alivio, con humillación, con terror, comprendió que él también era
> una apariencia, que otro estaba soñándolo.(OC Ⅰ, pp.454-455.)

이제 더 이상 꿈이자 하나의 환영인 각각의 개별자가 지니는 중요
성은 사라지고 없다. 무한한 순환이라는 허구적 특성만이 남아 있을
뿐인 것이다. 보르헤스는 "쇼펜하우어는 역사는 끝이 없는, 인류 자자
손손으로 이어지는 당혹스러운 꿈이라고 하였다."(OC Ⅱ, p.117.)라는
말로 이러한 꿈꾸어진 자로서의 자아 개념을 정리하고 있다.
　그노시즘적이고 카발라적인 우주관을 수용하고 있는 보르헤스에게
있어 그 속에 존재하는 인간의 위상은 환영의 환영에 불과하다. 즉
꿈꾸어진 자가 다시금 꿈을 꾸어 빚어낸 허상일 뿐인 것이다. 꿈속
의 '나'와 현실의 '나' 간의 경계가 완전히 허물어진 혼재적 자아 개
념의 극치를 보여주는 것이다. 이렇게 꿈꾼 자와 꿈꾸어진 자 사이

에 성립되는 자아 인식적 측면에서의 관계는 철학적 사유를 통해 개
별자를 통해 드러나는 보편자의 반복이라는 공리로 이어질 수 있다.

2) 개별자와 보편자(개별자는 보편자의 반복이라는 혼재적
자아 개념): 「전사와 포로에 관한 이야기」를 중심으로

역사, 특히 예술사를 거슬러 올라가 보면 낭만주의 시대에는 모든
가치의 중심을 인간의 감정에 두었던 데 비해, 현대에는 이전과는 달
리 오히려 인간을 중심에서 벗어난 주변에 위치시킴을 알 수 있다. 그
러나 언뜻 보면 자아 상실의 문제가 마치 근대문학이나 예술에 이르
러 갑자기 부각된 듯싶기도 하지만 이 즈제는 사실 이미 오래 전부터
제기되어 왔던 것이었다. 그 예로, 고대불교와 선불교에서 이미 자아
상실의 우주관을 표방하고 있는 것을 들 수 있겠다. 다만 그 또렷한
영향이 오늘에 이르러 좀 더 강하게 부각되고 있을 뿐인 것이다.

서구 기독교 사상과 동양의 불교에서는 개별성(Personalidad)이라
는 개념을 상이하게 이해하고 있음을 알 수 있다. 그것은 기독교가
타력신앙이고 불교가 자력신앙이라는 말로 대신 설명이 가능할 것이
다. 불교는 개인의 유일한 인격이라는 것에 부정적인 입장이기 때문
에 예수같이 극적인 삶을 살아간 인물상은 불교의 기본적인 교리 자
체에 위배된다. 예수는 제자들에게 '너희들 중 두 사람이 내 이름으
로 모이면 내가 그중 세 번째 사람이 되겠다'고 한 데 비해 부처는
제자들에게 '너희는 자기 자신과 진리를 등불로 삼고 의지하여라'라
고 가르친 것을 비교해보면 알 수 있다. 에드워드 콘즈 Edward
Conze는 말하기를 개인으로서 고타마의 존재는 불자의 신앙에 결정
적인 역할을 하지 않는다고 했다. 그는 덧붙이기를 '대승불교의 가

르침에 따르면, 붓다는 여러 시대에 걸쳐 다양한 모습으로 이 땅에
나타나는 원형이기 때문에 붓다의 개성적인 모습은 큰 의미가 없다'
고 했다.(QB, p.31.)

> 부처는 그들에게 존재하지 않으며, 그 역시 그들과 똑같은 한 인간
> 에 불과하며, 비현실적이고, 그들과 마찬가지로 유한한 삶을 살아가는
> 존재일 뿐이다.

> Él no existe, que es un hombre como ellos, tan irreal y tan mortal
> como ellos.(OC Ⅲ, p.247.)

직선적이고 단선적인 시간관을 상정하는 기독교적 시각에서는 예
수의 삶과 죽음은 일회적이고 다시는 되풀이되지 않는다고 한다. 반
면 순환적 시간관을 상정하고 있는 불교에서는 '붓다의 삶과 가르침
은 역사적인 주기 때마다 반복되며 고타마는 과거에서 미래로 끝없
이 연결되는 거대한 흐름의 한 고리의 역할을 다했을 뿐이다'(QB,
pp.31-32.)라고 한다.

이러한 불교적 사고는 보르헤스 사고의 틀의 근간을 이루었고, 이
것은 결국 보르헤스의 가장 중요한 주제인 '시간'의 문제로 귀결되
지 않을 수 없다. 베르그송이 형이상학의 핵심문제는 시간이라고 말
했지만, 더 나아가 시간 인식은 인간의 모든 정신적 체험의 핵심을
이룬다고 보아도 무방할 것이다.(불교강의, p.36.)

플라톤은 시간의 문제를 '영원'으로 해결하려고 했다. 그는 자신의
이데아론에 따라 먼저 영원한 존재를 상정했다. 따라서 그에게 있어
시간이란 영원이라는 이데아의 움직이는 영상인 것이다.(불교 강의,
p.38.) 불교의 윤회가 원형적이고 순환하는 시간관의 표현이라면, 천
지창조에서 최후의 심판으로 끝나는 기독교의 시간은 직선적이고 일

회적인 유한한 시간관의 표현이다. 이 유한한 시간의 모순을 해결하기 위하여 이 시간 밖에 영원이라는 무한한 시간을 설정한 것이다. (불교 강의, p.39.)

이러한 원형적이고 순환하는 불교의 시간관이 있기에 역사적인 주기 때마다 반복되는 삶으로써의 붓다가 가능한 것이며, 따라서 여러 시대에 걸쳐 다양한 모습으로 이 땅에 나타나는 원형인 개별자로서의 붓다가 큰 의미를 부여받을 수 없는 것이다.

인간의 정체성에 대한 회의를 멈추지 않았던 보르헤스는 위와 같은 불교적 관점을 수용하면서 「보르헤스와 나 Borges y yo」에 이르러 픽션과 가면으로서의 보르헤스와 개인적이고 내면적인 보르헤스를 대비하다가 결국 '우리 둘 중 누가 이 글을 쓰고 있는지 모르겠다'는 말로 마무리를 짓게 된다.

> 스피노자는 모든 것들이 원래의 자신으로서 남아 있기를 바란다고 말했다. 돌은 영원히 돌이기를 바라고, 호랑이는 영원히 호랑이기를 바란다. 나는 내 자신이 아닌(만일 내가 어떤 사람이라는 게 사실이라면) 보르헤스로 남아야 한다. (……) 나는 우리 둘 중에서 누가 이 글을 쓰고 있는지 알 수가 없다.

> Spinoza entendió que todas las cosas quieren perseverar en su ser; la piedra eternamente quiere ser piedra y el tigre un tigre. Yo he de quedar en Borges, no en mí(si es que alguien soy.) (……) No sé cuál de los dos escribe esta página.(OC II, p.186.)

시간의 흐름에 따라 원형의 반복인 개별적 투영체로서의 인간은 무한한 변화를 한다는 것이다. 이러한 사고가 문학이론에 적용되었을 때 결국 시간의 흐름에 따라 무한히 변화하는 텍스트의 이미지,

즉 다양한 판본으로의 글쓰기 개념이 등장하는 초석이 되었음은 어
렵지 않게 짐작할 수 있다.

> 이 책들이야말로 내가 제일 처음 읽은 책들이었으면, 아마도 내 생
> 애 마지막으로 읽게 될 책들도 바로 이 책들일 것이다……. 나는 이 책
> 들이 테세우스나 아하스베루스의 관용적인 표현들처럼, 인류의 보편적
> 기억 속에 편입될 것이고, 그 글을 쓴 작가의 개인적 영광을 초월하고,
> 그 글을 이루고 있는 언어가 소멸된 이후에도 인류의 보편적 기억 속
> 에서 배가되어 갈 것이라고 생각한다.

> Son los primeros libros que yo leí; tal vez serán los últimos……
> Pienso que habrán de incorporarse, como la fórmula de Teseo o la de
> Ahasverus, a la memoria general de la especie y que se multiplicarán
> en su ámbito, más allá de los términos de la gloria de quien los escribió,
> más allá de la muerte del idioma en que fueron escritos.(OC Ⅱ, p.77.)

한 작가의 작품은 결국 하나의 종으로써, 언어, 작가가 얻게 된
영광과는 별개의 것이다. 즉 보편적 기억의 모사 혹은 중복으로 남
게 되는 것이다. 따라서 보르헤스가 셸리의 입을 빌어 '과거와 현재
와 미래에 등장할 모든 시들도 지구상의 모든 시인들에 의해 관장되
는 단 한 편의 무한한 시속의 한 일화이거나 한 부분일 뿐'이라고
말하는 것은 당연한 것으로 보인다.(OC Ⅱ, p.17.)
다시 말해, 보르헤스에게 있어서 문학전통이란 기본적인 주제에
변주를 가하여 반복하는 것[68]이라는 개념도 그래서 가능한 것이며,
이런 사고의 범위를 좀 더 확대해보면 그것은 예술 전반에도 적용될

---

68) Didier T. Jaén, op. cit., p.55.
……a literary tradition that repeats, with variations, certain fundamental
themes.

수 있는 것이다.

　　이런 사실로 미루어 보아, 꿈과 과업들로 이루어지는 일련의 사업은
아직 종결되지 못했음을 알 수 있다. 첫 번째 꿈을 꾼 주인공은 꿈속
에서 궁전을 보고 그 궁전을 지었으며, 두 번째 꿈을 꾼 주인공은 첫
번째 사람의 꿈에 대해서는 전혀 모르는 채 바로 그 궁전에 대한 시를
지었다.(……) 아직은 그 원형이 사람들에게 드러나지 않고 있지만, (화
이트헤드식으로 말하자면)영원한 존재인 그것은 서서히 인간 세상으
로 진입하고 있다. 그 첫 번째 증거가 쿠빌라이 칸의 궁전이며 두 번
째 증거가 콜리지의 시였다. 이 두 가지를 서로 비교해본 사람이라면
이 둘이 근본적으로 동일한 것임을 알 수 있을 것이다.

　　Tales hechos permiten conjeturar que la serie de sueños y de
trabajos no ha tocado a su fin. Al primer soñador le fue deparada en
la noche la visión del palacio y lo construyó; al segundo, que no supo
del sueño del anterior, el poema sobre el palacio. (……) Acaso un
arquetipo no revelado aún a los hombres, un objeto eterno,(para usar la
nomenclatura de Whitehead) esté ingresando paulatinamente en el
mundo; su primera manifestación fue el palacio; la segunda el poema.
Quien los hubiera comparado habría visto que eran esencialmente
iguales.(OC Ⅱ, p.22~23.)

　　이처럼 보르헤스는 건축과 시라는 외형적으로 완전히 달라 보이는
창조물까지도 하나의 원형의 반복된 형태로 파악한다. 그리고 더 나
아가 문명의 역사마저도 이와 동일한 탄복으로 간주한다. 말하자면
인간의 지성은 혼돈스러운 우주로 인해 몰리고 자극받자 확고한 질
서 혹은 그 어떤 종류의 질서나마 확보하고자 노력해 왔고, 그 결과
형성된 문명이라는 것, 즉 처음 등장했을 당시에는 마치 우주가 제

기하고 있는 모든 당혹스러움과 비이성의 문제를 해결하고 있는 듯
이 보이는 모든 문명의 역사라는 것도 바로 그러한 노력의 흔적에
다름 아니라고 생각하는 것이다. 이러한 사고는 전 장에서 밝힌 바
있는 보르헤스의 우주관의 연장선상에서 이해될 수 있다. '우주의
역사는 몇몇 메타포의 다양한 어조의 역사일 것이다.'(OC Ⅱ, p.16.)
라고 언급한 보르헤스는 우주를 창조한 인격적 신의 존재를 부정하
면서 '세상은 그저 하나의 환영, 꿈임을 깨닫고, 인생 역시 하나의
꿈임을 알아야 한다'(OC Ⅲ, p.251.)고 말한다.

> 전능자는 '누군가'를 찾아 헤매고 있고, 그 '누군가'는 또 다른 상위
> 의(또는 오직 필수불가결하고 상호 동일한) '누군가'를 찾고 있는 어떤
> 자(또는 불가결하게 존재해야 하면서도 그리고 동일한) 그리고 그렇게
> 시간의 끝 — 보다 정확히 말하자면 영속성 — 까지, 또는 순환의 형태
> 로 그 찾음이 계속된다는 추측.

> El Todopoderoso está en busca de Alguien, y ese Alguien de Alguien
> superior(o simplemente imprescindible e igual) y así hasta el Fin—o
> mejor, el Sinfín—del Tiempo, o en forma cíclica.(OC Ⅰ, p.417.)

그리고 환영에 불과한 우주와 삶의 원리에 대해서는 불교의 선,
쇼펜하우어의 의지, 베르그송이나 버나드 쇼의 생의 충동 그리고 부
처의 꿈으로 설명하고 있는 것이다. 문제는 이러한 환영으로서의 우
주에 존재하는 '나'의 정체성은 무엇인가에 있다.

불교에서는 나의 정체성을 부정한다. 불교의 '나' 개념은 흄이나
쇼펜하우어 그리고 마세도니오 페르난데스의 그것과 일치하며, 나라
는 주체는 없고 오직 일련의 정신적 상태들만이 존재한다고 한
다.(OC Ⅲ, p.251.) 이러한 불교의 자아 개념은 보르헤스의 작품 곳

곳에서 나타나고 있으며, 불교의 자아 개념이 흄이나 쇼펜하우어와 동일하다는 것을 고려해본다면, 역시 그와 동일한 보르헤스의 자아 개념은 그가 일찍이 받아들인 바 있는 버클리의 유명론적 사고로부터 기인하고 있음을 짐작할 수 있다.[69] 다시 말해, 보르헤스의 원형의 반복된 형태로서의 자아, 철학적 개념을 빌어 표현하자면 보편자의 반복으로서의 자아 개념, 즉 개별적 '이것'은 곧 개별적 '저것'과 다를 바 없다는 사고의 출처는 버클리라 할 수 있는 것이다.

보르헤스는 각각의 개별자의 차이점을 무화시킨 결과 자연스럽게 하나는 모두라는 결론에 도달한다.

어떤 '무엇'이라는 것은 곧 그 외의 다른 모든 것이 아님을 의미한다. 이러한 진실로 인해 혼돈을 경험하게 되는 직관은 사람들로 하여금 '아무 것도 아님'이야말로 '그 무엇이 되기'이며, 경우에 따라서는 '모든 것이 되기'가 아닐까라는 상상을 하게 한다.

Ser una cosa es inexorablemente no ser todas las otras cosas; la intuición confusa de esa verdad ha inducido a los hombres a imaginar que no ser es más que ser algo y que, de alguna manera, es ser todo.(OC Ⅱ, p.117.)

예를 들어, 「알모따심으로의 접근 El acercamiento a Almotásim」에서는 미지의 전지전능한 신 알모따심에 대해 '유태계 흑인 코친은 알모따심의 피부 색깔이 검다고 말한다. 한 기독교인은 그를 탑 위에서 두 팔을 활짝 벌리고 있는 사람으로 묘사한다. 빨간 옷의 한 라마승은 <내가 타쉴훈포의 한 수도장에서 모습을 떴고, 경배했던 야크 소의 버터 같은 형상>으로 그를 기억한다.'(OC Ⅰ, p.417.)고

69) Ibid., p.53.

선언함으로써 알모따심이 각 민족의 특수한 문화적 배경에 의해 달리 묘사되어지는 동일한 한 신임을 암시한다.

즉 상이한 문화적 양상 속에서 원형만이 다양한 변주를 통해 반복되고 있을 뿐이라는 것이다. 이제 보르헤스에 이르러 개별성은 하나의 변주로써 다양한 이름으로 불릴 뿐 개별적 정체성은 갖지 않는다. 새로운 반복의 과정이 이루어질 때마다 새로운 이름이 주어질 뿐이다. 보르헤스는 더 나아가 서구의 문화 자체도 이와 다를 바 없다고 설명한다.

> 유럽인들과 미국인들에게는 가능한 규범이 하나― 오직 하나― 있다. 한 때는 그 규범을 로마라는 이름으로 불렀으며, 지금은 그것을 서구 문명이라 부른다.

> Para los europeos y americanos, hay un orden ― un solo orden ― posible: el que antes llevó el nombre de Roma y que ahora es la cultura del Occidente.(OC Ⅱ, p.106.)

즉 개별자의 정체성은 수없이 행해지는 반복과정의 한 번일 뿐이며, 따라서 자아의 정체성이나 복수성 같은 것은 아무런 중요성도 가질 수 없는 것이다.(OC Ⅱ, p.90.) 개별자로서의 정체성이란 결국 보편자로서의 정체성의 반복에 불과하다는 이러한 사고는 그의 작품 「전사와 포로에 관한 이야기 Historia del guerrero y de la cautiva」 에서 또렷하게 드러나고 있다.

보르헤스의 보편성(lo universal) 개념이라는 것은 그 자신이 밝히고 있듯이 '혈통과 국가와 인종을 망각'(OC Ⅱ, p.134.)이라는 한마디 말에도 함축되어 있다. 즉 그에게는 혈통이나 국가 등의 개별적 조건은 정체성의 확보에 아무런 중요성을 갖지 않는다는 것이다. 이

런 사상은 『아르헨티나 작가와 전통』에서 말한 "우리는 아르헨티나
인이기 위해 우리 스스로를 아르헨티나적인 것에 국한시킬 수 없다.
왜냐하면 아르헨티나인이라는 것이 일종의 숙명이라 생각할 경우에
우리는 어떤 방식으로든 아르헨티나인이 될 수밖에 없으며, 아르헨
티나인이라는 것이 하나의 단순한 허위의식이라고 한다면 그것은 하
나의 가면에 지나지 않기 때문이다."라고 말한 데에서도 잘 드러나
고 있다.[70]

　보르헤스는 개별적 조건보다는 오히려 각각의 개별적 인물이나 개
별적 상황 속에 담겨진 채 면면히 이어 내려오는 반복적인 보편성의
형상에 더 큰 무게중심을 두는 것이다. 역사가 역사를 복사한다는
것, 즉 개별성이 보편성을 복사한다는 것은 더 이상 놀랄 만한 일이
아니라고 생각했던 것이다.(OC Ⅰ, p.497.)

　　그 여자 포로의 운명과 드록툴프트의 운명 사이에는 1,300년의 시간
　과 바다가 가로놓여 있다. 이제 그 두 사람은 똑같이 돌이킬 수 없는
　존재가 되어 있다. 라베나의 안녕을 택했던 그 야만인의 모습과 사막을
　선택했던 그 유럽 여자의 모습은 서로 상충되는 것으로 보일 수도 있
　다. 그러나 어떤 비밀스러운 충격, 이성보다 더 심원한 어떤 충격이 이
　두 사람을 사로잡았고, 그 정당성을 알지 못하는 그 충격에 순종했다.
　내가 들려준 이 두 가지 이야기들은 똑같은 하나의 이야기일는지도 모
　른다. 왜냐하면 신에게 있어 동전의 양면이란 동일한 것이기 때문이다.

　　Mil trescientos años y el mar median entre el destino de la cautiva
　y el destino de Droctulft. Los dos, ahora, son igualmente irrecuperables.
　La figura del bárbaro que abraza la causa de Ravena, la figura de la

---

70) 『아르헨티나 작가와 전통』 pp.222－223.
　　낸시 케이슨 폴슨. [보르헤스와 거울의 유희], 정경원 외 옮김, 서울, 태
　　학사, 2002, p.55에서 재인용.

mujer europea que opta por el desierto, pueden parecer antagónicos. Sin embargo, a los dos los arrebató un ímpetu secreto, un ímpetu más hondo que la razón, y los dos acataron ese ímpetu que no hubieran sabido justificar. Acaso las historias que he referido son una sola historia. El anverso y el reverso de esta moneda son, para Dios, iguales.(OC Ⅰ, p.560.)

보르헤스는 허구의 우주 속에 존재하는 인간들이 순환하는 시간 속에서 개별성의 옷을 입고는 있지만 결국 보편성의 그림자에 불과한 존재임을 깨닫고, 그러한 존재들 속에 자신, 즉 '나'까지 끼워 넣기를 주저하지 않는다.

나는 갑자기 전에 내가 그 순간을 살았던 것 같은 느낌을 받았다. (……) "그렇다면 ─ 나는 마음을 가다듬고 말했다. ─ 당신은 호르헤 루이스 보르헤스로군요. 나 또한 호르헤 루이스 보르헤스구요. (……) 우리 둘은 각기 서로의 캐리커처적인 복사였다. 이러한 순간이 오래 지속되기에는 상황이 지나치게 비정상적이었다. 무엇인가 충고를 하거나, 토론을 하는 것은 소용없는 일이었다. 왜냐하면 피할 수 없는 그의 운명은 바로 내가 되는 것이기 때문이었다. (……) 나는 우리가 조금도 바뀐 게 없다고 생각했다. 달라지는 것은 항상 학문적 견해들뿐이다.

Sentí de golpe la impresión de haber vivido ya aquel momento. (……) En tal caso ─le dije resueltamente─ usted se llama Jorge Luis Borges. Yo también soy Jorge Luis Borges. (……) Cada uno de los dos era el remedo caricaturesco del otro. La situación era harto anormal para durar mucho más tiempo. Aconsejar o discutir era inútil, porque su inevitable destino era ser el que soy. (……) No hemos cambiado nada, pensé. Siempre las referencias librescas.(OC Ⅲ, pp.11-16.)

실제로 그는 한 인터뷰에서 자신의 이러한 견해를 명백히 밝힌 바 있다. 종교에 대한 질문을 받자, "나는 종교를 가지고 있지 않습니다. 하지만 그렇다고 해서 내가 우주의 의미를 믿지 않는다는 것은 아닙니다. 다만 나의 개별적 운명이 그다지 중요할 것 없다고 생각하는 것뿐이지요. 내가 지닌 개별적 운명이라는 것은 어쩌면 누군가 혹은 무엇인가가 자신의 신비스런 계획을 위해 정해놓은 무엇일 수도 있을 것입니다. 그러나 일단 내가 죽음과 동시에 내 운명은 더 이상 그 계획에 일조할 수 없을 것이고, 그렇게 되면 나 아닌 또 다른 사람들, 수백만에 달하는 또 다른 개별적 운명들이 내 운명을 대신해 존재하게 될 것입니다. 따라서 신기하게도 죽어서조차도 여전히 미겔 데 우나무노로 남고자 했던 미겔 데 우나무노와는 달리 나는 더 이상 호르헤 루이스 보르헤스로 남기를 포기하고자 합니다. 아니, 더 나아가 누군가가 되기를 포기하고자 하며, 그 어떤 존재도 되기를 포기하고자 한다는 표현이 맞을 겁니다. 삶이란 것은 사람을 지치게 만들기 때문이지요. 나 역시 누군가로 존재한다는 것에 지쳐 있습니다."[71]라고 대답한 것이다. 즉 보르헤스는 죽어서조차 호르헤 루이스 보르헤스로 남기보다는 다른 사람. 즉 보편자를 반복하고 있는 또 다른 개별자로 존재하기를 바란 것이다. 그가 궁극적으로 바

---

71) Ricardo Wulicher, *op. cit.,* p.56.
   Yo no tengo religión, pero eso no quiere decir que yo no crea en un sentido del universo, quiere decir que yo pienso que mi destino individual no es importante, mi destino individual puede ser algo que algo o alguien precise para sus misteriosos designios, pero cuando yo muera habré cesado de servir, entonces habrá otros destinos, habrá millones de otros destinos en lugar del mío, de modo que yo, al revés de Miguel de Unamuno que quería, curiosamente, seguir siendo Miguel de Unamuno, yo quiero dejar de ser Jorge Luis Borges, o mejor dicho quiero dejar de ser alguien, quiero dejar de ser del todo, porque realmente la vida lo cansa a uno, eh, y yo estoy cansado de ser alguien.

라는 것은 완전한 죽음, 다시 말해 육체와 더불어 영(alma)마저 온전
히 죽을 수 있는 죽음이었던 것이다.

그노시즘적이고 카발라적이기도 한 우주관을 기본으로 한 보르헤
스의 자아 개념은 결국 무한히 복사되고 투사된 신성의 한 형태로서
의 인간상을 제시하며, 이러한 인간상에서는 개별자의 정체성을 확인
할 방법이 없으므로 개별자의 정체성은 그 중요성을 상실하고 각 개
별자들 속에 면면히 반복되어 이어지고 있는 보편자적 원형만이 희
미하게 남을 뿐인 것이다. 다만 보르헤스는 시간 속의 존재로서 완전
한 보편자에 도달하지 못하고 무기력한 개별자에 그치고 만 데 대한
회한을 「시간에 대한 새로운 반론」 말미에서 이렇게 드러내고 있다.

> 시간은 나를 이루고 있는 본질이다. 시간은 강물이어서 나를 휩쓸어
> 가지만, 내가 곧 강이다. 시간은 호랑이여서 나를 덮쳐 갈기갈기 찢어
> 버리지만, 내가 바로 호랑이이다. 시간은 불인 까닭에 나를 태워 없애
> 지만, 나는 불에 다름 아니다. 세상은 불행히도 현실이다. 나는 불행히
> 도 보르헤스다.

> El tiempo es la sustancia de que estoy hecho. El tiempo es un río
> que me arrebata, pero yo soy el río; es un tigre que me destroza, pero
> yo soy el tigre; es un fuego que me consume, pero yo soy el fuego.
> El mundo, desgraciadamente, es real; yo, desgraciadamente, soy
> Borges.(OC Ⅱ, p.149.)

세상은 불행하게도 시간을 배제할 수 없고, 나 역시 불행하게도
시간의 흐름으로부터 도망할 수 없다는 의미이다. 내가 바로 시간임
을, 즉 나의 본질이 시간임을 자각하는 것은 보르헤스에게 「죽음과
나침반 La muerte y la brújula」에서와 같은 '타살자와 피살자가 동

일인'이라는 아이디어를 제공했다. 시간이란 내 밖에서 흘러가는 것
이 아니라, 내 속에서 흘러가고, 결국 내가 바로 시간이라는 생각을
뒤집으면, '인간의 작품들과 인간 자신은 바로 소멸하는 시간이 그
려 낸 형상들'이라는 보르헤스의 핵심적 주제에 이른다. 보르헤스
미학의 절정은 정체성의 복수성에 있다.(불교 강의, pp.75－76.) 그것
은 곧 '나'라는 개별자는 보편자의 반복에 불과하다는 보르헤스의
혼재적 자아 개념을 보여주는 것이다.

그리고 이것을 문학에 적용시켰을 때 소생의 문학이 탄생할 수 있
는 것이다. 보르헤스는 '단 한 권의 책은 결코 단 한 권의 책이 아니
며, 책이란 소통되지 않는 무엇도 아니고, 하나의 관계이며, 무한한
관계들의 축이다'(OC Ⅱ, p.125.)라는 생각을 포기하지 않고 있었기에
문학은 결코 고갈되지 않을 것이라고 확신한다. 더욱이 각각의 책은
텍스트의 차별성보다는 각각의 텍스트를 읽는 방법에 따라 또 다른
변주로서 새롭게 태어날 수 있다고 믿는다. 이것이야말로 저자가 신
적인 위상을 차지하고 있던 전통적 문학관을 뒤집어엎는 파격적인
발상이 아닐 수 없으며, 그 기저에는 개별자를 보편자의 투영으로 인
식하는 보르헤스의 혼재적 자아인식론이 자리잡고 있는 것이다.

3) 자아와 타자(자아는 타자와 동일인이라는 혼재적 자아 개 념): 「신학자들」을 중심으로

Ⅲ 장의 1.1에서 밝힌 바와 같이, 보르헤스는 만물에 신성이 깃들
어 있다는 범신론적 우주관을 자신의 문학세계 구현을 위해 즐겨 사
용하고 있는데, 그 관점의 핵심은 '세계가 신성 혹은 초월적 현실의
투사'이며[72] '우주의 역사는 신이 생각하고 재현하고 주시하는 하나

의 장관'(OC Ⅱ, p.68.)이라는 것이다. 그리고 그러한 우주를 창조해
낸 신성에 대해 보르헤스는 「누군가로부터 아무도 아닌 자로」에서
범신론적 교리를 다음과 같이 설명하고 있다.

> 이것은 범신론적 성격을 띤 교리를 담고 있다. 모든 개별 체들은 신
> 의 현전(즉 신성의 계시 혹은 발현)으로서, 그 이면에는 신이 존재하는
> 데, 그 신은 유일한 실체이지만 "정확히 그 정체가 무엇인지는 알 수
> 없다. 그것은 신이 어떤 '무엇'이 아닌데다가, 스스로도, 다른 모든 지
> 성으로도 이해할 수 없는 불가해한 존재이기 때문이다." 신은 단순한
> 지(知)가 아닌, 그 이상의 무엇이며, 단순한 선(善)이 아닌, 그 이상의
> 무엇이다. 모든 속성을 한참이나 능가하며, 모든 속성을 거부한다. 후
> 안 엘 이를란데스를 정의하자면, 그것은 무(無)를 의미하는 니힐룸
> nihilum이라는 한마디로 축약될 수 있다. 신은 '무로부터의 창조'의 근
> 원적 '없음'이며, 원형들과 더 훗날 구체적인 인간을 창조해내는 심연
> 이다. 신은 완전한 무(無)이다.

> Éste formula una doctrina de índole panteísta: las csas particulares
> son teofanías(revelaciones o apariciones de lo divino) y detás está Dios,
> que es lo único real, "pero que no sabe qué es, porque no es un qué,
> y es incomprensible a sí mismo y a toda inteligencia". No es sapiente,
> es más que sapiente; no es bueno, es más que bueno; inescrutablemente
> excede y rechaza todos los atributos. Juan el Irlandés para definirlo,
> acude a la palabra nihilum, que es la nada; Dios es la nada primordial
> de la creatio ex nihilo, el abismo en que se engendraron los arquetipos
> y luego los seres concretos. Es Nada y Nada.(OC Ⅱ, p.116.)

---

72) Didier T. Jaén, *op. cit.*, p.78.
   The central idea of pantheism is that the world is a projection of the
   divine or the transcendental realm.

  즉 신성이라는 것은 절대적인 무(無)라는 것인데, 여기에서의 '없음'이란 모든 것을 포괄하기에 그 경계를 설정할 수 없는 절대무를 의미하는 것이다.

  프랭크 헤리스가 쓴 버나드 쇼에 관한 전기에는 쇼가 쓴 멋진 편지 한 통이 실려 있는데, 그 중 다음 부분을 인용해볼까 한다. "나는 모든 것이며 모든 사람들이고 아무 것도 아닌 무(無)이자 그 누구도 아니다." 천지 창조 이전의 신, 또한 또 다른 아일랜드 출신인 요한네스 스코투스 에리우게나가 '니힐'이라 칭했던 근원적 신성에 필적할만한 이같은 무(無)에서 버나드 쇼는 거의 셀 수 없는 인물들 혹은 극적인 등장인물을 창조해 냈는데, ……

  La biografía de Bernard Shaw por Frank Harris encierra una admirable carta de aquél, de la que copio estas palabras: "Yo comprendo todo y a todos y soy nada y soy nadie." De esa nada(tan comparable a la de Dios antes de crear el mundo, tan comparable a la divinidad primordial que otro irlandés, Juan Escoto Erígena, llamó Nihil), Bernard Shaw edujo casi innumerables personas, o dramatis personae: ……(OC Ⅱ, p.127.)

  이처럼, 천지창조의 근원인 신이 '니힐'로부터 시작된 절대무라는 우주관과 신관으로부터 배태된 인간관은 당연히 범신론적 결론으로 귀결할 수밖에 없으며, 그 결과 절대무인 신성의 투사라 할 수 있는 우주 속의 존재는 '나'와 '너'를 구분 지을 수 없는 원형적 신성의 그림자에 불과할 수밖에 없다. 이처럼, 한 사람은 모든 다른 사람들이라는 범신론적 개념은 각 개별자의 정체성을 무효화시킨다는 의미를 갖거나, 좀 더 정확히 말하면, 모든 개별자들을 모든 것을 포함하고 동시에 모든 것이 하나에 포함되어 있는 하나의 보편적 정체성 혹은 지고의 정체성으로 수렴시킨다는 의미를 갖는다.73) 보르헤스는 자신의 범신론적 자아 개념에 대해 다음과 같이 서술하고 있다.

> 호손 역시 상상된 것과 현실의 것의 접촉을 좋아했는데, 그것이 곧
> 예술의 투영성이거나 자기 복제성이다. 또한 앞서 언급한 문구들을 통
> 해 우리는 한 사람은 곧 다른 사람들이며, 한 사람은 곧 모든 사람이
> 라는 범신론적 논리를 깨닫게 된다.

> A Hawthorne le gustaban esos contactos de lo imaginario y lo real,
> son reflejos y duplicaciones del arte; también se nota, en los bosquejos
> que he señalado, que propendía a la noción panteísta de que un hombre
> es los otros, de que un hombre es todos los hombres.(OC II, p.52.)

보르헤스가 빈번히 추구하고 있는 정체성의 삭제는 범신론의 가장
직접적인 영향으로 볼 수 있다. 보르헤스에게 있어서 각각의 한 사
람은 모든 사람인 것이다. 보르헤스는 범신론적인 이러한 생각이 끝
없이 논쟁을 야기한다고 지적하면서 "만약 어떤 사람이 꿈속에서 천
국을 지나게 되었다고 하자. 그리고 그가 천국에 있었음을 증명하는
증거로서 사람들이 그에게 꽃 한 송이를 주었다고 하자. 그런데 그
가 잠에서 깨어났을 때 그 꽃이 그의 손에 들려 있다면, 도대체 어
떻게 해석해야 하는 것일까?"(OC II, p.17.)라는 질문을 던지면서 이
를 꿈의 세계, 즉 세계가 환영이라는 우주관과 연결시킨다.

그리고 "나도 세상을 꿈꾸었네. 그대는 내 꿈의 형식 속에 있으며,
나처럼 그대는 수많은 사람이면서 아무도 아닌 것이네"(OC I,

---

73) Jaime Alazraki, *op. cit.*, p.78.
La noción panteísta de que un hombre es los otros significa la anulación
de la identidad individual, o, más exactamente, la reducción de todos los
individuos a una identidad general y suprema que los contiene a todos y
que hace, a la vez, que todos estén contenidos en cada unos de ellos.

p.342.)라고 말한다. 결국 보르헤스의 인물들은 셰익스피어들이다. 그
들은 모두이면서 어느 누구도 아닌 것이다. 달리 말하면, 그들은 어
느 누구나일 수 있는 것이다. 모두이면서 아무 것도 아닌 모순적 논
리 구조는 사물의 정체성뿐만 아니라 '나'의 정체성에도 적용되어
자아의 정체성을 가차 없이 파괴한다.[74]

　다시 보르헤스는 "지도 속에 지도가 들어 있고 『천일야화』 속에
'천일야화'가 들어 있는 것이 왜 우리를 불안하게 하는가? 돈키호테
가 『돈키호테』의 독자가 되고, 햄릿이 『햄릿』의 관객이 되는 것이
왜 우리를 불안하게 하는 것일까?"(OC Ⅱ, p.47.)라고 물은 뒤, 이에
대한 자신의 대답을 들려준다. "그 까닭을 발견한 것 같다: 그러한
뒤집기는 허구의 인물이 곧 독자요 관객일 수 있고, 그들의 독자요
관객인 우리들이 허구일 수 있다는 것을 암시한다."(OC Ⅱ, p.47.)
결국 글을 쓰는 자가 곧 읽는 자이고, 읽는 자가 쓰는 자이며, 우리
는 누구나일 수 있고, 모든 것은 아무 것도 아니면서 모든 것일 수
있는 것이다.[75] 이는 정체성의 무효화이자 보편적 정체성으로의 수
렴을 의미하는 것이기도 하다.

　자아의 정체성이 무너져 내림으로써 내가 모두일 수 있다는 위와
같은 혼재향적 자아 개념은 비단 범신론적 관점에서만 도출될 수 있
는 결론은 아니다. 보르헤스가 또한 즐겨 수용하고 있는 불교적 관
점에서도 유사한 자아 개념을 찾아볼 수 있다.

　불교의 '화엄경'에는 '일중일체다중일'[76]의 세계관이 펼쳐진다.(불교
강의, p.23.) 또한 자아의 정체성을 무아사상(武我思想)으로 풀어내고
있기도 하다. 보르헤스의 주요 주제 중의 하나 역시 자아의 정체성

---

74) 김춘진 편. *op. cit.*, p.37.
75) *Ibid.*, p.38.
76) 一中一切多中一는 하나 속에 일체가 있고, 모든 것 속에 하나가 있음
　을 의미한다.

문제로, 불교의 무아사상과 일맥상통함을 알 수 있다. 보르헤스는 말하기를, 인간이란 동시에 연극의 배우이며, 연출가이며, 관객이라고 하였다. 이는 범신론과의 연계성을 내비치는 부분으로, 작은 개인의 상대적인 입장에선 주체와 객체가 서로 다르겠지만, 차원을 달리한 높은 경지에선 그런 대립되는 것들이 모두 전체의 일부분일 뿐이라는 말이다.(불교 강의, p.30.)

이처럼 인간의 차원에서는 서로 적대적인 입장이지만, 초월적인 신의 차원에서는 너와 내가 모두 동일인일 수 있다는 사고가 잘 드러난 대표적인 문학적 예시로서 「신학자들」을 들 수 있다.

이 작품에서 보르헤스는 우선 이교도파의 교리를 빌어 2.2에서 언급한 바 있는 보편자의 반복으로서의 개별자의 위상과 순환적 시간관을 설명한다. '역사는 순환적이고, 과거에 없었거나 미래에 없을 그 어떤 것도 존재할 수 없다'는 것이다.(OC Ⅰ, p.550.)

불길의 한가운데 재 속에 『신의 도시』 제12권이 거의 손상을 입지 않은 채 고스란히 남아 있었던 것이다. 그 책은 아테네에서 플라톤이 수많은 세기가 지나면 모든 것들은 이전의 상태를 회복하게 되고, 자신도 아테네에서 다시 바로 이 학설을 똑같은 청중 앞에서 가르치게 될 거라고 가르쳤다는 사실을 기술하고 있다.

En el corazón de la hoguera, entre la ceniza, perduró casi intacto el libro duodécimo de la Civitas Dei, que narra que Platón enseñó en Atenas que, al cabo de los siglos, todas las cosas recuperarán su estado anterior, y él, en Atenas, ante el mismo auditorio, de nuevo enseñará esa doctrina.(OC Ⅰ, p.550.)

이는 우리가 현실이라고 바라보는 역사 속에서 원형적인 사건들이

그 형태에 약간의 변형만 가한 채 반복되고 있음을 지적하는 것이
다. 그 예가 '번갯불이 나무들을 태웠을 때 후안이 죽었던 것과 같
은 방식으로 죽음을 맞이한 아우렐리아노'이다.(OC Ⅰ, p.556.)

   따라서 하급신의 조악한 창조물에 불과한 우주 속에서 개별적 정
체성을 제 아무리 외쳐 봐야 상급의 하늘에서 내려다 본 그 피조물
들의 개별적 위상이란 하나의 원형의 반복으로써, 애초에 구별조차
불가능한 것이며, 상급의 신들의 눈에는 모두가 똑같은, 너와 나의
구별조차 없는 존재일 뿐이라는 것이다.

> 천국에 이르러 아우렐리아노는 도리어 깊이를 헤아릴 수 없는 신성
> 에게 있어서 자신과 후안 데 빠노니아(정통교도와 이단자, 증오하는 자
> 와 증오를 받는 자, 고발 자와 희생자)가 같은 한 인간을 이루고 있다
> 는 것을 깨달았다고 말하는 게 더 정확하리라.

> Más correcto es decir que en el paraíso, Aureliano supo que para la
> insondable divinidad, él y Juan de Panonia(el ortodoxo y el hereje, el
> aborrecedor y el aborrecido, el acusador y la víctima) formaban una
> sola persona.(OC Ⅰ, p.556.)

   전 장에서 언급한 바와 같이, 보르헤스는 현실이란 무한 증식된
패러디 중의 하나이며, 따라서 세상은 더 이상 완벽한 신의 작품일
수 없고, 우리 인간은 더 이상 조물주가 빚어낸 완벽한 피조물일 수
없으며, 다만 무한히 투사되어 신성이 무화(無化)되기에 이른 존재로
본다. 그러한 '0'에 다다른 신성의 투사체들은 상급 하늘에 존재하는
상급신의 눈에는 개별적 정체성은 처음부터 가질 수조차 없는, 너와
나의 경계가 허물어져버린 혼재적 존재일 뿐이다. 이러한 인간조건
하에서 자아와 타자의 경계마저 완전히 허물어져버린 인간의 혼재적

정체성을 규정하기 위해 보르헤스는 블로이를 인용한다. "이 세상에
는 자신이 누구인지 말할 수 있는 사람이 하나도 없다. 아무도 누가
자신을 이 세상으로 보냈는지, 자신의 행동이나 감정, 생각이 어떤
것인지, 심지어는 자신의 진정한 이름이 무엇인지조차도 모르는 것
이다."77)

3. 선형적 시간관 vs 시간의 혼재향

지구상에는 다양한 문화만큼이나 다양한 시간 개념이 존재하고 있다.
서구적 관점에서 바라본 시간 개념이기는 하지만, 우선 헬라어에는
시간을 뜻하는 단어가 두 개 있다. 즉 '크로노스(chronos)'와 '카이로
스(kairos)'가 그것이다. 크로노스는 단순히 흘러가는 연대기적 시간으
로, 일련의 불연속적인 우연한 사건을 뜻하며, 카이로스는 때가 꽉
찬 시간으로 구체적인 사건의 순간, 감정을 느끼는 순간, 구원의 기
쁨을 누리는 의미 있는 순간을 의미한다. '크로노스'가 양으로 규정되
는 계량적 시간이라면 '카이로스'는 내용으로 규정되는 질적 시간이
라는 것이다.

시간을 이렇게 둘로 구분하는 것은 사실 서구의 전통적인 기독교
적 시간관에서 비롯된다. 기독교에서 상정하는 시간관을 이해하기

---

77) Jaime Alazraki, *op. cit*., p.71에서 재인용.
No hay en la tierra un ser humano capaz de declarar quién es. Nadie
sabe qué ha venido a hacer a este mundo, a qué corresponden sus actos,
sus sentimientos, sus ideas, ni cuál es su *nombre* verdadero……

위해서는 크로노스(chronos)와 카이로스(kairos), 파루시아(parousia), 에스카토스(eschatos) 등의 개념을 이해해야 하는데, 크로노스는 앞서 언급한 바와 같이 희랍의 시간 개념으로써 측정 가능한 물리적인 시간을 표현하는 말이며, 보통 자연적인 시간을 의미한다. 신약성서의 "오랜 후에 그 종들의 주인이 돌아와 그들과 결산할 새"[78], "헤롯이 예수를 보고 매우 기뻐하니 이는 그의 소문을 들었으므로 보고자 한 지 오래였고……"[79], "무저갱에 던져 넣어 잠그고 그 위에 인봉하여 천 년이 차도록 다시는 만국을 미혹하지 못하게 하였는데 그 후에는 반드시 잠깐 놓이리라."[80] 등에 언급된 시간이 바로 크로노스적 시간이다.

그런가 하면, 카이로스는 하나님의 목적에 의해 설정된 시간을 말한다. "때가 찼고 하나님의 나라가 가까이 왔으니 회개하고 복음을 믿으라 하시더라"[81]에서와 같이 어떤 결정적 행동을 필요로 하는 의미의 기독교적인 시간 개념인 것이다. 이것은 자연적이고 물리적인 시간과는 달리 실존성을 의미하는 것으로, 역사의 위기점들이나 전환점들을 가리킨다. 성서 속의 그리스도의 도래는 바로 그 실례가 된다. 그 외에도 파루시아는 성서에 따르면 예수의 재림을 의미하며, 마지막을 뜻하는 에스카토스는 종말이 다가왔음을 뜻한다. 결국, 기독교적 역사관과 시간관에 따르면, 천지창조와 최후의 심판 사이에 예수 그리스도의 탄생이라는 사건을 삽입함으로써 역사는 '크로노스'적인 역사에서 '카이로스'적인 역사로 전환된다는 것이다.

'크로노스', 즉 연대기적 시간이라는 어휘의 유래를 거슬러 올라가 보면, 성서와 더불어 모든 문학의 모태가 되고 있는 그리스 신화를

---

78) 대한성서공회 편. *op. cit.,* p.38.(마태복음 25장 19절)
79) I*bid.*, p.120.(누가복음 23장 8절)
80) I*bid.*, p.359.(요한계시록 20장 3절)
81) I*bid.*, p.47.(마가복음 1장 15절)

172 보르헤스 문학의 헤테로토피아

만나게 된다. '크로노스'라는 명칭은 제우스의 아버지이자 시간영감
으로 불리는 '크로노스' 신에서 비롯되었다. 크로노스는 아버지인 우
라노스를 거세시키고 후속 세대의 해방을 쟁취한 인물이었으나, 억
압과 충돌, 모반과 반역, 거세와 축출의 패턴을 다음 세대인 제우스
대에서도 반복되도록 만드는 원인 제공자가 되기도 한다.

부친 우라노스로부터 통치권을 찬탈한 크로노스는 누이인 레아와
의 사이에서 제2세대 신들을 낳지만 부친을 거세한 자신 역시 아들
세대의 손에 의해 축출될지도 모른다는 강박관념에 시달리다 못해
안전한 방법으로써 태어나는 아이들을 삼켜버리는 길을 택한다. 반
역의 반복을 막기 위해 자식들을 뱃속에 가두는 억압을 반복하고,
이 반복은 결국 또 다시 그의 거세를 반복하는 원인이 된다. 결국
제우스의 기지로 크로노스가 자식들을 토해내고 쫓겨난 사건은 과거
크로노스가 우라노스를 추방한 것이 '공간의 횡포에 대한 시간의 반
역'이었다면 제우스가 크로노스를 거세한 것은 '시간의 횡포에 대한
또 다른 반역'으로 볼 수 있는 것이다. 크로노스가 자식을 삼킨다는
것은, 세월은 이 땅에 태어나는 모든 것을 삼켜버린다는 잔혹한 자
연의 진리를 상징한다.[82] 이는 "시간은 모든 것을 먹어치운다
(Tempus edax rerum)"는 오비디우스의 말과 일맥상통하는 것이기도
하다. 또한 4세기 비르질리우스의 작품에 주석을 단 문법학자 세르
비우스는 크로노스의 상징처럼 여겨지고 있는 낫은 모든 것을 베어
죽여 버리는 시간의 상징으로 볼 수 있다고 했으며, 신화학자인 마
크로비우스는 크로노스의 발치를 감고 있는 제 꼬리를 물고 있는 뱀
의 형상은 시간이 제 자신을 먹어치우는 것을 표현한다고 설명했
다.[83] 결국 삼킨 아이들을 토해내면서 크로노스는 말한다. "삼킨 것

---

82) 이윤기. [그리스 로마 신화], 서울, 웅진닷컴, 2000, pp.60-61.
83) 에코, 움베르토. [시간 박물관], 김석희 옮김, 서울: 푸른숲, 2000, p.169.

을 토해냈으니 나는 이제 시간의 신이 아니다."[84] 이는 시간의 가역적 흐름에 대한 반응이라 볼 수 있다.

기독교적 시간관이 크로노스적이고 카이로스적인 시간 개념을 상정한 바 있다면, 역사상의 수많은 철학자들과 과학자들은 또 다른 방법으로 시간의 개념을 명백히 하고자 노력해 왔다. 아리스토텔레스는 자신의 저서 물리학 제4권 11장 219절에서 "시간은 전후와 관련하여 운동(motion)을 계측할 수 있는 척도다"라고 했으며, 로크는 시간을 '관념의 질서나 연속'으로 보았고 이러한 기본개념은 라이프니츠나 뉴턴에서도 유지되었다. 즉 시간이라는 것이 사슬처럼 이어진 인과관계의 질서를 유지하고 있으며, 따라서 시간을 순차적 연속태의 척도로 보는 기본적 원칙에는 변화가 없었던 것이다.

특히 시간과 관련하여 철학사 전체에서 지금까지도 가장 근대적이고 명확하며 계시적인 해석으로 여겨지는 것이 바로 성 아우구스티누스의 해석이다.[85] 그는 기본적으로 영원을 상정해 놓고 그 속에

---

84) 이윤기, *op. cit.*, p.65.

85) 기도 까스띠요 Guido Castillo는 성서에서 하나님께서 "빛이 있으라" 하시니 빛이 생겨나고라고 적고 있는 것과 관련하여, 그렇다면 말씀이 존재에 앞선다는 것인가를 묻자 다음과 갈이 아우구스티누스를 언급하며 대답한 바 있다. "물론 그렇게 해석할 수도 있을 것이다. (……) 그러나 성 어거스틴은 하나님이 세상에 앞서 존재하시는 것은 아니라고 말한다. 만일 그런 식으로 말한다면 하나님과 우주 사이에 시간적 관계가 설정되게 되고, 그렇다면 하나님께서 시간을 창조하시는 것 자체가 불가능하게 되기 때문이다. 만일 하나님께서 시간을 창조하신 것이라면, 하나님이 시간에 앞서 존재한다는 것도 있을 수 없는 일이다."
Puede ser que nosotros lo captemos así, (……). San Agustín dice que Dios no precede al mundo porque de ser así, se produciría una relación temporal entre Dios y el mundo. Y eso no sería posible porque Dios crea el tiempo. Si Dios crea el tiempo, no puede existir antes que el tiempo.(Carlos Cañeque, Conversaciones sobre Borges, Ediciones Destino, Áncora y Delfín, Barcelona, 1995, p.236.)

시간을 포진시켰던 플라톤과는 달리 시간을 먼저 설정해 놓고 그 속에서 영원의 개념을 끌어낸 아리스토텔레스와 같은 생각을 지니고 있었다. 즉 고정불변의 영원과는 달리 어떤 길이를 가진 시간은 그 동일한 기간 안에서 더 이상 연장될 수 없는 "수많은 운동이 연속적으로 일어나는 동안 줄곧(ex multis praetereuntibus motibus) 지속된다"는 것이다. 그는 현재의 1초를 규명하려고 애쓰는 순간, 그 1초도 그보다 훨씬 짧은 단위로 무한히 나뉠 수 있다는 사실을 깨닫고, 이런 짧은 단위의 시간들은 미래에서 과거로 순식간에 넘어가 버리기 때문에 지속성을 전혀 갖지 못하리라는 것을 깨닫는다. 결국, 아우구스티누스는 과거도 현재도 미래도 측정할 수 없지만 시간을 측정할 수는 있으며, 시간을 측정하는 데 있어서 비계량적인 척도가 존재함을 주장한다. 이는 훗날 앙리 베르그송이 언급한 의식 속의 시간과 유사한 개념이다.[86]

이처럼 기독교적 문화나 근대 이전 서구의 과학적 사고에서도 시간은 연속성을 지니고 있는 '어떤 것'으로 자리매김해 왔다.

다만 유대교·기독교·이슬람교에서는 창세기 첫 부분을 바탕으로 천지창조에 따른 신의 행위를 말함으로써 시간의 직선적 성질이 우세한 것으로 본 반면, 신을 인간세계와 따로 분리하지 않는 경향이 있는 문화에서는 시간의 순환적 성질이 우세한 것을 확인할 수 있다. 예컨대 고대 켈트족의 드루이다 문화나 유태 카발라의 윤회전생론, 동양의 불교에서 상정하고 있는 '윤회'의 개념이 그 대표적인 예일 것이다.

실제로 시간 개념이 변화함에 따라 역사 기술방식도 바뀌어 세 단계의 변천사를 드러낸다. 그 첫 번째는 순환적 역사개념을 조장한 순환적 단계, 두 번째는 목적론적 역사 기술을 조장한 직선적 단계,

---

86) 에코, 움베르토. *op. cit.*, pp.6－7.

세 번째는 카오스적 역사를 조장한 카오스 단계이다.[87]

  사실, 순환적 방식과 직선적 방식은 둘 다 오랜 역사를 갖고 있으며, 역사가 시작된 이래 거의 줄곧 공존해 왔다. 다만 천체주기의 불완전성이 드러나고 과학적 연구가 진정한 천체주기의 존재에 의문을 던졌기 때문에, 직선적 방식이 차츰 우위를 주장하게 된 것뿐이다. 이런 변화는 창세기의 창조설화가 형성된 시기에 유대인에게서 시작되었다고 한다. 유대인의 구약성서가 기독교와 이슬람교에서 행사하는 영향력 때문에, 현대 세계에서 가장 역동적이고 광범위하게 퍼져 있는 문명들은 모두 직선적 시간 개념을 물려받아 그것을 되풀이해 강조했다. 실제로 기독교는 이단에 빠지지 않고는 순환적 시간 개념을 가질 수 없었다. 신이 인간의 모습으로 나타나는 현현은 오직 한 번만 일어났을 뿐이고, 죽음을 통한 그리스도의 희생은 모든 사람에게, 모든 곳에, 영원히 적용된다. 이러한 직선적 시간관이 낳은 결과로는 오늘날까지 서양의 역사 기술에 널리 퍼져 있는 목적론적 체계를 들 수 있다. 그중에서도 전형적인 것은 세상을 구원이라는 클라이맥스로 이끌어 가는 신의 섭리이다.[88]

  그 후, 아리스토텔레스는 참주정치로 타락한 군주정이 귀족정으로 대체되고, 귀족정은 과두정으로 타락하여 민주정으로 대체되고, 그 다음에 이어지는 무정부 상태는 군주정으로 대체되어 원래의 시발점으로 되돌아가는 역사의 영구순환을 생각했으며, 마키아벨리 역시 역사를 해설할 때 이 체계를 빌렸지만, 궁극적으로는 공화정이 완성되면서 순환이 대단원에 이르러 종결된다고 생각했다.

  최근까지도 시간에 대한 사람들의 인식이 점차 직선적이 되어가고 있었다. 물론 실제로 직선적 시간개념은 유용하다. 다만 그것이 사학

---

87) *Ibid.*, p.249.
88) *Ibid.*, p.250.

자들에게 갖는 영향력이 오랫동안 서서히 쇠퇴하면서, 오늘날에는 그 개념이 일찍이 조장했던 목적론적 역사 해석이 결국 버림받게 되는 현실을 목도하게 된다. 실제로 현재의 역사 기술 방식은 방향이 전혀 없는 ─ 직선적도 아니고 순환적도 아닌 ─ 시간 개념을 반영하고 있다. 이 개념은 방향이 없는 카오스적 유동상태 속에서 상상되거나, 또는 객관적 세계를 설명하려 할 때는 생략해도 지장이 없는 관념적인 복합 개념으로 분류된다.

19세기 말과 20세기 초에 널리 퍼져 있었지만 서로 모순 되는 두 가지 시간론이 이런 혼란스러운 정신 상태를 초래했다고 볼 수 있다.

첫 번째 이론은 시간의 원자론으로, 지속을 부인하고 단속적인 순간만을 인정함으로써, 어느 순간에 세계가 존재한다는 사실이 과거나 미래의 다른 순간에도 세계가 계속 존재한다는 뜻을 내포하고 있는지에 의문을 제기한다. 역사는 원인도 없고 상호 관계도 없는 개별적 사건들로 이루어져 있다는 것이다.

두 번째 이론은 프랑스 철학자 앙리 베르그송과 관련되어 있다. 그는 이 이론을 일러 '지속성'이라 하는데, 그가 내린 정의에 따르면 "순수 지속성은 우리의 내적 자아가 자신을 살릴 때, 현재 상태와 과거 상태를 분리하지 않을 때, 우리의 의식상태의 연속이 만드는 형태를 말한다"고 한다. 그는 '과거'를 사실상 무의미한 개념으로 본 것이다. 과거는 우리가 기억이라고 부르는 상상 속에서만 지각할 수 있는 무의미한 개념이다. 기억 속에서 과거는 순전히 주관적인 형태를 취하며, 결코 완료된 상태에 이르지 못하고 계속 '변화하고' 있을 뿐이라는 점에서 실제로는 현재의 일부라는 것이다.

이러한 사고는 의식의 흐름이라는 소설기법의 전통이 생기는 데 이바지했다. 또한 시간 개념의 전반적 개편은 오늘날의 역사 기술이 전통적인 객관성에서 벗어나 상상력을 바탕으로 한 문학작품처럼 되

어버린 여러 이유 중의 하나가 되었다.[89]

미래에 대한 종말론적 전망은 직선적 시간관을 갖고 있는 문화에는 거의 다 존재한다. 그러나 놀랍게도 시간의 종말을 모든 것의 종말로 보는 경우는 거의 없는 듯하다. 신앙체계가 아무리 엄격하고 결정론적이라 해도 소수의 의인들은 신의 선택을 받아 구원받을 것이며, 이들 선택받은 자들은 시간이 끝난 뒤에도 살아남아 신의 영광 안에서 영생을 누릴 것이라는 확신은 모든 문화에 공통적인 믿음인 것 같다. 시간이 끝난 뒤에도 무언가는 살아남을 거라고 믿는 이 경향은 인간의 기본적인 특성처럼 보인다. 존재의 모든 측면이 사라져 없어질 거라고 믿는 사람은 거의 없다.

순환적 시간 개념을 갖고 있는 사람들에게는 시간의 종말이 훨씬 단순하다. 힌두교에서는 해와 달, 날씨를 관장하는 신과 여신들처럼 시간과 관련된 신들을 비교적 하찮은 신으로 보고 있다. 이들은 영겁이 한 번 끝날 때마다 우주와 함께 '죽고', 위대한 신들이 세상을 다시 만들면 이들도 다시 태어난다. 이들에게 있어서 한 세상의 종말은 다음 세상의 시작을 의미하기 때문에 축하해야 할 일인 것이다.[90]

어쨌든, 세계의 주요 종교들 중에는 시간의 초월을 궁극적인 목표로 삼는 종교가 많다. 수단이 명상이든, 고행이나 금욕생활이든, 신들림이나 마약이든, 목적은 한 가지, 즉 시간과 그 영향이 해소되는 영역 속으로 들어가는 것뿐이다. 요가에서는 시간과 공간으로부터의 해방을 뜻하는 '모크샤'를 궁극적인 목적으로 삼고 있다. 그런가 하면, 고타마 싯다르타 왕자는 세상의 온갖 참상을 목격한 뒤에 이렇게 말했다. "인간은 늙음과 죽음 아래 던져져 있으며, 거기서 빠져나갈 수 없다. 인생에서 늙음도 죽음도 없는 영역이 어디에 있는가?"

---

89) Ibid., pp.251－252.
90) Ibid., p.287.

그래서 불교에서 시간의 초월은 무상으로부터 벗어나는 것, 즉 해탈을 지칭하는 것이다. 육신의 고통과 쾌락만이 아니라 온갖 덧없는 죄악에서도 벗어나면, 시간의 환상을 초월할 수 있다는 것이다.

불교의 여러 종파들은 시간에 대해 다양한 태도를 유지한다. 불교에서는 해탈을 '니르바나'라고 부르는데, 이것은 열반으로 번역되지만, 말뜻 그대로 풀이하면 '적멸(寂滅)'이다. 이 상태에서는 자아도 없고 영혼도 없다. 따라서 완벽이나 합일을 얻으려는 노력도 없다. '니르바나'는 이승과 자신을 묶고 있는 애착이나 연기를 완전히 끊고, 불이 꺼지듯 꺼져버리는 것이다.[91]

이렇게 철학과 종교의 궁극적인 화두일 수밖에 없었던 시간은 결국 우리 시대 가장 주요한 주제들 가운데 하나라고 할 수 있다.(BH, p.59.) 특히 시간은 20세기 문학의 주요 주제가 되었으며, 소설은 그 자체로도 시간 예술이라 불리게 되었다. 소설이라는 것이 근본적으로 사물을 공간적으로 조형화하기보다는 현상을 시간적 관계에 따라 서술하는 것을 주된 형식으로 삼고 있기 때문이다.[92] 다만 보르헤스에 이르러 새로운 혼재향적 시간관이 두드러지는 것은 그가 시간의 전후라는 것이 인과적 고리에 의해 선형화된다는 상식적 믿음을 거부하는 데서 출발하고 있기 때문이다.

이러한 보르헤스의 시간 게임은 영지적 그노시스교에서 받은 영향과 무관하지 않다. 루이스 꼬스따 리마(Luis Costa Lima)도 보르헤스가 그노시스교의 입장을 미학적으로 도용했다면서 그것은 계몽주의 이래 신화의 경이로운 변용을 간과한 서구 소설 경향에 도전하는 것이라고 지적한다.[93]

---

91) Ibid., p.298.
92) 김춘진 편. op. cit., p.14.
93) Luis Costa Lima, The Dark Side of Reason and Power, translated by Pulo Henriques, Stanford: Stanford Univ. Press, 1992, p.268, 김춘진. op.

예를 들어 「타자 El Otro」에서 보르헤스는 헤겔식으로 합을 지향
하는 정과 반의 의미에서 늙음과 젊음을 대립시키고 있는데, 이 합
은 과거도 미래도 아닌 현재라는 파르메니데스[94]의 불변의 존재 개
념에 대해 거울의 역할을 하고 있다. 보르헤스는 이런 식으로 영원
한 현재에 위치하고자 과거와 미래를 부정하는 것이다.[95]

사실 쥬네트 등이 제시하고 있는 이야기 이론(Teoría Narrativa)을
살펴보면 작품 속 줄거리에 나타나는 이야기의 순서, 지속 정도, 빈
도 등을 비교하는 형식을 통해 절대적 시간을 논의의 근간으로 제시
하고 있는데, 여기에 비해 보르헤스의 작품은 이야기 이론의 기본
공리라 할 수 있는 근대적 시간관을 일단 부정하고 오히려 문제 삼
음으로써 허구라는 기본적인 본성을 망각하고 있는 근대적 사실주의
문학의 사실성을 부정하고 그 허구성을 강조하고 있다.

근본적으로 보르헤스는 다른 여타 이론에서와 마찬가지로 형이상

---

cit., p.14에서 재인용.

94) 제논의 스승인 파르메니데스(Parmenides)의 사상은 '있는 것만이 있다'는
그의 기본 명제에 잘 나타난다. 파르메니데스의 사상은 "있지 않는 것이
있다는 것은 말할 수도 생각할 수도 없다. 그러기에 있는 것(존재)이 어
떻게 해서 없어질 수 있는가. 또한 어떻게 해서 생길 수 있는가. 만일 생
긴 것이라면 이전에 없었던 것이기 때문이다. 앞으로 언젠가 생길 것이라
면 지금은 없는 것이다. 그리하여 생성하는 것은 없어지고 소멸하는 것도
사라진다."로 요약될 수 있다. 파르메니데스는 "있지 않은 것은 없다.(존
재하지 않는 것은 비존재이다)"에서 출발하여 명확한 논리 하나만으로 그
의 사상을 전개했다. 요컨대 희랍적인 불생불멸(不生不滅)이다.
책으로 엮여져 나온 파르메니데스(Parmenides Ⅰ. Ⅱ.)는 플라톤 말기의
작품으로 이데아 이론 전반을 비판하고 있다. 특히 Ⅰ부에서는 파르메니
데스와 제논과의 대화를 다루면서 이데아 이론을 논리적으로 비판하고
있다. 여기에서 젊은 소크라테스가 출현하는데, 파르메니데스는 소크라
테스에게 젊기에 논리적인 난점이 많으므로 철학적 훈련을 쌓아 극복할
것을 권고한다. Ⅱ부에서는 존재·무·일자·타자 등의 기본적인 개념들
의 상호 관계를 논의하고 있는데, 특히 후에 헤겔이 「대논리학」에서 파
르메니데스편 Ⅱ부를 자신의 방식대로 해석한 것으로 유명하다.

95) 낸시 케이슨 폴슨. *op. cit.*, p.130.

학의 시간 구도 역시 비현실임을 잘 알고 있었던 것이다. 그는 인간
은 자신을 이루고 있는 물질, 즉 시간을 부정할 수 없음을 잘 알고
있다. 그러나 자신 역시 창조자가 될 수 있는 예술의 층위에서는 신
이 우주라는 책의 페이지들 위에 시간을 짜나가듯이 시간 구도를 짜
나갈 수 있다고 본다.[96] 뿐만 아니라, 사람들은 곧잘 시간에 대한
지배에 대해 말하곤 하지만, 알고 보면 각자의 다양한 의도 때문에
시간에 대한 지배 자체를 저해하는 당사자가 바로 인간 자신임을 지
적한다. 보르헤스에게 있어서 시간은 영원에 다름 아닌 것이다.[97]

  결과적으로 보르헤스 픽션의 서사적 동인은 무엇보다도 시간이라는
수수께끼이다. 시간만은 유일하게 언급되어서는 안 되며 '부적절한 메
타포나 정말로 우회적인 표현에 의존'해야 하는 것이다. 공간적인 것
은 시간이라는 수수께끼의 해답 주변을 맴도는 메타포이며 '부적절한
표현'들에 지나지 않는다.[98] 그래서 보르헤스는 이렇게 말한다.

  바로 그것이 『끝없이 두 갈래로 갈라지는 길들이 있는 정원』이라는
  소설에 등장하지 않는 유일한 문제이다. 심지어 시간을 뜻하는 유사한
  단어조차 쓰지 않고 있다. (……)
  "그 해답이 장기인 어떤 수수께끼에 대해 물어볼 때 해서는 안 될

---

96) Jaime Alazraki, *op. cit.*, p.102.
   Borges sabe que los esquemas temporales de la metafísica, como sus
   demás teorías, son irrealidades; sabe que el hombre no puede negar la
   sustancia de que está hecho—el tiempo—, pero en el plano del arte,
   donde es creador, puede trazar esos esquemas temporales, como Dios
   traza los suyos en las páginas del universo.
97) Héctor Zagal Arreguín, Ocho ensayos sobre Borges, Publicaciones Curz
   O., S. A., México, 1999, p.169.
   Con frecuencia se habla del dominio del tiempo, aunque en realidad
   sean los hombres quienes imponen ese dominio según sus más caras
   intenciones. Para Borges, ese tiempo no era otro que la Eternidad.
98) 김춘진 편. *op. cit.*, p.14.

말이 하나 있다면 그것은 무엇이겠습니까?"

"장기라는 말이겠지요."

Ése es el único problema que no figura en las páginas del Jardín. Ni siquiera usa la palabra que quiere decir tiempo. (……)

－En una adivinanza cuyo tema es el ajedrez ¿cuál e la única palabra prohibida?

－La palabra ajedrez.(OC Ⅰ, p.479.)

이처럼 보르헤스의 문학은 상당 부분 '시간'의 문제로 귀결되는데, 이렇게 그의 문학이 지향하고자 했던 혹은 궁극적으로 도달하고자 했던 '시간'의 문제를 보르헤스는 순환하는 고대적 시간, 결과가 오히려 원인을 빚어내는 가역적인 시간, 갈라지고 평행하는 시간 등의 형태를 빌어 풀어내고 있다.

따라서 본 장에서는 우선 보르헤스가 천착하고 인식한 시간의 기본적인 속성에 대해 일별한 후, 실질적으로 작품 속에서 언급하고 있는 다양한 시간의 형태와 그것이 표방하는 혼재향적 시간관을 살펴보고자 한다.

1) 허구라는 시간의 속성: 「시간에 대한 새로운 반론」을 중심으로

앞서도 언급했듯이, 시간은 20세기 문학의 주요 주제가 되었다. 그런데 20세기 문학이 보여주는 시간의 변화를 살펴보면 첫째, 시간 개념에서 나타난 변화를 볼 수 있고 둘째, 순차적 시간에 따른 서술 방식을 파괴하는, 즉 시간개념의 변화를 반영한 테크닉에서의 변화를 발견하게 된다.

우선 보르헤스의 시간 인식 측면을 천착해볼 때, 보르헤스는 자신

의 모든 저서에서 어떤 식으로든 시간의 논법을 다루고 있음을 알
수 있다.(OC Ⅱ, p.137.) 대다수의 근대문학이 성이나 사랑에 대해
천착하고 있는 데 비해 보르헤스에게는 그런 주제는 물론 열정조차
존재하지 않는 점이 두드러지는데, 보르헤스의 경우 늘 시간의 문제
로 귀결되는 사고의 흐름을 보여주기에 심지어는 이런 현상마저도
왠지 낯설지 않게 느껴진다. 사실, 보르헤스에게 있어서 영원은 불멸
하는 존재이기에 사랑의 열정도, 재생산도 필요 없으며, 그 결과 영
원은 불모의 존재로 남게 되므로 성이나 사랑이라는 주제 역시 논의
의 필요성을 상실하는 것이다.[99]

보르헤스는 시간의 논법을 다루기 위한 주춧돌로써 버클리의 관념
론을 도입하고 있다.(OC Ⅱ, p.137.)

17, 18세기 근세철학의 계보를 살펴보면, 베이컨과 홉스를 필두로
하는 대륙 이성론자들이 경험론자이면서도 인간의 이성에 신뢰를 보
냈던 데 비해 영국의 경험론자들은 인간의 이성, 즉 정신에 대한 불
신과 회의를 표방함으로써 비관론적 경향을 띠었던 것을 볼 수 있다.

영국계 혈통을 타고 태어난 보르헤스가 그중에서도 특히 영국의
경험론을 친근하게 접할 수 있었으리라는 것은 미루어 짐작할 수 있
는 일이다.

영국 경험론의 선두주자였던 로크는 인간 정신 영역과 한계에 대
해 세밀하게 연구한 최초의 철학자로서 실체 혹은 현상의 배후에 있
는 실재를 아는 것은 불가능하다는 회의론을 펼치고 있다.

여기에서 한걸음 더 나아간 버클리는 '존재하는 것은 지각 된다'
는 명제하에 지각되어지는 것 외에 현존하는 것은 없음을 주장한다.

---

99) Héctor Zagal Arreguín, *op. cit.*, p.175.
  La Eternidad es estéril: dado que, por definición, no muere, entonces
  tampoco tiene necesidad de la pasión amorosa, ni de la reproducción.

다만 나의 유한한 정신과 다른 사람의 유한한 정신 이외에 더 위대한 정신, 즉 신의 정신이 존재함을 인정하고 있을 뿐이다.(OC Ⅱ, pp.137 - 138.) 결국 인간의 능력으로 인식할 수 없는 것은 부재하는 것이거나 혹은 신의 정신 안에서만 현존할 수 있다는 것이다.

이렇게 버클리가 물질을 부정한다고 하면서도 어떤 개인이 대상들을 인식하지 않을 때 신이 그것을 인식한다는 이유로 대상들의 지속적인 현존을 인정한 것에 비해 흄은 사물들의 지속적인 현존마저도 철저하게 부인해버린다. 어떠한 인상이 있어야만 그에 대한 반성의 과정을 거쳐 관념을 창출해낼 수 있는데, 인상 없는 관념은 다양한 관념들의 복합으로 가능은 하겠지만 그 경우 그 관념이 실체로서의 일관된 의미를 갖는 것은 불가능하다는 것이다. 따라서 시간 속에서 주체를 계속 유지하는 연속적 자아의 존재마저도 부정이 가능한 것이다.

이러한 물질에 대한 버클리, 흄 등의 관념론을 보르헤스는 자신의 시간관으로 연결시켰고, 본고에서 이를 보르헤스의 시간인식과 관련한 철학적 사유의 근간으로 삼은 이유 역시 보르헤스가 이들 철학자들의 사고를 변증법적으로 적용하고자 했던 데에 기인한다.

> 버클리는 물질에 대한 반대 개념으로써 이 논증을 활용하였으며, 흄은 이를 다시 본성에 적용시켰다. 나는 이제 이를 시간에 적용시켜보고자 한다.

> Berkeley usó de esos argumentos contra la noción de materia; Hume los aplicó a la conciencia; mi propósito es aplicarlos al tiempo.(OC Ⅱ, p.144.)

즉 버클리가 '존재는 지각되는 것이다. 그리고 각각의 인식 없이는 물질은 존재하지 않는다고 함으로써 결과적으로 연속하는 물질과

정신의 존재를 부정하기에 이르렀듯이, 보르헤스는 현재의 시간은 존재하지만 지각되지 않는 시간은 존재하지 않는다는 명제를 내걸음으로써 시간의 연속성은 있을 수 없다는 결론에 이르게 된 것이다.

보르헤스는 버클리와 흄 두 철학자가 시간을 인정한다고 말한다.

버클리와 흄은 공히 시간을 인정한다. 다만 버클리에게 있어서 시간은 일정하게 흘러가며 모든 존재들이 참여하고 있는 관념들의 연속이었고, 흄에게 있어서 시간은 불가분적인 순간들의 연속이었다.

Ambos afirman el tiempo: para Berkeley,(el tiempo) es "la sucesión de las ideas que fluye uniformementey de la que todos los seres participan"; para Hume, "una sucesión de momentos indivisibles".(OC II, pp.138 – 139.)

그리고 더 나아가 보르헤스는 "흄은 각각의 사물이 자신의 자리를 갖는 절대공간의 존재를 부정했다. 나는 모든 사건들이 연결되는 어느 한 시간을 부정한다. 나는 많은 경우에 있어서 연속성을 부정한다. 또한 나는 많은 경우에 있어서 동시대성을 부정한다."(OC II, p.140.)고 말함으로써 흄의 공간개념을 시간개념으로 환치시키고 더 나아가 흄보다도 단선적인 시간이나 시간의 연속성과 관련해 한 차원 더 과격해진 자세를 보이고 있다.

버클리는 "우리의 사고도 우리의 열정도 우리의 상상력에 의해 형성된 관념도 정신없이는 존재하지 않는다"(OC II, p.137.)고 말함으로써 지각을 통해 형성되는 관념이란 것도 그것을 인식하는 정신 속에서만 가능하다고 말하고 있다. 그러나 정신 역시 관념을 상상할 능력이 있는 것은 아니고 오로지 지각을 통해서만 관념을 창출해낼 뿐이라고 믿는다. 다만 사물이 정신의 밖에서 현존할 수 없다는 것은 정신이 갖는 주관성에 따라 현존도 다양한 방식으로 인식될 수 있음을 의미하며, 같은 맥락에서 볼 때 시간의 인식 역시 얼마든지 주관적일 수 있음을 추론할 수 있는 것이다.

이처럼, 보르헤스와 버클리의 관념론은 밀접하게 연관되어 있으며, 따라서 보르헤스 철학적 사유의 근간으로 버클리와 흄의 관념론을 꼽는 것이다.

보르헤스는 문학을 통해 철학적 관점에서 시간을 성찰하고 있는데 근본적으로 서구 주도적인 근대성의 핵심이라 할 수 있는 기존의 절대적이고 획일화된 근대적 시간개념을 부정하고 있다. 시간의 논법은 얼마든지 다양할 수 있으며, 현재의 시간 개념은 그 수많은 다양성 중 하나에 불과할 뿐이라는 것이다.

물론 그는 '시간을 구체적으로 · 경험적으로 논증하기는 불가능하다'[100]고 생각하고 있다. 그러나 그럼에도 불구하고 그가 상정하는 시간은 직선적이고, 연속적이고, 역사적이고, 비가역적이고, 절대적인 근대적 시간관을 표방하는 대신 복합적이고, 단속적이고, 비역사적이고, 가역적이고, 상대적인 미로형 시간 모델을 제시한다. 예를 들어, 「비밀의 기적 El milagro secreto」 첫 머리에 제사로 사용된 다음 문장은 상대적인 시간 모델의 한 유형이다.

> 그리고 신은 그를 100년 동안 죽게 한 다음 다시 살려내서 물었다.
> ー너는 얼마 동안 여기에 있었는가?
> ー하루 또는 하루의 일부입니다. 그가 대답했다.
>
> 코란, II, 261.

---

100) Didier T. Jaén, *op. cit.*, p.118.
    Borges comes to terms with the impossibility of refuting time at the concrete or experiential level. Refutations are merely intellectual tasks.

> Y Dios lo hizo morir durante cien años y luego lo animó y l dijo:
> —¿Cuánto tiempo has estado aquí?
> —Un día o parte de un día, respondió.
>
> Alcorán, II, 261.(OC I, p.508.)

즉 근대적 시간 개념에서는 절대적 양의 시간일 수 있는 것이 주관적인 척도에 따라 계량하는 경우 그 양이 얼마든지 다양하게 변화할 수 있음을 보여주는 예이다.

그리고 보르헤스는 더 나아가 흔히들 실재하는 한 형태로 인지하고자 하는 '시간'이라는 것이 사실은 실재하지 않고, 다만 감각 또는 정신에 의해 창조된 '기만'이며 '인습'일 뿐이라는 생각을 피력한다.[101] 시간이 허구에 불과하다는 그의 사고는 '시간은 속임수'라는 표현으로 압축된다.

> 시간이라는 것은, 만일 우리들이 시간의 정체성에 대해 직관할 수 있다면, 그것은 하나의 속임수이다. 즉 어제 나타난 시간의 한 순간과 오늘 나타난 시간의 또 다른 순간 사이에 존재하는 비차별성, 불가분성은 시간을 붕괴시키기에 충분하다.

> El tiempo, si podemos intuir esa identidad, es una delusión: la indiferencia e inseparabilidad de un momento de su aparente ayer y otro de su aparente hoy, basta para desintegrarlo.(OC II, p.143. y 367.)

「죽지 않는 사람 El inmortal」에서 카르타필루스가 던지는 "남아 있는 것은 단지 말 뿐"이라는 문구에서도 시간의 허구성은 여실히

---

101) Ibid., p.119.
Time does not really exist but is a delusion or cenvention created by the senses or more precisely, the mind.

증명된다.

　　끝 부분에 가까워지면서 그의 기억의 영상들은 거의 남아 있지 않다. 남아 있는 것은 단지 <말들>뿐이다. 나는 시간이, 한때는 나 자신을 의미했던 <말들>을 그 많은 세기 동안 나와 함께했던 어떤 운명을 상징했던 <말들>과 혼동되도록 만들었을 거라는 게 전혀 이상하지 않다. 나는 호머였다. 머지않아 나는 마치 율리시즈처럼 <아무도 아닌 자>가 될 것이다. 그리고 또 얼마 지나지 않아 나는 모든 사람이 될 것이다. 즉 나는 죽을 것이다.

　　Cuando se acerca el fin, ya no quedan imágenes del recuerdo; sólo quedan palabras. No es extraño que el tiempo haya confundido las que alguna vez me representaron con las que fueron símbolos de la suerte de quien me acompañó tantos siglos. Yo he sido Homero; en breve, seré Nadie, como Ulises; en breve, seré todos: estaré muerto.(OC Ⅰ, pp.543－544.)

　　이는 곧 '나'라는 주체마저도 시간의 부재와 더불어 부정되고 있음을 의미하는 것이다.
　　다만 보르헤스가 새로운 글쓰기, 즉 메타픽션이나 메타크리티시즘 등을 시도함으로써 독자들로 하여금 원전이나 원전과 새로운 글쓰기와의 관계를 천착하도록 하기보다는 오로지 원전의 형태를 변형시킴으로써 유희를 추구하고 있음을 볼 때, 보르헤스가 시간의 문제를 천착함으로써 지금까지 존재해 온 시간의 개념에 완전히 새로운, 또 다른 시간개념을 추가시키고자 하는 것은 아님을 자연스럽게 추론할 수 있다. 따라서 보르헤스가 새로운 시간개념을 창출하여 종래의 사실주의 문학에 반기를 들기보다는 오히려 시간 조작 혹은 시간 게임을 통해 새로운 세계를 창조하고자 한 것을 유념해야 할 것이다.

　이제 서두에서 언급한 바와 같이, 시간 개념의 획득이란 차원에서 드러나고 있는 보르헤스의 측면을 살펴보았으므로 두 번째 과제였던 순차적 시간에 따른 서술방식을 파괴하는, 즉 시간개념의 변화를 반영한 테크닉에서의 변화를 보르헤스 시간관의 세세한 특성과 더불어 살펴보고자 한다.

　보르헤스는 시간의 문제를 해결하기 위한 다양한 해결양식을 제시하고 있지만, 그중에서도 가장 대표적인 시간 서술방법인 순환하는 시간, 역행하는 시간 그리고 갈라짐으로써 평행으로 병행하는 시간의 세 가지 방법을 고찰해보도록 하겠다.

2) 순환하는 시간 – 「배신자와 영웅에 관한 논고」를 중심으로

　흔히 사람들은 시간의 무한한 연속을 일컬어 '영원'이라 하고, 철학자들이나 신학자들은 시간의 반대 개념 혹은 시간의 원형을 일컬어 '영원'이라 불렀다. 즉 플라톤은 시간의 원형 즉 이데아로서의 '영원 eternidad'을 상정한 상태에서 시간을 '영원의 유동적인 이미지'(OC Ⅰ, p.353.)로 보았으며, 기독교적 시각에서는 '영원의 파편화된 복제본이 바로 시간',(OC Ⅰ, p.357.) 즉 시간의 모든 파편들에 대한 동시적이고 총체적인 직관이라고 보고 있는 것이다.

　그러나 보르헤스는 "각각의 시간의 편린은 동시성을 띤 채 총체적 공간 속에 모두 존재하지는 않는다. 시간은 편재하는 존재가 아닌 것이다.(OC Ⅱ, p.147.)"라고 주장한다. 따라서 '바로 지금'의 현재를 중시하면서도 그 현재를 영원으로 통하는 시간으로 인식했던 성 아우구스티누스(OC Ⅰ, p.359.)의 견해와는 달리 오히려 버클리와 흄의 변증법적 이론을 토대로 순환하는 시간관을 상정한 쇼펜하우어적 결

론에 도달하게 되었음을 밝히고 있다.[102)]

　　시간은 끝없이 회전하는 원이다. 원의 곡선이 하강하는 지점은 과거
이고, 상승하는 지점은 미래인 것이다. 제일 꼭대기에는 나눌 수 없는
한 점이 있다. 이 점이 바로 현재로, 접선과 닿아 있다. 접선인 관계로
부동하고 확장되지 않는 이 점은 시간이라는 양태의 대상과 양태가 따
로 없는 주체와의 접촉점을 의미한다.

　　El tiempo es como un círculo que girara infinitamente: el arco que
desciende es el pasado, el que asciende es el porvenir; arriba, hay un
punto indivisible que toca la tangente y es el ahora. Inmóvil como la
tangente, ese inextenso punto marca el contacto del objeto, cuya forma
es el tiempo, con el sujeto, que carece de forma, porque no pertenece
a lo conocible y es previa condición del conocimiento(OC Ⅱ, p.148.)

　사실, 앞서도 언급했던 바와 같이 서구 문명에서 처음 등장했던
시간의 개념은 순환적인 모델이었다. 그러나 기독교의 출현과 더불
어 단선적 시간개념이 등장한 바 있고, 앙리 베르그송이 정리한 바
와 같이 개인에 따라 시간을 느끼는 정도의 차이가 있을 수도 있음
도 명백해졌다. 문제는 이렇게 다양한 시간의 개념이 존재함에도 불
구하고 언어를 매체로 사용하는 텍스트에서는 근본적인 텍스트의 속
성으로 인해 단선적인 시간의 흐름에 따라 기술되는 형식을 벗어날
수 없다는 데 있었다.[103)] 이러한 딜레마에 맞닥뜨려 보르헤스는 무

---

102) 정경원. *op. cit.*, p.902.
　　　시간은 보르헤스 사상에서 가장 큰 형이상학적 중심 주제로서, 그는
　　　그의 작품 속에서는 시간이라는 개념을 순차적인 시간개념으로부터
　　　분리하거나 해체하는 경향을 보여준다. 단선적인 시간의 흐름은 과거,
　　　현재, 미래의 조화를 창출하는 가능성으로서만 이용된다.
103) 보르헤스는 「시간의 또 다른 논법」에서 모든 언어가 순차적인 속성을 지

시간성과 반시간성의 개념을 통해 그 한계를 극복해보고자 한다.[104]

앞서 2.2에서 보편자의 반복으로서의 개별자의 정체성을 언급했던 것과 같은 원리로 보르헤스는 시간의 보편자, 즉 원형적 모형으로서의 시간을 상정하는데, 그것은 시간의 너머에 존재하고 있기에 그 속에는 시간성이 존재할 수 없고, 따라서 무시간성이라 이를 수 있는 것이다. 이는 또한 기독교를 비롯한 다양한 종교에서 상정하는 '태초부터 존재하던 신'의 위상을 설명하기 위해서도 반드시 필요한 개념이 아닐 수 없다. 신이 시간이 있으라 함에 시간이 생긴 것이 아니라면, 즉 시간 자체가 신의 창조물이 아니라면, 이미 시간 속에서 존재하고 있던 무한하고 그래서 고갈되지 않는 무(無)로 통하게

니고 있음으로 인해 영원한 것, 비시간적인 것을 표현하기에는 적절치 못함을 지적한 바 있다.
104) 정경원 『시간의 두 얼굴-「불멸인」을 중심으로』, 서어서문연구 제20호, 서울: 한국서어서문학회, 2001, p.438. 각주에서 인용.
(1) 무시간성(atemporalidad)
변화, 발생, 통과, 전이, 움직임으로 대변되는 시간을 인정하지 않는 플라톤의 시간관에 근거하여 비 운동, 정체, 영원, 무 변화, 완벽 및 최종적인 의미의 원형을 추구하는 시간관이다. 보르헤스는 그의 작품을 통해 시간을 초월하여 존재하는 완벽함 또는 하나의 이상적인 모형(lo perfecto o lo modélico)을 제시한다. 결국 세계의 요체는 시간 너머에 있다는 말로 귀결된다.
(2) 반시간성(antitemporalidad)
시간 밖에 존재하는 완벽함을 추구하는 무시간성을 가정할 경우, 시간이 지남에 따라 물질이 소멸되는 것을 설명해야 할 어려움에 직면하게 된다. 비현실과 투쟁하는 유일한 현실적 존재는 인식의 주체로서 기억이다. 동물들은 불멸한다. 자신이 죽는다는 사실을 인지하지 못하고 완벽한 기억의 기능을 수행하지 못하기 때문이다. 그러나 인간은 자신의 죽음을 숙명적으로 받아들이고 이 자체는 죽음에 종속되어 있다는 것을 의미한다. 이렇게 죽음은 연결돼 시간 고리의 한 끝을 이룬다. 반면에 기억은 시간 고리의 또 다른 끝이다. 동시에 죽음의 해독제이다. 살아 있는 것을 보존하고 인간에게 필요한 시간의 흔적을 의미한다. 이렇게 보르헤스는 죽음의 한계를 뛰어넘는 기억이라는 도구를 사용하여 반시간성의 개념을 소개한다.

되는 신의 속성을 설명할 길이 없기 때문이다. 보르헤스는 이러한 무시간성의 개념을 상정함으로써 보편자로서의 시간이 개별자로서의 형태를 취한 채 주기적으로 반복된다는 순환적 시간관이 설명될 수 있다고 본다.

이처럼 반복의 논리를 빌어 설명된 순환하는 시간관은 데자뷰 Déjà-vu라는 일상의 경험을 통해 보편적 지지를 이끌어낼 수 있다.

보르헤스는 1928년의 어느 날 밤, 딱히 어디로 갈 곳을 정하지도 않은 채 홀로 변두리 거리를 거닐고 있었다. 그러다가 분홍빛으로 칠해 놓은 담벼락을 보자 그 단순함에 잠시 넋을 잃고 그곳을 바라보게 되었다고 한다.

> 나는 분명히 확신할 수 있었다. 이곳은 바로 30년 전 내가 보았던 바로 그 돌담이었다…… 나는 그 날짜를 어림짐작해보았다. 그리 멀지 않은 과거에, 다른 어떤 나라들에서였던 것 같았는데, 한참의 세월이 흐른 뒤, 그것도 세상 속에 자리 잡은 이 변화무쌍한 곳에서라니. 아마도 새 한 마리가 지저귀고 있었던 것 같다. 나는 그 새의 노래 소리에 그 새만한 크기의 애정을 느낄 수 있었다. 그러나 더욱 분명한 것은, 갑자기 적막이 깃들더니 다른 어떤 소음도 끊긴 채 오직 귀뚜라미의 울음소리만이 하염없이 들려올 뿐이라는 것이었다. (……)
>
> 이제 나는 이렇게 쓰려한다. 동일 사건들의 순수한 표상—고즈넉한 밤, 맑고 깨끗함, 인동덩굴에서 풍겨 나오는 시골 냄새, 토담들—은 수십 년 전 바로 그 모퉁이에서 내가 브았던 것들과 단순히 똑같은 것이 아니라, 유사점도, 반복성도 없는, 바로 그때의 그것 그 자체라고. 시간은, 만일 그 정체가 무엇인지 인간이 직관할 수 있는 존재라면, 그것은 하나의 속임수이다. 외견상의 어제의 한순간, 외견상의 오늘의 한순간과의 비상이성과 불가분성은 시간을 해체시키기에 충분하게 한다.

> Pensé, con seguridad en voz alta: Esto es lo mismo de hace treinta

años……Conjeturé esa fecha: época reciente en otros países, pero ya remota en este cambiadizo lado del mundo. Tal vez cantaba un pájaro y sentí por él un cariño chico, de tamaño de pájaro; pero lo más seguro es que en ese ya vertiginoso silencio no hubo más ruido que el tambiér intemporal de los grillos. (……)

La escribo, ahora, así: Esa pura representación de hechos homogéneos — noche en serenidad, parecita límpida, olor provinciano de la madreselva, barro fundamental — no es meramente idéntica, a la que hubo en esa esquina hace tantos años; es, sin parecidos ni repeticiones, la misma. El tiempo, si podemos intuir esa identidad, es una delusión: la indiferencia e inseparabilidad de un momento de su aparente ayer y otro de su aparente hoy, basta para desintegrarlo.[105)

데자뷔 현상은 반복적으로 순환하는 시간 속에 존재하는 우주의 역사는 동일한 사건들의 반복일 뿐이고 그 속에 살아가는 인간의 존재는 반복적으로 표출된 형상일 뿐임을 드러내는 가장 피상적인 예이다. 이러한 보르헤스의 시간관은 다시 보르헤스가 심취했던 원형적이고 순환하는 불교의 시간논리와 일맥상통하고 있음을 보여준다.

한 사람의 삶은 한 관념의 존재시기와 일치한다. 굴러가는 수레바퀴가 회전시 한 지점과만 마찰하듯이 인생도 하나의 관념이 지속되는 동안 지속된다.

La vida de un ser dura lo que una idea. Como una rueda de carruaje, al rodar, toca la tierra en un solo punto, dura la vida lo que dura una sola idea.(OC Ⅱ, pp.148 − 149.)

---

105) Emir Rodríguez Monegal, Borges por el mismo, Barcelona: Editorial laia, 1984, pp.88 − 89.

그런데 시간 속에서 소멸해 가는 존재를 고려해볼 때, 정체성의 반복에 있어서 희미한 보편자의 그림자가 존재함에도 불구하고 각 개별자는 단계적으로 투영되어 나간 존재이기에 동일한 개별자가 아니듯이, 시간 역시 순환하고 반복하되 반복되는 매 번의 주기마다의 시간은 동일할 수 없음이 또 다른 문제로 제기된다. 결국 모든 것이 순환하는 시간의 주기를 따라 무한하게 반복된다면, 그 첫 번째 순환과 두 번째 순환이라는 반복의 주기를 식별해낼 주체는 과연 무엇이겠는가라는 질문이 나올 수 있는 것이다. 이 문제의 해결점으로 보르헤스가 제시한 개념이 바로 반시간성이다. 그것은 직선적 형태로 연속되는 시간의 개념에 대한 반대 개념일 뿐 아니라, 한 차원 더 높은, 즉 순환의 형태를 표방함으로써 소멸이 곧 또 다른 생성으로 이어지는 시간의 개별자 개념인데, 이때 '기억'을 소멸과 생성이 접점을 이루는 상황에서의 연결 고리로 사용한다는 것이 특징이다. 즉 시간의 흔적인 '기억'을 통해 인간은 죽음의 한계를 초월할 수 있고, 보편자의 형상을 간직한 채 무한히 반복되는 또 다른 개별자로서의 재생이 가능하다고 본 것이다. 물론 여기에 이르러서도 시간은 여전히 동일한 주기를 반복적으로 순환하고 있을 뿐이다.

그런데 여기에서 보르헤스는 또 한 가지의 문제점을 발견해낸다. 만일 한 주기 이전의 순환을 기억하지 못한다면 새로운 순환의 주기 속에서 순환되는 모든 것은 최초이자 새르운 것으로 생각되지만, 과거의 주기를 기억한다면, 새롭게 반복되는 주기는 단지 지난 주기의 변형으로 여겨질 수 있다. 문제는 무한정 끝이 없는 순환을 가정한다면, 기억을 통해 매번 사물을 더 잘 기억하게 되고, 그 결과 새로운 순환의 주기 속에서 행동을 변경할 수 있음으로써 결국 순환이라는 것은 그 자체의 의미를 상실해버리게 된다는 데 있다.

영화 『사랑의 블랙홀 Groundhog Day』[106)은 기억을 통해 새로운 순환 속에서 행동을 변경하는 하나의 예가 될 수 있을 것이다.

　앞서도 언급한 바 있듯이 보르헤스는 원형으로 순환하는 시간 모델을 제시함에 있어서 영원한 회귀[107], 즉 '반복'을 설득의 논리로 사용하고 있는데, 기억으로 인해 발생하는 순환하는 시간에 있어서의 문제점을 해결하기 위해 「순환하는 시간 Tiempo Circular」에서 보르헤스는 점성술적 논리와 니체가 주창한 대수학적 원리, 유사하

---

106) 해롤드 레미스 감독의 영화. 자기중심적이고 시니컬한 TV 기상 통보관 필 코너스(빌 머래이 분)는 매년 2월 2일에 개최되는 성촉절(Groundhog Day: 경칩) 취재차 PD인 리타(앤디 맥도웰 분), 카메라맨 래리와 함께 펜실바니아의 펑추니아 마을로 간다. 목적지에 도착할 필은 서둘러 형식적으로 취재를 끝내지만 폭설로 길이 막혀 펑추니아로 되돌아온다. 다음 날 아침, 낡은 호텔에서 눈을 뜬 필은 어제와 똑같은 라디오 멘트를 듣게 되고, 분명히 성촉절 취재를 마쳤건만 축제 준비로 부산한 마을의 모습을 보고 경악한다. 자신에게만 시간이 반복되는 마법에 걸린 필은 특유의 악동 기질을 발휘해 여자를 유혹하기, 돈가방을 훔치기, 반복되는 축제를 엉망으로 만들기 등의 행동을 한다. 그러나 그것도 하루 이틀, 절망한 필은 자살을 기도하지만 다음 날이면 항상 같은 침대 위에서, 같은 라디오 DJ의 똑같은 멘트를 들으며 잠이 깬다. 그에겐 죽음이 아닌 성촉절만이 기다리고 있을 뿐인 것이다. 결국, 매력적인 리타에게 사랑을 느낀 필은 이 상황을 겸허한 자세로 받아들여 모든 사람에게 도움이 되는 인간이 되기로 마음먹는다. 일기를 예보한 것처럼 이제는 하루를 예보한다. 음식을 잘못 삼켜 질식하기 직전인 남자, 나무에서 떨어지는 아이, 타이어가 펑크나 쩔쩔매는 할머니들. 필은 매일 오차 없이 되풀이 되는 이 사건에 천사처럼 나타나 이들을 도와주면서 점점 선량한 사람으로 변해간다. 결국 필은 이기심과 자만의 긴 겨울잠에서 인간애와 참사랑이 가득한 봄으로 새롭게 깨어난 것. 마침내 리타의 사랑을 얻던 다음날, 그가 그토록 기다리던 내일이 눈앞에 펼쳐진다.

107) 정경원. [라틴아메리카 문학사 II], 서울: 태학사, 2001, p.902.
시간에 대한 보르헤스의 이론들은 철학과 형이상학에서 유래하였는데, 특히 그 가운데서도 그의 시나 단편소설 속에 자주 등장하는, '영원히 회귀하는 시간(El tiempo del eterno retorno)'이라는 이론이 있다. 이 이론에 따르면 시간은 주기적이거나 순환적이며, 그런 이유로 과거는 현재에서, 또 미래에도 끝없이 반복된다.

지만 동일하지는 않는 주기의 원리를 들어 해법을 제시하고 있다.

첫째, 점성술적 논리에서는 유성의 주기가 순환한다는 전제조건이 가능하다면 세계의 역사도 마찬가지일 것임을 말하면서 유성의 주기가 한 번 순환할 때마다 똑같은 개인이 소생할 것이며 똑같은 운명을 사는 게 가능할 것이라는 논리를 펼친다.(OC Ⅰ, p.393.) 이것은 곧 인간은 천체의 순환적 리듬에 따라 존재한다는 플라톤의 개념을 설명하는 것이다.

둘째, 니체의 대수학적 원리에서는 '우주를 이루고 있는 원자의 수가 엄청난 것이기는 하지만 유한하기에 유한 순열이 가능하고, 어느 무한 시간을 가정한다면 언젠가 원소의 가능한 순열이 완성되고 우주가 반복될 수 있을 것'(OC Ⅰ, p.385.)이라고 말한다. 언젠가는 우주의 동일 원소 상태가 반복될 것이고 그렇다면 세계의 현 상태는 느리든 빠르든 되돌아올 것임을 말하고 있는 것이다.(OC Ⅰ, pp.393 −394.)

이 가운데 첫 번째 이론은 지나치게 점성적이라는 단점이 있고, 두 번째 논리는 원자 혹은 물질이 과연 유한할 것인가라는 딜레마에 봉착할 수 있고, 버틀란트 러셀의 말대로 후대의 상태가 숫자상으로는 전대의 상태와 동일하지만 그렇다고 해서 전대의 상태, 즉 과거가 그대로 재현되었다고 볼 수는 없다는 문제점을 안고 있다.(OC Ⅰ, p.394.) 뿐만 아니라 게오르그 칸토르는 우주 속의 두 점을 상정하고 두 점 사이에 또 다른 점을 위치시키고자 한다면 아무리 되풀이해도 언제나 무한히 또 다른 점들을 삽입할 여지가 남는다(OC Ⅰ, p.386.)는 제논과 유사한 논리를 들어 니체의 이론적 토대를 무너뜨려 버리기도 했다. 이것은 카프카에 적용시켰을 때에도 마찬가지로, 보르헤스는 『변신』의 서문에서 "카프카의 작품을 보면 마치 중간 중간에 몇 개의 장이 탈락되어 있는 듯이 보이는데, 이는 카프카의 작품의 핵심을 제대로 이해하지 못하기 때문에 생기는 생각이다. 제논은 움직임이란 애초부터 불가능한 일이라며, 이를 설명하기 위해 C에 가기 위해서는 B를 먼저 거쳐야 하고, D에 가기 위해서는 반드시 C를 먼저 거쳐야 하고, 이렇게 무한대로 쪼개어지므로 더 이상 수많은 점들을 열거할 필요조차 없다는 역설을 펼친다. 카프카 역시 인생의 유위전변은 굳이 다 나열할 필요가 없다고 생각한다. 그저 그 유의전변들이 무한으로 이어진다는 사실을 이해하기만 하면 될 뿐이기 때문이다."[108]라고 말한 바 있다. 따라서 보르헤스는 세 번째 논리를 들고 나오지 않을 수 없었다.

보르헤스는 마르쿠스 아우렐리우스의 말을 빌려 세 번째 논리로 입증되는 순환하는 시간관을 피력한다.

> 비록 당신의 삶의 햇수가 3000년 혹은 3000년의 10배가 될지라도, 어느 누구도 지금 살고 있는 삶과 다른 삶을 잃어버리지도, 잃어버린 삶과 다른 삶을 살지도 않는다는 것을 명심해라. 그러므로 가장 긴 기간과 가장 짧은 기간은 동일하다. 현재는 전체의 일부일 뿐이다. 죽는다는 것은 가장 짧은 기간에 불과한 현재를 잃어버리는 것을 의미한다. 아무도 과거를 잃지도 미래를 잃지도 않는다. 왜냐하면 아무에게도 가지고 있지도 않은 것을 빼앗을 수는 없기 때문이다. 모든 사물은 돌고 있으며 동일한 궤도로의 회전을 반복하고 있다는 것을 명심할 것이며, 이를 지켜보는 관찰자 입장에서는 한 세기를 보든 혹은 두 세기, 그도 아니면 영원토록 그것을 보든 결국 동일하다는 것을 잊어서는 안 될 것이다.
>
> Aunque los años de tu vida fueren tres mil o diez veces tres mil, recuerda que ninguno pierde otra vida que la que vive ahora ni vive otra que la que pierde. El término más largo y el más breve son, pues,

---

108) Franz Kafka, La metamorfosis, Losada S. A., Buenos Aires, 1997, p.9.

iguales. El presente es de todos; morir es perder el presente, que es un lapso revísimo. Nadie pierde el pasado ni el porvenir, pues a nadie pueden quitarle lo que no tiene. Recuerda que todas las cosas giran y vuelven a girar por las mismas órbitas y que para el espectador es igual verla un siglo o dos o infinitamente.(OC Ⅰ, p.395.)

다만 보르헤스는 이 견해를 조금 더 발전시켜 매번의 순환 주기들이 출발할 상태와 비교할 때 완벽하게 동일한 형태가 아닌, 다양하게 변화한 모습으로 회귀하며 반복한다는 나선형 형태의 순환관을 제기하고 있을 뿐이다. 그것은 기억이 동반하는 '망각'이 있기에 가능한 것이며, 데리다가 말한 소위 '디페랑스'의 개입을 배제하지 않는다는 것으로도 해석된다.

보르헤스가 「파스칼의 구 La esfera de Pascal」에서 언급한 바 있는 "우주의 역사는 몇몇 은유의 다양한 변조의 역사일 것이다"와 "우주의 역사는 수많은 은유의 역사일 것이다"는 이러한 보르헤스적 사고를 담고 있으며, 여기에서 '미미한 차이의 반복, 즉 보완적인 반복'이라는 데리다 고유의 문학기법도 나올 수 있는 것이다. 어쨌든, 보르헤스는 이와 같은 '반복'의 원리를 적용시킴으로써 「배신자와 영웅에 관한 논고」에서 역사 속 사건들을 둘러싸고 있는 소소한 사실들 혹은 정체가 단순한 변조에 불과할 뿐 더 이상 중요성을 갖지 못함을 말하고 있다.

사건은 압제에 시달리고 있지만 끊임없이 저항을 멈추지 않고 있는 한 나라에서 일어난다. 폴란드, 아일랜드, 베니스 공화국, 남아메리카의 어떤 나라, 또는 발칸반도의 어떤 나라 …… 화자가 현대의 시점을 가지고 있기는 하지만 그가 언급하는 사건은 19세기 중엽 또는 초에 일어난 일이다. 우리는 그 장소를(이야기를 끌어나가기 위한 편의상) 아일

랜드라고 하자. 우리는 그때를 1824년이라고 하자.

La acción transcurre en un país oprimido y tenaz: Polonia, Irlanda,
la república de Venecia, algún estado sudamericano o balcánico······ Ha
transcurrido, mejor dicho, pues aunque el narrador es contemporáneo, la
historia referida por él ocurrió al promediar o al empezar el siglo XIX.
Digamos(para comodidad narrativa) Irlanda: digamos 1824.(OC I,
p.496.)

사건이 발생한 국가가 어디였는지, 그 시기가 언제쯤이었는지는
확인하는 작업은 불필요한 사설이 될 뿐, 반복적으로 거듭되고 있는
동일한 사건 속에서 '역사'라는 어휘가 갖는 연속성의 의미는 퇴색
되어버리고 말았다.

라이언은 암살의 다른 정황들 때문에 혼란스럽다. 그것들은 순환적
인 성격을 가지고 있다. 그것들은 멀리 떨어져 있는 지역과 까마득한
옛날에 일어났던 사건들을 반복하고 있거나, 그것들을 뒤섞어놓고 있
는 것으로 보였다. (······) 역사가 역사를 복사한다는 것은 이제 더 이
상 놀랄 만한 것이 아니다······

Otras facetas del enigma inquietan a Ryan. Son de carácter cíclico:
parecen repetir o combinar hechos de remotas regiones, de remotas
edades. (······) Que la historia hubiera copiado a la historia ya era
suficientemente pasmoso.(OC I, pp.496－497.)

또한 같은 맥락에서 세계의 역사는 한 사람의 역사가 된다는 보
르헤스의 등식이 성립될 수 있다. 그 결과 천상의 신에게는 사교의
교주와 명망 있는 신학자가 같은 인물일 수 있으며, 쫓기는 자와 쫓

는 자가 동일인이 될 수 있는 것이고, 살해를 지시한 자와 살해를
당하는 자 혹은 배신자와 영웅이 동일인이 될 수 있는 것이다. 그리
고 그 모든 인물이 '나'라는 한 점으로 수렴될 수도 있다고 믿는다.
즉 순환하는 시간의 게임 속에 나 자신까지를 포함시키는 것이다.

그는 퍼거스 컬패트릭이 퍼거스 컬패트릭이기 이전에 줄리어스 시저
가 아니었는가 하고 생각한다.

Piensa que antes de ser Fergus Kilpatrick, Fergus Kilpatrick fue Julio
César.(OC Ⅰ, p.497.)

퍼거스 컬패트릭은 이미 제임스 놀란에게 배신자를 색출하라는 지시
를 내렸었다. 놀란이 자신의 의무를 수행했다. 그는 바로 그날의 회합
에서 배신자가 바로 컬패트릭임을 밝혔다.

Fergus Kilpatrick había encomendado a James Nolan el descubrimiento
de este traidor. Nolan ejecutó su tarea: anunció en pleno cónclave que
el traidor era el mismo Kilpatrick.(OC Ⅰ, pp.497-498.)

그는 자신도 놀란의 음모에 한 부분을 이루고 있음을 깨닫는다…… 그
는 여러 차례 심사숙고를 한 끝에 자신의 발견에 대해 입을 다물기로 마
음먹는다. (……) 어쩌면 이것 또한 미리 계견되어 있었는지도 모른다.

Comprendió que él también forma parte de la trama de Nolan……Al
cabo de tenaces cavilaciones, resuelve silenciar el descubrimiento. (……)
También eso, tal vez, estaba previsto.(OC Ⅰ, p.498.)

이제 죽음의 문제를 초월하게 해주는 '기억'을 매개로 한 순환하
는 시간관 속에서는 과거도, 미래도 그 존재가치를 상실한다. '의지

의 출현 형식은 단지 현재일 뿐 과거나 미래는 아니라'는 쇼펜하우어의 말처럼 그리고 끊임없이 땅과의 마찰을 이루는 인도의 수레바퀴처럼 존재하는 것은 오직 지각되는 현재뿐인 것이다. 보르헤스는 과거와 미래의 실체를 철저히 부정하고 있으며, 오직 현재를 시간의 모든 것으로 인정하고 있다. 과거와 미래는 존재하지 않으며 그것은 결코 실제의 시간이 아니기에 우주는 지속적 현재일 수밖에 없다고 본다. 따라서 "한 과거 시점의 인간은 과거에는 살았을지 모르나 현재를 살지도 않고, 미래를 살지도 못할 것이다. 미래를 살아갈 인간은 앞으로는 살지 모르지만 과거를 살지도 않았고 현재를 살고 있지도 않다. 현재를 사는 인간은 현재를 살아가되 과거를 살지도 않았고 미래를 살지도 않을 것이다"(OC Ⅱ, pp.148 - 149.)라는 표현이 가능한 것이다.

그리고 현재만이 시간의 모든 것이라면 그리고 순환하는 반복의 원리에 따라 모든 것들이 이미 존재했던 이전 주기의 반복일 뿐이라면, "이 세상에 새로운 것은 없다."라는 명제가 성립될 수 있는 것이다. 다만 보르헤스는 매 순환의 주기를 식별하고 기억해내는 '기억'은 늘 '망각'을 동반하고, 더 나아가 '기억'은 곧 '망각'으로 통할 수 있으므로 「기억의 천재 푸네스」와 같은 완전한 기억으로 인해 발생하는 문제를 벗어날 수 있을 것으로 본다. 망각을 동반하는 기억으로 인해 현재는 늘 '시대착오적'일 수 있기에, 모든 새로움은 결국 '망각'에 다름 아니라는 것이다.

이러한 순환하는 그리고 기억과 망각이라는 도구를 통해 무한 변주가 가능한 시간 개념을 문학에 적용시킨 것이 보르헤스의 '양피지 글쓰기' 이론 혹은 '패로디 이론'에 다름 아니다.[109] 보르헤스는 모

---

109) L'Herne, París, 1964. Traducción de Nora Rosenfeld y María Cristina Mata / Jorge Luis Borges, Edición de Jaime Alazraki, 1987, Altea, Taurus,

든 작가 속에서 특정한 작가 칼라일과 휘트만의 모습을 보고, 모두가 셰익스피어가 될 수 있다고 본다. 즉 한 작가는 모든 작가일 수 있고, 그와 동시에 모든 작가는 아무도 아닌 것이다.[110] 한 작가, 하나의 도서관, 한 권의 책은 여기에 등장하고 있는, 즉 단 하나의 공간뿐 아니라 단 하나의 시간 속에서 동시대성을 구가하고 있는 모든 작가, 모든 도서관들 그리고 모든 책들을 의미한다. 그래서 카프카가 단테와 단테는 셰익스피어와 셰익스피어는 카프카와 그리고 다시 카프카는 보르헤스와 공존하는 것이다.(RM, p.196) 이는 "또 다른 세상 속에는 그 결과가 이 세상에서의 탄생인 죽음이 존재하는 것은 아닐까?"라는 보르헤스 스스로의 질문에 대한 해답이 될 수도 있다.(RM, p.379)

따라서 다시 작가로 돌아간 보르헤스는 순환하는 시간과 기억 / 망각의 작용 속에서 문학이란 '결코 고갈되지 않을 한 권의 책과 모든 책들의 고단한 반복'일 뿐이며[111], 그러한 반복을 통해 디페랑스, 즉

Alfaguara S. A. / Jorge Luis Borges, Edición de Jaime Alazraki, 1987, Altea, Taurus, Alfaguara S. A., p.210에서 재인용.
바벨의 도서관은 완벽한 영원을 지향한다. 보르헤스는 말하기를, 인간은 불완전한 사서라고 한다. 때로는 찾아 헤매던 책을 찾지 못하게 되자 아예 똑같거나 혹은 거의 유사한 다른 책을 써버리기도 한다. 문학이 바로 그 어렴풋하고 무한한 과제이다.
La biblioteca de Babel es perfecta ab aeterno; el hombre, dice Borges, es un bibliotecario imperfecto; a veces ante la imposibilidad de encontrar el libro que busca, escribe otro: el mismo, o casi. La literatura es esa tarea imperceptible, e infinita.

110) Ibid., p.204. 원전: Ficciones 7a edición, Buenos Aires, Emecém 1966, p.27.
모든 작품은 비시간적인 익명의 한 작가에 의해 쓰인 작품이라고 한다. ─보르헤스는 『Tlön, Uqbar, Orbis Tertius』에 대하여 이런 공격적인 사고를 지니고 있었다. "모든 작품들은 무시간적이고 이름을 갖지 않는 단 한 명의 작가의 작품이다."
Se ha establecido que todas las obras son obra de un solo autor, que es intemporal y es anónimo.

에피스테메의 변화를 반영한 변주를 창출해냄으로써 글쓰기는 소생
될 수 있는 것임을 말할 수 있는 것이다.

3) 역행하는 시간 -「카프카와 그의 선구자들」을 중심으로

보르헤스의 시간관은 그 사유의 결과를 작품을 통해 표출함으로써
곧 그의 문학관으로 연결되며, 보르헤스가 거의 모든 작품을 통해 시
간의 문제에 대해 깊이 있는 성찰을 한 것으로 미루어볼 때 그의 문
학은 그 전체가 시간이라는 한 점으로 수렴되고 있다고 볼 수 있다.

앞서 잠시 언급했듯이 보르헤스가 상정하는 시간은 더 이상 직선
적인 형태도 3차원적 평면을 가로지르는 단선적인 형태도 갖고 있지
않았다. 그것은 4차원적으로 확장된 공간 속에서 다양한 축을 형성
하면서 게오르그 칸토르나 제논의 논리와 같이 무한한 형태로 존재
하고 있음과 동시에, 반복이라는 원리로 순환하되 기억이라는 도구
를 사용해 나선형으로 순환하고 있었다.

그러나 이런 보르헤스의 시간관을 일단 수용하더라도 근본적으로
시간이 지암바티스타 비코의 역사발전론처럼[112] 일정한 방향으로 순

---

111) *Le libre à venir*, Paris, Gallimard, 1959. op. cit., p.213.
　　……la unidad inagotable de un solo libro y la repetición fatigada de todos los libros.
112) 지암 바티스타 비코(Giambattista Vico, 1668-1744)는 나폴리에서 영세한 서적상의 아들로 태어났다. 그의 철학은 현실과의 타협을 기저로 하는바, 현실 속에서 이성적인 흐름과 법칙을 발견하려 시도하였다. 비코는 데카르트(Rene Descartes, 1596-1650) 등에서 나타나는 고전합리주의를 싫어했고, 그보다는 오히려 정치 참여적이고 실천적인 르네상스 시대의 철학자들을 선호했다. 그는 역사 속에서 개별 인간의 바람과 무관한 자연적 법칙성을 발견하려 하였으며, 그 결과 복잡하고 모순에 찬 역사발전 속에도 내적인 정당성이 들어 있음을 예감하였다.

환하고 있을 것이라는 믿음을 포기하기는 어렵다. 그것은 실재의 근원에 대한, 존재하는 것의 생성에 대한, 결과의 원인에 대한 인과법칙에의 믿음을 토대로 오랜 동안 질서 정연한 혹은 논리 정연한 코스모스에의 믿음을 가져왔었기 때문이다.

사실 원인이 결과를 만든다는 인과율은 서구 경험주의 사유의 논리적 토대가 되어 왔다.113) 그러다가 등장한, 단선적 시간 질서에서 원인이 결과를 만드는 것이 아니라 반대로 결과가 원인을 낳게 한다는 니체식 '시간 전도 Die chronologische Umdrehung'의 역설은 서구 형이상학의 총체적 토대인 인과율을 통째로 뒤집어엎는 것이었다.114) 이런 니체와 마찬가지로 보르헤스 역시 리얼리즘의 인과율을 전도시키고 있는 것이다.

보르헤스는 「카프카와 그의 선구자들」에서 다음과 같이 말함으로써 시간의 가역적 특성을 보여주고자 한다.

로버트 브라우닝의 시 「두려움과 양심의 가책」이 카프카의 작품을 예언하고 있는 게 사실이지만, 우리는 카프카를 읽음으로써 브라우닝의 시를 좀 더 정제된 시각으로 읽을 수 있고 완전히 새로운 각도에서 바라볼 수 있게 되는 것이다. 브라우닝은 오늘날 우리가 읽은 것과는

그는 이러한 정당성을 신적인 섭리로 이해하였다. 따라서 그에게 역사철학은 합리적인 신학을 의미하였다. 논리적 과정이 역사 속에서 수행된다고 생각한 비코의 이념은 유물론과 무신론으로 무장한 계몽주의 철학에 비해서는 다소 뒤져 있었지만, 귀족적이고 부르주아적 이념으로부터는 탈피하여 민중과 보다 가까운 거리에 있었다. 저서로 『각 민족의 본성에 관한 새로운 학문의 원리(Principi di una scienza nouova d'intornoalla commune natura delle nazioni, 1725)』가 있다.

113) 김춘진 편. *op. cit.*, p.27.

114) Jonathan Culler, On Deconstruction. Theory and Criticism after Structuralism, New York: Cornell Univ. Press, 1982, p.86, 김춘진, *op. cit.*, p.27에서 재인용.

다른 방식으로 자신의 시를 읽었을 것이다. (……) 실제로 모든 작가는 그들의 선구자들을 창조한다. 이들은 미래에 대한 우리의 관념을 바꾸어 가듯이 과거에 대한 우리의 관념도 수정한다.

≪El poema Fears and scruples de Robert Browning profetiza la obra de Kafka, pero nuestra lectura de Kafka afina y desvía sensiblemente nuestra lectura del poema. Browning no lo leía como ahora nosotros lo leemos.(……) El hecho es que cada escritor crea a sus precursores. Su labor modifica nuestra concepción del pasado, como ha de modificar el futuro.(OC Ⅱ, pp.89－90.)

즉 후대의 카프카를 읽음으로 인해 선대의 브라우닝에 대한 해석이 용이해지거나 달라질 수 있다는 것이다. 이는 문학에서는 선구자들이 오로지 후손들을 만들어내는 것이 아니라 자신들 속에서 스스로 재생할 수 있음을 보여주는 대목이다. 그렇기 때문에 호손의 이야기 「웨이크필드」가 프란츠 카프카를 만들어내는가 하면, 반대로 프란츠 카프카는 「웨이크필드」를 수정하고 정련시킬 수 있는 것이다. 따라서 '선대와 후대의 작가들은 서로가 서로에게 빚지고 있으며, 위대한 작가는 자신의 선구자들을 창조한다.'115)라는 표현이 가능한 것이다. 이렇게 후시간이 선시간에 영향을 미칠 수 있는 가역적인 시간의 형태는 「허버트 퀘인의 작품에 대한 연구」속에 등장하는 『에이프럴 마치 April March』에서 두드러지게 나타난다. 시간적으로 거꾸로 씌어 있기에 "이 세계에서는 죽음이 출생을, 상처의 딱지가 상처를, 상처를 입히는 행위에 앞서 상처가 나타난다"(OC Ⅰ, p.462.)도 가능했던 것이다.

---

115) Sergio Nudelstejer, Borges, Acercamiento a su obra literaria, Costa－Amic Editores, S. A., México, 1987, p.120.
La deuda es mutua; un gran escritor crea sus precursores.

이처럼 결과가 원인에 영향을 미침으로써 후순위의 시간이 선순위의 시간에 영향을 미치는 관계가 설정되었고, 이는 곧 시간의 가역적인 흐름을 상정한 보르헤스의 파격을 증명해주고 있는 것이다.

……역사가들의 시간과 지리학자들의 공간은 거꾸로 거슬러 올라갈 필요가 있다. 원인은 결과에 뒤이어 온다. 즉 '근원'이 오히려 뒤에 있는 것이다. 이는 근원이라는 것도 여기에서는 하나의 합류이기 때문이다. 독서를 통해 역전된 시간 속에서는 세르반테스와 카프카도 우리의 동시대인이며, 세르반테스에 미친 카프카의 영향은 카프카에 미친 세르반테스의 영향보다 못하지 않다.

……es necesario recorrer al revés el tiempo de los historiadores y el espacio de los geógrafos: la causa es posterior al efecto, la 'fuente' está después, puesto que la fuente, aquí, es una confluencia. En el tiempo reversible de la lectura, Cervantes y Kafka son ambos nuestros contemporáneos y la influencia de Kafka sobre Cervantes no es menor que la influencia de Cervantes sobre Kafka.[116]

그러나 곰곰이 생각해보면, 보르헤스가 상정하고 있는 가역적 흐름의 시간개념은 이미 3.3.2에서 언급한 순환적 시간 개념에서 암시되고 있음을 알 수 있다. 순환하는 시간은 그 순환의 형태에서 이미 반대 방향으로의 움직임을 내포하고 있기 때문이다. 이러한 현상에 대해 후안 누뇨 Juan Nuño는 원형으로 회전하는 진자의 예를 들어 다음과 같이 설명하고 있다. "우주 전체는 이상적인 진자의 운동형태에 의해 지배되고 있다. A에서 B로의 진자의 운동은 역 방향인 B에서 A로의 운동으로 인해 균형 상태를 회복한다."[117] 이를 그림으

116) L'Herne, París, 1964. *op. cit.*, p.209.
117) Juan Nuño, La filosofía de Borges, Fondo de Cultura Económica, México,

로 표현하면 아래와 같다.

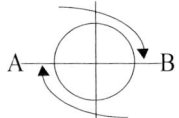

즉 역행하는 시간은 암암리에 순환하는 시간의 범주 속에 자리잡고 있었던 것이다.

여하튼, 일반적인 범신론에 따르면 각각의 사물은 모든 사물이고 모든 정체성은 하나의 정체성으로 수렴되는데, 위의 순환하면서 동시에 가역적일 수 있는 시간관을 인과관계에 적용시켜보면, 모든 각각의 정체성은 그 원인으로부터 빚어지지만 동시에 각각의 결과는 또 다른 새로운 결과의 원인이 될 수 있는 것으로 풀이할 수 있다. 결국 세계는 끝없는 원인의 사슬이며, 각각의 원인은 또한 동시에 각각의 결과이기도 하다. 그 전의 무엇인가로부터 빚어진 각각의 상태는 또 다른 무엇인가를 빚어낼 수 있는 조건이 되는 것이다.

따라서 카프카의 작품이라는 하나의 사실이 원인인 동시에 결과일 수 있다면 그리고 여기에서 한걸음 더 나아가 시간적 선후관계, 인과적 법칙이 뒤바뀔 수 있다면, 세계는 더 이상 논리적으로 설명될 수 없다. 인과율의 논리는 원인과 결과, 결과와 원인의 순서가 뒤엉켜버리면서 상호 영향력을 주고받는 혼돈의 양상을 띠게 된다는 것이다.

물론 웨이크필드가 프란츠 카프카보다 앞서 등장했지만, 카프카가 웨이크필드 읽기를 수정하고 정련했기 때문이다. 결국 두 사람은 서로에게 빚진 셈이다. 그래서 위대한 작가는 선구자들을 창조한다고 하는

1985, p.125.

것이다. 선구자를 창조하고, 경우에 따라서는 그들을 정당화시키기도
한다.

> Wakefield prefigura a Franz Kafka, pero éste modifica, y afina, la
> lectura de Wakefield. La deuda es muːua; un gran escritor crea a sus
> precursores. Los crea y de algún modo los justifica.(OC Ⅱ, p.56.)

결국, 주네트가 "개체는 동질적이고 시간은 가역적인 것으로 상정
하는 보르헤스의 문학개념은 모든 작가가 익명으로 유일 절대의 문
학정신을 구현하는 총체적 유토피아"라고[118] 함으로써, 역설적인 의
미에서의 '유토피아'를 언급한 바 있기도 하지만 사실은 본 논문의
서두에서 밝힌 바와 같이 현상의 원인과 기원이 존재할 수 없는 세
계는 유토피아가 아니라 우연히 지배하는 카오스일 뿐임이 확인된
것이다.

유럽 사상의 바탕이 된 우주의 질서, 즉 개체와 전체가 질서와 조
화를 이룬 코스모스가 보르헤스에게는 "카오스 이외의 아무 것도 아
니었다".[119]

이처럼 시간에 인과율이 적용되지 않는다는 논리에 착안해 보르헤
스는 경험적이고 사실적인 인과성의 믿음에 근거한 리얼리즘 문학에
서 과감히 벗어날 수 있었고 그 결과 원인과 결과의 영향력이 역전
될 수 있는 혼재향적인 글쓰기가 가능했던 것이다.

---

118) Gérard Jenette, Retórica y Estructuralismo, Trad. por Nora Rosenfeld &
     Maria Cristina Mata, Córdoba: Negelkop, 1966, p.143, 김춘진. *op. cit.*,
     p.28에서 재인용.
119) 김춘진. *op. cit.*, p.28에서 재인용

4) 갈라지는 시간－「끝없이 두 갈래로 갈라지는 길들이 있는 정 원」과 「허버트 퀘인의 작품에 대한 연구」를 중심으로

이미 불교에서 상정하는 순환적 시간개념인 윤회사상을 접하고 이 를 문학에까지 용해시킨 보르헤스는 불교에서 말하는 윤회를 가능케 하는 장치로서의 '업'[120)사상에 주목하고, 그 업이라는 그물 구조에 서 '시간의 미로'라는 논리를 도출해낸다. 즉 공간 속에서 무한히 갈 라지는 미로가 아닌 시간 속에서 무한히 갈라지는 미로인 시간들의 그물을 창조해낸 것이다.(불교강의, p.35.)

이것은 갈라지면서 병행하는 시퀀스식 사건을 통해 하나의 현실에 또 다른 현실을 중첩시키는 개념으로써 시간의 복수성과 무한 확장 을 가능케 하는 시간 모델이라고 할 수 있다. 이것은 우주공간에서

---

120) http://www.buddhistnews.net/news/1_152/200209161032195140.asp 불교신문.
부처님 당시에 많은 사상가들이 출현하여 갖가지 주장을 폈다. 그중에 서도 특히 여섯 명의 외도가 유명하였다. 이들은 대개 운명론을 주장하 거나 쾌락과 향락을 좇아 마음대로 살라고 가르쳤다. 부처님은 이 주장 을 비판하시고 이들의 가르침이 초래할 윤리적 폐해를 경계하셨다.
부처님이 말씀하신 인과의 법칙은 원인이 있으면 반드시 결과가 따른 다는 것이다. 이 세상의 어떤 행위도 반드시 결과를 낳는다. 착한 일 을 하면 좋은 결과가 따르며, 악한 일을 하면 나쁜 결과가 온다. 이를 '선인선과 악인악과'의 인과응보라 한다.
또한 그 결과를 낳는 근원적인 행동을 업이라 한다. 업은 산스크리트어 까르마에서 나온 말로 '의도를 가진 행동'을 말한다. 부처님은 절대자의 섭리나 정해진 운명을 부정하고 모든 것은 인간의 의지와 행동에 따라 성립한다고 설하셨다. 즉 스스로의 의지나 행동으로 자신의 운명을 개 척할 수 있으며, 삶의 모든 결과는 그 누구도 아닌 바로 자신의 책임이 라는 것이다. 설령 자신의 의지와 관계없이 주어진 것처럼 보이는 출생 계급이나 삶의 조건도 사실은 모두 자신의 업에 의한 과보이다.
만일 악한 일을 했음에도 불구하고 당장 악한 결과가 나타나지 않는 다 해도 언젠가는 그 악업의 과보를 받게 된다. 그래서 부처님께서는 그 사람의 지금 모습을 보면 전생을 알 수 있고, 그 사람의 현재 행위 를 보면 내생을 알 수 있다고 『삼세인과경』에서 말씀하셨다.

의 거울주의와 동일한 논리로 해석된다.

사실 선형적인 시간개념 속에서는 순차적인 인식만이 가능한데, 이러한 유한한 인식으로는 무한하고 동시적인 우주의 현실을 지각할 수 없다. 현실이 무한하고 동시적인 데 비해 인간의 인식은 부분적이고 단편적일 수밖에 없기 때문이다. 또한 이를 극복하기 위해 고안해낸 보르헤스의 순환적 시간관에서도 비록 기억을 통한 변형을 용인함에도 불구하고 여전히 3차원적인 평면상의 시간만을 상정한다는 한계에 직면하게 된다. 따라서 보르헤스는 복수성을 지닌 채 무한히 확장하는 시간을 표출하는 테크닉으로서 가장 진보된 형태인 갈라지는 시간 개념을 상정하게 된 것이다. 이를 위하여 보르헤스는 시간의 연속성과 동시대성을 부정하는 '이중 부정'의 입장을 취한다. 즉 일련의 기간들의 연속을 부정하는 것과 동시에 두 개의 연속적인 시간들이 서로 동일하고 차별이 없음을 인정함으로써 그 시간들의 동시성을 부정하는 것인데, 이는 결국 '시간' 그 자체를 부정함을 의미하는 것이다. 다시 말해, 공간에 있어서의 객체를 부정하되 그 인식의 주체는 인정했던 버클리식 논리에서 더 나아가 인식의 주체마저 부정해버린 흄의 논리를 거쳐 결국에는 객체와 모두를 부정해버리는, 즉 시간의 실체 자체를 부정해버리는 극단적인 논리로 발전해나간 것이다. 보르헤스가 다양한 시간의 모형을 제시하다가 결국 시간 자체를 부정하기에 이른 것은, 인간이 근본적으로 벗어날 수 없는 '죽음'이라는 한계에서 해방되는 가장 명확한 길이 소멸을 전제로 하는 시간의 부정임을 확신했기 때문이었다.

쇼펜하우어는 "의지의 표상의 형태는 오직 현재형뿐이다. 과거형도 미래형도 없다. 과거나 미래라는 것은 단지 개념으로써 존재할 뿐이며, 이성의 언저리를 맴도는 인식의 사슬일 뿐이다. 그 누구도 과거를 살지 않았고, 미래를 살지 않을 것이다. 모든 삶의 형태는 현재형이다"고 했다. 이처럼 과거와 미래를 배제한 채 매 순간 독립적으로 존재하는 현재만을 인정하는 것은 곧 시간의 연속성을 부정하는 것인데, 보르헤스는 이에 동의함과 동시에 연속성의 부정보다는 동시성의 부정이 훨씬 더 어렵다고 말한다.(OC Ⅱ, p.140.)

　시간의 동시성을 부정하기 위해 보르헤스는 우선 다양한 사건들이 서로 연결되는 절대적인 시간의 존재를 부정한다. 버클리의 견해대로 지각되는 것만이 존재하는 것이라면, 지각되는 현재만이 존재하기에 과거는 존재할 수 없고 따라서 시간상의 선후, 즉 연속성이 부정되는 것이었다. 따라서 같은 맥락에서 해석해볼 때, 지각되는 동시대적 사건의 부재가 전재될 때라야 시간의 동시성을 부정할 수 있게 된다. 즉 다른 사건의 동시대적 상태를 인지할 수 있다면, 그 두 사건은 동시대적일 수밖에 없으므로, 시간의 동시성을 부정하기 위해서는 동시대적 상태를 인지할 수 있는 개별적 주체의 소멸이 필수불가결한 조건으로 떠오른다는 것이다.

　따라서 보르헤스는 개인을 보편적 인간에 편입시키는 작업, 즉 '나'라는 정체성을 분해시켜버림으로써 단일성과 복수성을 융합시키고자 시도했던 것이다.

　이처럼 시간의 연속성과 동시성의 이중부정이 실현된 작품이 바로 「끝없이 두 갈래로 갈라지는 길들이 있는 정원」이다. 이 작품 속에서 보르헤스는 유춘의 조상 취팽이 창조해낸 미로에 대해 "뉴우톤과 쇼펜하우어와 달리 그는 획일적이며 절대적인 시간을 믿지 않았다. 그는 갈라지며 모아지고 그리고 병렬적인 시간들이 현기증이 일어날 정도로 증식하는 하나의 망 속에서 일어나는 시간의 무한한 조합들을 믿었다. 시간들이 서로 가까워지고, 갈라지고, 단절되고 또는 비밀스럽게 없어지는 책략적 구도는 모든 가능한 경우들을 다 포함하고 있다. 그러한 시간의 대부분 동안 우리는 존재하지 않았다. 어떤 경우에는 당신이 존재했고 내가 존재하지 않았으며, 또 어떤 때에는 내가 존재한 반면 당신이 존재하지 않았으며, 또 다른 경우에는 우리 둘 모두 존재했다."(OC Ⅰ, p.479.)고 말하고 있는데, 그 속에서 우리는 망 형태로 존재하는, 연속성이 부재하는 시간과 개별적 존재의 정체성이 소멸되어버림으로써 다양한 사건들의 동시성이 부재하는 시간을 만나게 되는 것이다.

또한 보르헤스는 「허버트 퀘인의 작품에 대한 연구」를 통해 시간적으로 거꾸로 씌어 있고, 가지처럼 갈라지는 구조를 가지고 있는 소설(OC Ⅰ, p.462.)을 쓰고자 했다. 즉 "아버지에서 아들로 상속되는 책, 각 후손이 새로운 장을 덧붙이거나, 자신의 조상들이 이미 써놓은 부분들을 경건한 주의력을 가지고 정정하는", 단순히 무한히 반복되는 순환적인 책에서 더 나아가 시간 속에서 무한히 갈라질 수 있는 그런 작품을 만들어내고 싶었던 것이다.

그런데 이미 사건의 수수께끼가 풀렸음에도 불구하고 다음 문장을 포함한 회고조의 긴 단락 하나가 나온다. "모두가 두 장기놀이꾼의 만남이 우연이라고 믿었다." 이 문장은 앞에서 제시하고 있는 사건의 해결이 잘못된 것이라는 사실을 깨닫도록 만든다. 곤혹스러워진 독자는 그것과 관련된 앞장들을 다시 들춰보게 되고, 진짜로 올바른 해결책인 다른 해결책을 발견하게 된다.

Ya aclarado el enigma, hay un párrafo largo y retrospectivo que contiene esta frase: Todos creyeron que el encuentro de los dos jugadores de ajecrez había sido casual. Esa frase deja entender que la solución es errónea. El lector, inquieto, revisa los capítulos pertinentes y descubre otra solución que es la verdadera.(OC Ⅰ, p.462.)

이 작품 속에서 최초의 출발점으로 돌아간 독자들은 처음에 들어서지 않았던 또 다른 갈라진 길을 향해 첫 걸음을 내딛게 되는 것이다. 즉 선형적으로 읽던 독서 관습에서 일탈하여 다양한 반응들을 야기할 수 있는 새로운 가능성을 선택한다는 것이다. 다시 말해, 독자 입장에서는 "다음에는 무엇을 읽을 것인가?" 하는 질문에 대해 나름대로의 대답을 던지는 것이다.

여기에서 우리는 다양한 미래들 속으로 끝없이 두 갈래로 갈라지는 길들이 있는 정원의 모습을 다시금 그려낼 수 있다. 즉 일반적인 허구의 작품 속에서 독자들이 다양한 가능성을 맞닥뜨리는 것은 다름없지만, 지금까지의 작품 속에서 독자가 하나의 가능성만을 선택하고 나머지를 버렸던 것과는 달리 취펭의 소설에서와 같이 시간의 미로를 형성하고 있는 작품에서는 다양한 미래들, 다양한 시간들을 동시에 선택할 수 있고, 또한 그것들이 무한히 두 갈래로 갈라지면서 증식하는 것이다.

이것은 보르헤스가 과거의 전통적인 글쓰기 형식을 그대로 답습하기를 거부하는 모습을 드러내고 있는 것으로 해석된다. 앞서 언급한 것과 같이 시간의 가역성을 전제로 한 출발점으로의 회귀를 통하여 독자들로 하여금 새로운 읽기를 수행하도록 이끌고 있는 것이다.

> 그는 자못 진지하게 과거에 씌어진 책들을 "무작정 고집스럽게 보존하는 행위"를 개탄했다……

> Deploraba con sonriente sinceridad "la servil y obstinada conservación" de libros pretéritos……(OC Ⅰ, p.461.)

즉 독자들이 참여하여 직접 독서를 통한 새로운 글쓰기 작업을 하도록 만들고 있는 것이다.[121] 따라서 독자들은 더 이상 독자로만 남아 있지 않고 저자의 위치를 점하게 되며, 동시에 과거에 창조주

로서의 신적인 위상을 점하고 있던 작가들은 더 이상 신성을 유지할
수 없게 되는 것이다.

　퀘인은 늘 독자란 이미 멸종된 종족이라고 주장하곤 했다. 잠재적이
든 실제적이든 간에(그는 이렇게 설명한다) 작가가 아닌 유럽 사람은
단 한 사람도 없다는 것이다.

　Quain solía argumentar que los lectores eran una especie ya extinta.
No hay europeo(razonaba) que no sea un escritor, en potencia o en
acto.(OC Ⅰ, p.464.)

　이와 관련해 보르헤스는 "과거 리얼리즘 방식을 고수하여 특정한
플롯에 의존하던 작품들이 가진 복잡한 형식은 작가의 상상력을 망
쳐놓았다. 그러나 이 작품의 경우 작가의 상상력은 보다 자유롭게
전개되고 있다"(OC Ⅰ, p.463.)고 설명하고 있다. 즉 연대기와 시퀀
스에 대한 회의는 동시성에 대한 체험과 연관되는데, 폴 리쾨르
Paul Ricoeur가 내러티브를 '탈연대기화'하는 일, 즉 '시간에 대한 선
형적 재현'을 극복하는 것이 현대의 내러티브 이론의 경향이라고 말
한 것[122])과도 맥락을 같이한다고 하겠다.
　실제로 보르헤스의 이러한 글쓰기 형태는 문학이론에 따르면 '하

---

121) 정경원. *op. cit.*, p.929.
　서술은 기록적이거나 자연주의적이지 않으며, 주제는 더 이상 사회적·
　정치적 문제의 표출이 아니라 작가로부터 독립된, 개방된 허구의 한
　형태다. 반면 독자는 이제 전통적 소설에서의 '수동적인 독자 lector‐
　pasivo'에서 탈피하여 '참여하는 독자 lector‐cómplice'로 변신하게 되
　고, 현실의 층위와 상상의 층위 속에서 시간과 등장인물이 뒤섞여 이
　루어내는 허구 속으로 들어가야만 한다.
122) Paul Ricoeur, Time and Narrative. Vol.1, Trans Kathleen McLaughlin
　and David Pellauer, Chicago: University of Chicago Press, 1984, p.30.

이퍼텍스트' 개념으로 불릴 수 있을 것이다.

하이퍼텍스트 이론이 등장한 것은 1945년 미국의 바네바 부시 Vannevar Bush로부터였다. 그는 1945년 『월간 애틀랜틱 Atlantic Monthly』에 발표한 「우리가 생각하는 방식으로 As We May Think」라는 기고문에서 활자에 의존한 정보관리의 방식, 즉 지식을 분류하고 정리하는 방법이 인간의 정신활동의 방식과 달리 유연하지 못하다고 지적하고, '연상에 의한 선택'을 특징으로 하는 인간의 정신활동의 방식과 유사한 장치를 고안할 것을 제안했다. 그것을 그는 '메 맥스(memex)'로 지칭했는데, 이 아이디어가 그 이후 컴퓨터의 발달로 인해 구체화된 것이 하이퍼텍스트라고 할 수 있다.[123]

이렇게 애초에 컴퓨터 기술과 연관된 개념으로 전자 텍스트를 지칭하던 '하이퍼텍스트'[124]는 입체적이고 역동적인 예술생산의 도구로서의 새로운 가능성으로 부상하면서, 문학에 도입되어서는 기존의 활자매체에 의한 문학의 방식, 즉 단선적인 진행의 방향 혹은 선형성에 토대를 둔 문학형식들에 대한 일종의 도전이 되었다.

이처럼 현재 하이퍼텍스트란 개념으로 널리 인식되고 있는 글쓰기 형식은, 보르헤스가 중첩된 구조 속에서 이야기 속의 다른 이야기들의 분기점을 제시하는 형식을 사용함으로써 일찌감치 그 가능성을 제시하였다고 볼 수 있겠다. 그리고 자기 자신 역시 그러한 형식의

---

123) 정형철. [하이퍼텍스트 픽션에 관한 연구],
   http://home.pusan.ac.kr/~nma/papers/39/39_8.htm
124) 1965년, 하이퍼텍스트란 말 자체를 처음 창안해낸 사람은 테드 넬슨이었다. 하이퍼텍스트는 문서 중간 중간에 특정 키워드를 두고 문자나 그래픽파일 등을 유기적으로 결합해 만든 문서다. 문서의 중요한 키워드마다 다른 문서로 연결되는 통로를 만들어 여러 개의 문서가 하나의 문서인 것처럼 보여주는 방식을 가지고 있다. 대표적인 예로 워드프로세서 사용관련 '도움말'이나 최근 무한한 정보의 보고로 널리 활용되고 있는 World Wide Web을 들 수 있다.

글쓰기를 실천하고 있음을 밝히고 있다.

　『선언』이라는 책으로부터 여덟 편의 이야기를 지어냈다. 이들 이야
기 하나하나는 작가가 의도적으로 미완으로 남겨놓음으로써 하나의 훌
륭한 이야기가 전개될 수 있도록 예시하거나 약속하고 있다. (……) 허
영심에 얼이 빠진 독자는 자신이 그것들을 창작했다고 믿게 된다. 나
는 세 번째 이야기 「어제의 장미」로부터 「원형의 폐허」라는 작품을 유
추해내는 순진함을 보였다.

　Quain redactó los ocho relatos del libro Statements. Cada uno de
ellos prefigura o prometa un buen augumento, voluntariamente frustrado
por el autor. (……) El lector, distraído por la vanidad, cree haberlos
inventado. Del tercero, The Rose of Yesterday, o cometí la ingenuidad
de extraer Las ruinas circulares.(OC Ⅰ, p.464.)

　물론 제임스 조이스가 『율리시즈』를 통해 '양피지 글쓰기' 형태를
선보임으로써 하이퍼텍스트의 가능성을 예시하기도 했지만, 보르헤
스의 작품이 가장 두드러진 하이퍼텍스트 양식의 모델을 제시하고
있다고 해도 과언은 아닐 것이다.
　볼터는 "보르헤스는 문학이 결론적인 종결, 단일한 스토리라인과
대단원에 구속되어 있기 때문에 고갈되는 것으로 본다. 문학을 갱신
하기 위해서는 가능성들을 차단하기보다는 포용하는 방식으로 써야
만 할 것이다. 보르헤스는 그와 같은 픽션을 상상할 수 있지만, 그
것을 생산할 수는 없다."125)고 말했지만, 보르헤스는 이미 그것을 생
산해내고 있었다. 다만 시대적 특성상 전자적 공간을 원활하게 이용
하지 못했을 뿐이다.

125) Jay David Bolter, Writing Space: The Computer, Hypertext and The
　　History of Writing, Hillsdale, New Jersey, 1991, p.139.

　『에이프럴 마아치』를 출간하고 난 후 이미 퀘인은 3중적 구조에 대
해 후회를 했고, 자신을 모방하고자 하는 사람은 2중적 구조를 선택하
게 될 것이며, 조물주들이나 신들은 무한, 그러니까 무한한 이야기들,
무한히 가지가 갈라지는 이야기들을 택하게 될 거라고 예언했다.

　Ya publicado April March, Quain se arrepintió del orden ternario y
predijo que los hombres que lo imitaran optarían por el binario, y los
demiurgos y los dioses por el infinito: infinitas historias, infinitamente
ramificadas.(OC Ⅰ, p.463.)

　이렇게 보르헤스는 갈라지는 시간이란 시간개념의 표출모형을 도
입함으로써 문학에 있어서 순차적 시간에 따른 서술방식을 파괴하는
또 다른 해결양식을 제시하고 있다. 그리고 이것은 하이퍼텍스트라
는 새로운 글쓰기 양식으로 실현되어 무한한 층위의 '이야기'가 가
능하게 하는 절대적이고 기본적인 토양이 되었다.
　다만 여기서 분명하게 짚고 넘어가야 할 또 한 가지 사실은, 보르
헤스가 미노타우로의 공간적 미로를 시간의 미로로 구현해내고 있다
는 사실이다. 이는 앞서 언급한 바 있는 '버클리와 흄의 물질, 즉 공
간에 대한 관념론을 변증법적으로 시간에 적용'하고자 했던 보르헤
스의 의도가 실현된 것으로 해석될 수 있다. 다시 말하자면, 버클리
는 사물의 1·2성질은 부정하되 그것을 인식하는 인식의 주체의 존
재는 긍정했다. 즉 사물에서 지각 가능한 성질을 제거하고 나면 실
체도 없으며, 오직 지각하는 정신과 지각되는 관념만이 남을 뿐이라
는 것인데, 지각되는 것만이 존재한다면 시간은 오로지 지각이라는
행위가 이루어지는 현재라는 시간만이 존재할 수 있게 되며, 따라서
시간의 연속성은 부정될 수밖에 없다는 것이다. 다만 인식의 주체를
인정함으로써 각 주체별로 상이하게 인식되는 다양한 각 주체의 시

간이 동시에 존재할 수 있음으로 인해 시간의 동시성만은 인정되고 있다고 할 수 있다. 결국, 이러한 논리를 문학에 적용시켜 보자면 정전이라는 것이 여전히 존재하고 있는 것으로 해석된다.

이에 비해 인식의 주체마저 부정하면서 존재하는 것은 오로지 인상뿐이라고 한 흄의 견해를 종합해 보자면, 인식의 주체가 존재하지 않음으로써 동시적으로 존재하는 모든 현재에 변별성이 사라지게 된다. 즉 동시대적 상태를 인지할 수 있는 개별적 주체의 소멸을 통해 시간의 동시성을 부정하고 있는 것이다. 이를 문학에 적용하면, 개별 주체의 소멸은 곧 문학 내에서의 다양한 시퀀스의 무한 존재를 가능케 하는 요건이 되며, 주체로서의 '나'가 없으므로 더 이상 정전과 비전의 구분도 존재할 수 없는 것이다.

물론 취팽의 미로가 공간적 미로가 아니었던 것을, 즉 그것이 시간의 불가시적인 미로였음을 쉽게 깨닫지 못했던 것처럼, 책과 미로를 동일한 대상으로 여기기는 쉽지 않다. 대부분의 사람들은 구체적인 건축물로서의 미로만을 연상하기 때문이다. 그러나 취팽은 소설이 빚어내는 혼돈, 예를 들어 3장에서 죽었던 사람이 4장에서 다시 살아나는 것과 같은 혼돈을 이용해 시간의 미로를 구축해냈다.

여기에서 책과 미로가 동일하다는 것은 결국 책을 구성하는 요소인 '언어', 즉 문학이야말로 앞서 언급한 순환적 시간에서의 기억들을 연결시키는 장치로 작용하고 있음을 의미한다. 즉 언어를 통해 기억은 영원성을 획득하게 되며, 따라서 이러한 논리를 작품 속에 풀어낸 보르헤스의 문학세계는 현재라는 순간이 빚어내는 현실과 시간의 흔적들인 언어로 이루어진 혼재향적 세계임을 확인할 수 있는 것이다.

그런데 보르헤스가 시간의 문제를 해결하기 위해 제시한 다양한 시간개념과 그것을 문학에 풀어내기 위한 테크닉에도 불구하고 구체적 현실이 여전히 미결로 남아 있다는 사실은 보르헤스에게 영원히

'회의론자'라는 딱지를 뗄 수 없게 만드는 원인으로 작용하고 있다. 이런 딜레마에 직면해 보르헤스는 "세상은 안타깝게도 현실이며, 나는 애석하게도 보르헤스이다"라는 회한의 말을 남기지 않을 수 없었던 것이다. 그러나 그러한 회의적 인식에도 불구하고, 보르헤스의 말 대로 "문학의 진실은 무한의 오류 속에 있기에" 자그마한 위안도 될 수 있다. 뿐만 아니라 "우리가 그 속에서 살아가고 있으며 또한 살아내는 현실은 다행히도 유한하다. 몇 걸음만 내딛으면 방 밖으로 나갈 수 있고, 몇 년의 세월이면 인생에서 벗어날 수도 있는 것이다"126)라는 보르헤스의 말은 고갈의 문학을 소생의 문학으로 탈바꿈시킨 것과 마찬가지로 '회의주의자'인 보르헤스를 낙관주의자로 만들기에 부족함이 없어 보인다.

즉 인류가 오랜 역사를 통해 추구해 온 '불멸'은 오히려 고통일 수 있음을 상기하며 '필멸'을 위안으로 삼고자 하는 것이다. 필멸을 인정하고 소멸하는 존재, 시간을 극복할 수 없는 존재로서의 인간의 한계를 수용하는 것이 회의적 시각이었다면, 보르헤스는 거기에서 머물기보다는 언어, 즉 문학을 통한 무한회생을 꿈꾸므로써 낙관적 시각 역시 보여주고 있다. 결국 지금까지 고찰해본 우주인식·자아인식·시간인식이 보르헤스의 혼재향적 인식론을 형성하고 있는 심층적 구조였다면, 그것의 표출인 표층적 형태는 다름 아닌 문학이라는 것이다. 그런 의미에서 볼 때, 보르헤스에게 있어서 '시간'이란 '나'를 이루는 기본 구성물이기도 하지만 궁극적으로는 '문학'에 다름 아니라고 본다.

---

126) *Le libre à venir*, Paris, Gallimard, 1959. op. cit., p.211.
　　La verdad de la literatura residiría en el error del infinito. El mundo donde vivimos y tal como lo vivimos es afortunadamente limitado. Con algunos pasos salimos de nuestro cuarto, con algunos años salimos de nuestra vida.

　　물론 보르헤스에게 있어 시간이 무엇인가를 한마디로 정의한다는 것 자체가 반 보르헤스적일 수도 있겠지만, 보르헤스가 시간을 극복하는 방법 자체가 시간에 반 anti‒하여 새로운 극복의 방법을 제시하는 모더니즘적 방법이 아닌, 시간 속에 용해되어, 즉 자신을 해체시켜 '하나됨 oneness'을 통한 갈등의 해소를 추구하였기에 매우 포스트모던적이었던 것으로 사료되며, 그 결과 나를 시간 속에 용해시켜버림으로 '나＝시간'이 되고, 그 시간의 축적물인 문학 역시 시간이라는 등식이 성립될 수 있는 것이다.

IV

헤테로토피아의 표층적 측면: 언어의 한계를 넘어서 새로운 글쓰기로

보르헤스는 앞서 언급했듯이 청소년 시절에 유럽으로 건너간 뒤 최종적으로 제네바에 정착했다. 그곳 스위스에서 프랑스어와 라틴어를 동시에 공부한 것은 물론 프랑스 문학을 섭렵하기 시작하였으며, 그도 모자라 독일문학과 철학 공부를 위해 독일어를 공부하기도 했다. 여러 나라의 언어에 대한 해박한 지식과 다국어 사용국인 스위스에서의 거주 경험으로 인해, 보르헤스는 그의 문학작품이 보여주는 핵심적 특징인 "절대적 시어의 존재에 대한 의문"을 가지게 되었다.[1)]

귀국한 후에는 부친의 친구였던 마세도니오 페르난데스와 긴밀한 접촉을 갖게 되는데, 실제로 보르헤스는 다양한 작품과 인터뷰 등을 통해 자신의 인생에 가장 깊고 오랜 인상을 남긴 사람은 다름 아닌 마세도니오 페르난데스였다고 말하고 있다.

---

1) 낸시 케이슨 폴슨. op. cit., p.22.

마세도니오는 철학적 관념론자로 이를 수 있는데, 실제로 보르헤스 문학의 토대가 되었던 버클리나 흄의 철학을 접하기 이전에 이미 보르헤스는 마세도니오를 통해 관념적 철학을 접할 수 있었던 것이다. 마세도니오 페르난데스는 '인간의 지(知)를 언어 속에 담아내는 것은 불가능한 일'임을 주장한 바 있었고,[2] 마찬가지로 보르헤스의 언어관 역시 언어가 갖는 현실묘사 능력의 한계를 강조하는 유명론적 입장을 따르고 있다.[3]

사실, 서구철학은 오랫동안 우리의 모든 기호들에게 의심의 여지가 없는 의미를 줄 초월적 기표를 찾아왔다. 그러나 그런 노력에도 불구하고 인류가 희망해 온 그런 기표는 우리의 사고와 언어체계를 벗어나 있었다. 따라서 언어는 '비결정성', 즉 모호함을 특징으로 하고 있으므로, 고정적인 실체라기보다는 무한한 변주로 봐야 한다[4]는 보르헤스적 시각이 탄생할 수 있었던 것이다.

그리고 고정된 하나의 의미를 부정하는 바르트의 '쓰이는 텍스트' 이론 역시 같은 맥락에서 성립될 수 있으며, 그 결과 유동적 의미를 생산해내는 모든 문학 텍스트들이 다른 문학 텍스트들과 자연스럽게 뒤섞이기 때문에, 문학적 독창성의 가능성은 소멸되고 최초의 문학 작품의 존재 자체도 부정될 수 있는 것이다.

---

2) The Aleph and Other Stories 1933 - 1969. op. cit., pp.158 - 159.
   He added that, of course, it might be impossible to put that sudden wisdom into words.
3) 정경원. op. cit., p.908.
   세계에 존재하는 사물들의 다양성 앞에서 작가는 그 다양성을 한정된 수단, 즉 언어에 의존할 수밖에 없다는 문제에 봉착하게 되고, 그 다양성의 끝없는 연계를 부분적으로밖에 반영할 수 없는 혼란스러운 언어의 열거에 의지해야 할 필요성에 직면한다.
4) Didier T. Jaén, op. cit., p.137.
   Borges pointe to the undefined(and therefore infinitely variable) quality of language.

철학사를 거슬러 올라가 보면, 플라톤에게 있어서 진리는 이데아의 형상으로 항시 존재하며, 개별적이고 구체적인 사실들은 항구적인 이데아의 모사품이며 반영일 뿐이라고 한다. 또한 플라톤적 시각으로 보자면 변화하는 세계의 이면에는 고차원적인 관념세계 속의 항구적 질서가 존재하고 있으며, 이 질서는 사고를 통해 파악될 수 있다고 한다. 더 나아가, 언어나 개념, 생각 등도 정신 작용을 통해 창출해낸 '질서'의 반영이라고 본다. 그런 맥락에서 보자면, '종류'나 '질서'나 '장르' 등은 현실이며, 우주적이고 보편적인 개념도 실재하는 것이다.5) 이처럼, 이데아의 실체를 강조하는 플라톤주의는 정신이 이루어낸 관념 세계에 대한 확고한 믿음을 갖고 있었다고 할 수 있겠다.(OC Ⅱ, p.123.)

이에 비해 아리스토텔레스는 인간은 상식과 이성의 작용과 감각적 지각에 의존하여 구체적이고 개별적인 사실만을 파악할 수 있다고 말하며, 우주적이고 보편적인 개념 혹은 생각이라는 것은 정신적 관념으로써 단지 이름에 불과할 뿐이라고 한다. 따라서 이런 것들은 그 어떤 형이상학적 관념 속에서도 '실체'로서 존재할 수 없으며 단순한 정신적 축조물에 불과하고 그 기원 역시 구체적인 현실세계 속에 뿌리를 두고 있다고 생각한다. 이런 맥락에서 보자면 언어는 '임의적인 상징의 체계'일 뿐인 것이다. 따라서 언뜻 보기에는 구체적인 세계 속에 관측 가능한 객관적 질서가 존재하는 것으로 보일 수 있지만, 결국은 그 어떤 우주적 질서라 하더라도 우리 인간의 파편

---

5) 보르헤스는 「골렘 Golem」에서 "만일(그 그리스 인이 「크라틸로」에서 말한 것처럼) / 이름이 사물의 원형이라면, / '장미'라는 말 속엔 장미가 있고 / 나일강 전체가 '나일강' 속에 있다 Si(como el griego afirma en el Cratilo) / El nombre es arquetipo de la cosa, / En las letras de *rosa* está la rosa / Y todo el Nilo en la palabra *Nilo*"라고 노래하고 있다. 여기에서 그리스인이란 플라톤을 지칭한다.

적 지식이 빚어낸 허상이거나 오류일 뿐이다. 결론적으로 아리스토
텔레스주의는 유명론으로 이어지는 것이다.

플라톤적 이데아론에 있어서 현실이 추상이라면, 아리스토텔레스
적 유명론에 있어서 관념은 단순히 허울(이름)뿐이며, 현실은 구체성
을 갖는다는 것이다.

플라톤의 전통은 아우구스티누스로 이어져, 인식대상은 전적으로
우리 인식 작용의 산물인 것이 아니라 우리 사유와 무관하게 독립적
으로 존립하는 현실, 즉 신적 질서가 있다는 주장을 낳게 된다.[6] 즉
영혼과 육체는 플라톤적으로, 이원론적으로 분리되며, 그것들이 실체
적인 단일체가 아니라 단지 상호 작용으로 결합된다는 것이다. 그리고
이것은 곧 보편은 개별적 사물의 유무에 관계없이 존재하며 인간이
없더라도 언제나 현존한다는 안셀무스의 보편 실재론으로 이어진다.

이에 비해, 아리스토텔레스의 전통은 영혼과 육체가 한 인간 전체
를 구성하는 두 개의 원리이며, 그것들이 실체적인 단일체를 이룬다
고 보았던 토마스 아퀴나스로 이어졌다가, 중세의 보편논쟁에 이르
러 존재하는 것은 개별적 사물들뿐이며 보편은 이름에 불과하다는,
즉 유와 종, 보편은 사물에 앞서서 존재하는 것도 아니고 사물의 본
성으로서 사물 속에 들어 있는 것도 아니며, 오직 사물 뒤에 사물의
명칭으로서만 존재할 따름이며, 보편은 인간의 지적활동의 산물에
불과하다는[7] 유명론적 입장으로 이어진다.

아리스토텔레스의 전통을 인식론적 입장에서 이어간 철학자가 근
세 철학자 로크이다. 로크는 데카르트식의 본유관념을 거부하고 우리
영혼은 태어날 때 아무 것도 쓰이지 않은 백지(tabula rasa)와 같다고
주장하고, 경험이 모든 관념과 지식의 근원이며 경험적 지식만이 유

---

6) 조정옥. *op. cit.*, p.138.
7) *Ibid.*, p.142.

일하게 가능한 지식이라고 한다. 이는 감각 속에 없었던 것이 오성 속에 있을 수 없다는 앞서의 토마스 아퀴나스 사상 속에 이미 함축되었던 것으로 파악된다. 그럼에도 불구하고 로크는 사물에서 모든 성질을 제거하면 그 끝에 사물의 실체가 남으며, 다만 그 실체가 어떤 것인지 인간에게 인식 불가능하다는 것이라는 주장을 펼친다.

이에 비해 좀 더 발전된 철학을 펼친 사람이 바로 버클리였다. 그는 로크와 달리 사물로부터 지각 가능한 성질들을 제거해버리면 그 뒤에 남는 것은 아무 것도 없다고 주장한다. 존재하는 것은 오로지 지각하는 것(정신)과 지각되는 것(관념)뿐, 관념과 정신 이외에 어떤 것이 존재한다는 것은 불가능하다는 것이다. 즉 「시간에 대한 새로운 반론」에서 보르헤스가 언급한 바에 따르면, 버클리의 인식론은 현실을 정신 작용이 이루어내는 픽션으로 화하게 하는 것이다.

버클리에 동조하여 이 이론을 더욱 발전시킨 철학자는 흄이었다. 흄은 뚜렷하고 생생한 지각인 인상을 인식의 가장 신뢰할 만한 원천으로 보면서 인상과 합치하지 않는 관념이나 지식은 타당한 관념이나 지식이 될 수 없다고 말한다. 지각의 배후에 있다고 가정되는 실체나 자아, 인과관계 같은 것에 대응되는 인상은 없으므로, 실체, 자아, 인과관계 등은 그야말로 허구에 불과한 것이다. 결국, 흄은 형이상학에 대해 회의적이었다고 보인다. 그는 '형이상학이란 인간 지성으로 풀 수 없는 문제를 풀려고 버둥거리는 헛된 짓이고 사이비 철학이다'라고 한다.

보르헤스는 버클리에서 흄으로 이어지는 인식론적 전통을 이어받아 '자아'의 존재를 부정하고 우주를 추상적 개념인 픽션으로 파악한다. 즉 보르헤스는 픽션인 문학작품만이 현실에 대한 즉각적이고 본질적인 표현이라고 믿었고, 그 결과 현실의 개념을 정립하기 위해 늘 문학작품을 참조의 대상으로 삼았던 것이다.[8] 뿐만 아니라, 표현과 묘사의 도구로써의 언어가 대상을 표현해내는 데 명백한 한계를 지니고 있음을 간파하고 있다.[9] 더욱이 언어라는 것이 관념의 산물인 바에야 이것 또한 실체와는 거리가 먼 픽션이 아닐 수 없는 것이다.

한 가지 짚고 넘어가야 할 것은, 물론 이러한 굳건한 철학적 토대에도 불구하고 보르헤스를 철학자나 사상가로 규정짓는 것은 모순적이라는 점이다. 일각에서는 보르헤스를 일컬어 마치 철학자와도 같다고 말하기도 하지만 보르헤스는 밀러레 Milleret와의 인터뷰에서 스스로 자신은 결코 '철학자'나 '사상가'가 아니라고 분명히 밝힌 바 있다.[10] 따라서 그를 철학자로 명명하기보다는 그러한 철학적 사유를 문학 속에 훌륭하게 녹여낸 작가로서의 역량과 그 글쓰기 자체를 탐구해보는 것이 훨씬 바람직할 것이다.

어쨌든, 보르헤스는 언어가 진리에 이르는 길이라 믿지 않았으며, 더 나아가서는 진리조차도 확고부동하고 항구적인 무엇이라 믿지 않

---

8) Víctor Farías, Las actas secretas, Madrid, Anaya & Mario Muchnik, 1994, p.253.
   Cuando busca perfilar una concepción de la realidad, su objeto de referencia suele ser una obra literaria. (……) porque para él la obra literaria es tal en tanto que expresión inmediata y esencial de la realidad.(Víctor Farías, Las actas secretas, p.253)
9) Didier T. Jaén, op. cit., p.141.
10) Jaime Rest, El laberinto del universo, Buenos Aires: Ediciones Librerías Fausto, 1976, p.79에서 재인용.
   Borges negó en forma terminante su condición de "filósofo" o de "pensador".

   쟝 드 밀러레 Jean de Milleret와의 인터뷰에서는 "나를 철학자 혹은 사상가로 만들고 싶어 하는 사람들이 있겠지만, 나는 모든 체계적인 사고를 포기한 사람이다. 늘 나의 사고는 또 다른 방향으로 돌출하기 때문이다.(Quieren hacer de mí un filósofo y un pensador, pero es cierto que repudio todo pensamiento sistemático porque siempre tiende a trampear. Jean de Milleret, Entretiens avec Jorge Luis Borges, París, Pierre Balfond, 1967.)"고 밝힌 바 있다.

았다. 인간이 지니고 있는 모든 지식은 '커뮤니케이션'을 통해 전달된 지식이며, '현실'에 대한 지식 역시 언어로 전달된 지식이었다.[11] 문제는, 커뮤니케이션 과정에서 진리는 문학을 통해 오염되고 '암시적' 성격을 띠게 된다는 데 있다. 문학의 도구인 언어가 임의적 상징이며, 의심의 여지가 없는 확고한 의미를 지닌 초월적 기표일 수 없으므로, 문학은 모호하고 은유적이며 경계의 언저리에서 부유하는 '암시적' 성격을 지닐 수밖에 없는 것이 당연하다.

결국, 현실은 허구에 불과한 언어로 이루어진 또 하나의 허구라는 것이다. 그리고 이런 사고의 연장선상에서 보르헤스는 우리에게 이 세계 자체가 특정한 문화공동체 구성원들이 공유하고 있는 문화적 이데올로기나 관습에 의해 결정되는 기표들로 이루어진 기호의 구조로 만들어진 텍스트라는 후기구조주의자들의 관점에서 더 나아가 글쓰기의 본성에 대해 생각해 볼 것을 요구한다.[12]

20세기 초반의 언어 비평, 즉 언어의 한계에 대한 인식은 보르헤스의 언어관에 지대한 영향을 미치게 된다.[13] 물론 당시까지도 사람들은 누차에 걸쳐 언어의 한계를 지적해 왔었다. 그러나 신비적 경험의 묘사에 한계가 있다고 느꼈을 뿐, 현실 속의 자연 묘사는 가능한 것으로 보아왔다는 데에 20세기 언어 비평과의 차이가 있다. 그러다가 마침내 '흄'에 이르러 언어의 한계를 명확하게 직시하게 된 것이다.

보르헤스는 오스트리아 태생의 분석철학의 대가 비트겐슈타인[14]과

---

11) Didier T. Jaén, *op. cit.*, p.143.
12) 낸시 케이슨 폴슨. *op. cit.*, p.101.
13) Didier T. Jaén, *op. cit.*, p.144.
14) 비트겐슈타인(Wittgenstein)은 오스트리아 태생의 철학가로, 훗설을 빼놓은 현상학을 생각할 수 없듯이 비트겐슈타인을 빼놓은 분석철학은 얘기될 수 없다고 이야기될 만큼 현대철학에서 중요한 위치를 차지하고 있다.

독일 작가 프리츠 마우트너[15]와 유사한 언어관을 가지고 있는 것으로 보인다.

기본적으로 비트겐슈타인은 철학적 문제라는 것이 과학적 문제와는 달리 어떤 대상에 대한 새로운 지식을 가져오는 일에 있지 않고, 다만 언어의 의미를 밝히는 데 있다고 보고 있다.[16]

이것은 새로운 글쓰기보다는 새로운 읽기를 강조하는 보르헤스의 사고와 일맥상통한다고 볼 수 있다. 비트겐슈타인은 언어에 한계가 있다고 말하는데, 이것은 언어가 현상이나 사실에 대해서 말하긴 하지만, 경우에 따라 어떤 종류의 현상이나 사실에 대해서는 말할 수 없다는 뜻이 된다.[17] 또한 모든 존재는 다소를 막론하고 언어로 표현될 수 없는 차원, 즉 신비로운 차원이 있으며, 우리가 알 수 없는 차원을 가지고 있다고 말하면서 이러한 '언어의 한계'가 곧 '세계의 한계'라고 지적하기도 한다.[18] 이런 지적은 한편 언어로 표현될 수 없는 세계는 실재하지 않는다는 말로 통할 수 있으며, 이는 다시 지각되는 것만이 존재한다고 한 유명론과 그 입장을 같이하는 것으로 해석할 수 있다.

마우트너에 따르면, "모든 언어는 은유적이고 근사치적이기 때문에, 모든 지식은 상대적이며 부정확하고 결함투성이"라고 한다.[19] 이런 언어의 특성 때문에 그는 언어를 통해 현실을 정확히 이해한다는 것은 불가능하다고 보고 있다.

보르헤스는 이런 논리를 이어받아 그의 문학 이론을 수립해나갔다. 실제로 보르헤스는 자신의 작품 곳곳에서 마우트너라는 이름을

---

15) 프리츠 마우트너(Fritz Mauthner 1849-1923), 독일 작가.
16) 박이문, 『현상학과 분석철학』, 삼신문화사, 서울, 2000, p.188.
17) Ibid. p.197.
18) Ibid. p.198.
19) Didier T. Jaén, op. cit., p.145.

인용하고 있다. 예를 들어 『또 다른 심문들』의 「한 이름이 일으킨 반향의 역사 Historia de los ecos de un nombre」에서는 마우트너가 명칭이 빚어내는 음성과 어휘와의 관계 속에서 형성되는 정신 작용에 대해 분석하고 있다는 사실을 언급한 바 있고,(OC Ⅱ, p.128.) 또한 『토론』의 「현실에 대한 최종 직전의 판본 La panúltima versión de la realidad」에서도 마우트너를 언급하는데,(OC Ⅰ, p.199.) 특히 「존 윌킨스의 분석적 언어」에서는 존 윌킨스식 언어와 관련한 마우트너의 인식에 대해 다음과 같이 기록하고 있다.

> 마우트너는 어린아이들의 경우 이 언어가 인위적으로 창제된 것이라는 걸 알아채지도 못한 상태에서 다 깨우칠 수 있을 것이며, 나중에 자라서 학교에 가게 되면 이 언어야말로 우주의 열쇠이며 비밀의 백과사전이라는 사실을 깨닫게 될 것이라고 했다.

> Mauthner observa que los niños podrían aprender ese idioma sin saber que es artificioso; después en el colegio, descubrirían que es también una clave universal y una enciclopedia secreta.(OC Ⅱ, p.85.)

마우트너와 보르헤스는 공히 언어는 임의적인 상징 시스템이라고 믿고 있으며, 언어가 공공의 시스템으로 정착한 이래 개개의 특성을 지우고 역사적 시간의 다양한 층위를 포괄하는 경험의 누적물로 자리매김해 왔으며, 언어란 '느낌'을 단순히 암시할 수 있을 뿐이고 그나마 이 '느낌'을 전달하는 것조차도 다른 사람들의 '관념적 인상'을 취한 형태로 전달할 수 있을 뿐이라고 생각한다. 즉 우리가 전달하는 것들은 불확실하며 의심스러운 것으로, 근사치일 뿐 가변적이고 모호하다는 것이다. 그 예로 보르헤스는 사람을 익명의 이름으로 등장시키는 방식을 자주 선보이는데, 이렇게 사람을 익명의 이름으로 부르는 것은 정체성의 가장 분명한 기호를 탈인격화하는 것으로써, 개개인의 확인을 불가능하게 하고, 인간을 익명의 대중으로 축소시키고, 그 결과 각각의 인간 존재가 지닌 독특한 특징의 중요성을 축소시키는 작용을 한다. 물론 『오딧세이』에서의 외눈박이 괴물을 눈멀게 한 율리시즈가 자신의 이름을 "아무도 아니다"라고 말한 것은 혼동된 정체성을 상호 텍스트적으로 언급하고 있다는 측면에서 바라볼 수도 있지만, 다른 한편으로는 보르헤스가 '누군가'라는 단어에 부여되는 의미를 말소시킴으로써 언어의 코드를 전복시키고 의사소통의 기반을 붕괴시키고 있는 것으로 이해할 수도 있는 것이다. 즉 인식의 주체가 이미 부정됨으로써 질서정연한 의사소통, 다시 말해 주체로부터 객체로의 의사전달은 애초부터 불가능해지는 것이다.

타인의 '감정'이 이입된 언어를 사용하고 은유와 비유로 가득 찬 언어를 사용하는 것은 보르헤스에게 있어서는 하나의 속임수에 지나지 않는 것으로 보였다. 이것은 언어라는 것이 진리 혹은 언어가 진정으로 표현하고자 했던 의미로부터 멀어져 있기 때문이다.

앞서의 언급과 같이, 결국 언어는 형이상학적·픽션적 차원을 획득하게 된다. 이처럼 심지어 과격해 보이기까지 한 마우트너와 보르헤스의 언어관은 지식의 도구로서의 언어 능력의 상실을 의미하는 것으로 해석할 수 있다.[20]

보르헤스는 「거북의 화신 Avatares de tortuga」에서 "단어의 조합을 통해 우주와 유사해질 수 있다는 것은 위험천만한 생각이다."(OC Ⅰ, p.258.) 그리고 언어는 인간의 지각을 단순화시키기 때문에 창작 활동에 적합할 수는 있지만 그 자체로 작가를 만족시킬 수는 없다고 말하고 있다.(OC Ⅱ, pp.66-67.)

애초에 보르헤스는 우주에 질서란 없으며, 설사 질서 같은 것이

---

20) Didier T. Jaén, *op. cit.*, p.11.

있다고 하더라도 인간으로서는 그 질서의 인식이 불가능하다고 판단하고 있다. 따라서 인식할 수 없는 우주를 또 다른 한계를 지닌 언어를 통해 묘사하고자 하는 시도는 결국 실패할 수밖에 없는 것이며, 이와 동시에 언어도, 형이상학도 붕괴될 수밖에 없는 것이다.

이처럼 언어의 한계를 느꼈던 보르헤스가 우주의 모든 존재 하나하나에 대응되는 언어를 획득하기 위해 존 윌킨스의 분석적 언어와 로크의 무한한 언어와 틀뢴의 관념적 언어를 창조하기를 희구했던 것은 어쩌면 당연한 귀결이었을 것으로 보인다. 말하자면, 보르헤스는「죽지 않는 사람」에서 밝힌 바와 같이 무한한 상징으로 이루어진 알파벳 체계를 추구했던 것이다.

> 그는 모래 바닥에 엎드린 채 서툴게 일련의 기호들을 모래사장 위에 썼다가 지우곤 하고 있었다. 그 글자들은 마치 꿈속에서의 글자들과 같았고, 그 뜻이 이해되려는 순간 곧 뒤엉켜버리곤 했다…… (……) 그 기호들 중 그 어떤 기호도 나머지 기호와 동일하지 않았다. 따라서 그것은 그 기호들이 상징적이라는 가능성을 배제하거나 그것으로부터 멀어지도록 만들고 있었다.

> Estaba tirado en la arena donde trazaba torpemente y borraba una hilera de signos, que eran como las letras de los sueños, que uno está a punto de entender y luego se juntan…… (……) Ninguna de las formas era igual a la otra, lo cual excluía o alejaba la posibilidad de que fueran simbólicas.(OC Ⅰ, p.538.)

위에 죽지 않는 사람의 예는 사실 실어증 환자의 경우와 유사한 것으로 사료된다. 유사성의 범주가 너무 넓어서, 즉 에피스테메의 변화를 따라잡을 수 없어서 생기는 현상인 것이다. 이는 곧 시간의 극복이 불가함을 보여주는 증거이기도 하다.

그러나 이러한 무한 상징의 문자체계의 창출은 실패하기에 이르고, 이에 보르헤스는 새로운 대안을 제시한다. 언어의 부정적인 점을 승화시켜 긍정적인 차원으로 복구시키자는 것이다. 말하자면, 문학에 있어서 언어가 지니는 표현력을 언어 평가의 기준으로 삼을 것이 아니라 그 언어에 내포된 암시적 능력을 보자는 것이다. 시적이고 환각적인 환상을 통해 상상의 문학을 만들어내고, 우주의 메타포인 우화를 통해 새로운 언어를 창출해내고자 하는 것이 그것이다. 즉 언어의 한계에도 불구하고 언어의 유희를 마음껏 즐기자는 것이다. 보르헤스가 언어의 한계를 통감하면서도 다른 한편으로 언어의 유희를 통해 환희를 느낄 수 있었던 것[21]도 그런 이유에서였다.

보르헤스가 언어와 관련하여 갖는 해체적 시각은 그가 단순한 언어체계의 붕괴의 차원에 머무르지 않고, 오히려 그 체계를 수용하면서도 그 안에서 기존의 언어에 대한 인식이라는 기반 자체를 혼돈스럽게 뒤흔들어 놓음으로써 잘 드러나고 있다. 따라서 본 장에서는 다양한 언어의 혼재향적 특성 가운데서도 특히 언어의 한계성과 비한계성의 공존, 즉 한계를 지닌 언어의 유희를 통해 허구인 현실을 다시 한번 허구인 언어로 그려냄으로써 생겨날 수 있는 현실과 허구의 혼재향에 연구의 초점을 맞추고자 한다. 즉 언어로는 현실을 제대로 그려낼 수 없다는 언어의 한계성과, 그러기에 언어유희를 통해 가능케 되는 현실에 대한 무한 변주된 표현들 그리고 끝없이 이어지는 창조 작업을 통해 창출되는 언어의 비한계성, 이 둘의 공존이야말로 보르헤스 언어관의 혼재향적 특징이라 할 수 있다. 이러한 관점에서의 보르헤스 문학은 또 하나의 유토피아적 언어관이 아닌, 다

---

21) Sergio Nudelstejer, *op. cit.*, p.31.
Jorge Luis Borges encuentra el mismo placer, también, en jugar con el lenguage.

양한 가능성을 내포하고 있는 혼재향적 언어관의 산물이라 할 수 있을 것이다.

1. 무한한 상징의 언어:
「기억의 천재 푸네스」를 중심으로

보르헤스는 Ⅲ장의 1에서 밝힌 바와 같이 현실을 환영 혹은 허구라는 이름으로 규정한 바 있다. 이런 현실인식은 곧 그의 문학세계로 이어진다. 즉 가시적인 현실조차 허구라면 그 현실 속에서 언어라는 도구를 사용해 그려낸 또 다른 현실인 문학세계 역시 허구일수밖에 없으며 더 나아가 우리가 현실이라는 이름으로 부르는 현실과 문학이라고 부르는 현실 중에서 어느 것이 진정한 현실이고 허구인지 구분 지을 수 없이 뒤섞여 있다는 혼재향적 시각을 드러내고 있는 것이다.

특히 「기억의 천재 푸네스」에서 보르헤스는 픽션과 현실과의 상관관계를 다루면서, 다시 한번 이 두 가지를 동일시하려는 시도를 함과 동시에, 언어의 한계를 직시하고[22] 푸네스의 완벽한 기억력을 통한 새로운 언어체계를 제시하다가 결국 이를 포기한 채 한계를 지닌

---

22) 정경원. *op. cit.*, p.905.
   보르헤스에게 있어서 문학은 문학과 인생, 현실과 비현실, 삶과 꿈이라는 이중성 사이의 관계 표출에 기반을 둔 극적인 유희였다. 또한 현실세계와 정신세계의 대조는 무한한 세계를 반영하거나 그대로 볼수 있는 언어의 발견이라는 문제를 제기한다

언어체계로의 복귀를 보여준다. 즉 허구에 불과한 현실을 한계를 지닌 언어라는 도구를 통해 표현하는 것도 불가능하지만, 만일 표현이 가능하다고 해도 그 결과물 역시 허구일 수밖에 없으며, 현실과 문학이 모두 허구라고 전제한다면 더 이상 허구와 현실의 경계는 존재할 수 없다는 것이고, 동시에 한계를 지닌 언어임에도 불구하고 그 필연적 존재가치를 인정하고 오히려 한계성 내에서의 유희를 통해 비한계성을 창출해내고자 하는 것이다.

보르헤스는 기존의 언어체계로서는 도저히 현실을 담아낼 수 없음을 직시하였다. 그에게는 앞서 언급한 바와 같이 진리라는 것 자체가 확고부동하고 항구적인 무엇이 아니었지만, 동시에 비록 불변의 진리라는 것이 존재한다 하더라도 언어가 진리로 향하는 길 또한 아니라고 생각하고 있었던 것이다. 언어라는 것 자체가 순차적이고 언어의 기본은 시간이라는 속성을 가지고 있기에 세계를 표현하기 위한 수단으로서의 언어는 문학과 불가분의 관계에 있으며, 동시에 총체적 현실에 대한 동시적 직관을 전달할 수 없다는 한계를 지닐 수밖에 없는 것이다.

사실 보르헤스의 언어관은 '지식'에 대한 그의 사고와 직결되어 있다. 보르헤스는 인간의 지식이란 하나같이 '전달된' 지식, 즉 언어라는 도구를 통해 어느 정도 가공된 지식이라고 확신하였다. 따라서 현실에 대한 지식이 언어를 통해 전달된 지식이라면, 현실과 언어는 동급이라는 결론을 얻어낼 수 있었던 것이다.[23] 롤랑 바르트가 현대인의 삶에 대한 지식은 결국 기호로 귀결된다 하였으며, 진시황이 과거를 지우기 위해 연대기들을 태워버리고 역사서들이 단 한 권도 남아 있지 않도록 만든 것은 그 한 예라고 할 수 있다.

언어의 한계성을 직시한 보르헤스는 언어의 축적물인 '기억'으로

---

23) Didier T. Jaén, *op. cit.*, pp.143 – 144.

불러 모을 수 없는 것들을 '문학'에 다름 아닌 '상상력'으로 채울 것을 바란다. 즉 지식의 절반은 기억이지만 나머지 절반은 상상력, 즉 허구라는 것이다.

"드디어 나는 내 이야기의 가장 난해한 지점에 이르게 되었다. 이 부분은(독자들이 이미 알고 있다면 좋겠지만) 반세기 전에 있었던 대화 그 자체에 다름 아니다. 나는 지금으로서는 원상태로 복원이 불가능한 그 대화를 그대로 옮기려고 하지는 않을 것이다. 그보다는 오히려 이레네오가 말했던 많은 것들을 왜곡함이 없이 요약해내고자 한다. 간접화법은 거리감도 있고 취약하기도 하다. 나는 내 이야기의 효과를 희생시키고 있음을 알고 있다. 나는 독자들이 그날 밤 나를 짓누르던 드문드문 끊어져 있는 순간들을 자신들의 상상력으로 채워가길 바란다."

"Arribo, ahora, al más difícil punto de mi relato. Este(bueno es que ya lo sepa el lector) no tiene otro argumento que ese diálogo de hace ya medio siglo. No trataré de reproducir sus palabras, irrecuperables ahora. Prefiero resumir con veracidad las muchas cosas que me dio Ireneo. El estilo indirecto es remoto y débil; yo sé que sacrifico la eficacia de mi relato; que mis lectores se imaginen los entrecortados períodos que me abrumaron esa noche."(OC Ⅰ, pp.487－488.)

언어가 갖는 문제는 인지되는 모든 각각의 것들은 그 각각에 해당되는 명칭을 가져야 하는데, 허구로 차워진 언어의 속성으로 인해 그럴 수 없다는 데 있었다. 그는 「내 희망의 크기 El tamaño de mi esperanza」를 통해 "피상적으로 보이는 세계는 너무나 복잡하고, 언어는 그 세계와의 관계 속에서 이루어질 수 있는 끊임없는 조합의 아주 적은 부분만을 실현해 왔을 뿐이다. 도대체 왜 오후임을 알리는 가축의 방울 소리 그리고 지평선 너머로 사라져 가는 태양이라는 일관된 관념에 꼭 들어맞는 하나의 단어를 창조해내지 못하는가? 도대체 무엇 때문에 새벽녘의 거리가 보여주는 무너질 듯 하면서도 위협적인 몸짓에 맞는 또 다른 단어를 창조하지 못하는가? 그리고 아직은 훤한 초저녁에 처음으로 밝혀지는 가로등 불빛의 무효한, 그러나 감동적인 선의(善意)를 위한 다른 단어를 왜 창조해내지 못하는 것일까?"라고 스스로에게 안타까운 질문을 던지고 있다.

> "우리들은 일반적인, 그러니까 플라톤적인 생각을 할 수 없었다는 사실을 잊지 말아야 한다. 그는 <개>라는 종의 기호가 다양한 크기와 모습들을 가진 상이한 수많은 하나하나의 개들을 포괄한다는 사실을 이해하기가 힘들었다. 또한 그는 (측면에서 보았을 때) 3시 14분의 개와 (정면에서 보았을 때) 3시 15분의 개가 왜 똑같은 이름을 가져야 하는지의 문제로 시달렸다."

> "Este, no lo olvidemos, era casi incapaz de ideas generales, platónicas. No sólo le costaba comprender que el símbolo genérico perro abarcara tantos individuos dispares de diversos tamaños y diversa forma; le molestaba que el perro de las tres y catorce(visto de perfil) tuviera el mismo nombre que el perro de las tres y cuarto(visto de frente)."(OC I, p.490.)

보르헤스의 시각으로는, 언어는 단순화를 통해 이미 오염되었으며, 따라서 언어를 통해 현실을 묘사하려는 시도, 즉 모든 추론적 지식은 거짓이라는 것이다. 3시 14분의 개라는 개념을 담고 있는 언어와 3시 15분의 개라는 개념을 담고 있는 언어 사이에는 도대체 공통점이 있을 수 없기 때문이다.

따라서 보르헤스는 플라톤적인 '추상적 사고'보다는 아리스토텔레스적인 '구체적 인지'를 선택해야 한다고 결정한다. 즉 사고를 통해서로 다른 모습으로 인지되는 개념들을 일반화시켜서는 안 된다는 것이다.

　　"그는 전혀 힘들이지 않고 영어, 프랑스어, 포르투갈어, 라틴어를 습득했다. 그렇지만 나는 그가 대단한 사고능력을 지니지는 못했을 거라고 생각한다. 사고를 한다는 것은 차이점을 잊는 것이며, 또한 일반화를 시키고 개념화를 시키는 것이다. 푸네스의 풍요로운 세계 속에는 거의 즉각적으로 인지되는 세부적인 것들밖에 없었다."

　　"Había aprendido sin esfuerzo el inglé, el francés, el portugués, el latín. Sospecho, sin embargo, que no era muy capaz de pensar. Pensar es olvidar diferencias, es generalizar, abstraer. En el abarrotado mundo de Funes no había sino detalles, casi inmediatos."(OC Ⅰ, p.490.)

　이처럼 보르헤스는 푸네스를 통해 사고가 아닌 인지를 강조하였다. 사고를 한다는 것은 관념의 세계로 빠져드는 것이기 때문이다. 인지한 그대로를 되새길 수 있는 푸네스의 기억이 구체적인 세계의 묘사일 수 있는 데 반해 인간의 기억은 '언어'라는 도구를 통해 전해지기 때문에 이미 일반화되어진 추상적 세계만을 묘사하고 있음을 비교해보면 잘 알 수 있다. 따라서 보르헤스가 인간이 지니고 있는 '일반화된 지식'이 과연 현실에 대한 지식일 수 있을까 하는 문제에 대해 의구심을 갖게 된 것은 당연한 일이었다.

　이러한 의구심으로부터 벗어날 수 있는 길은 인지된 모든 것을 그대로 명명할 수 있는 새로운 언어체계를 고안해내는 것이었다. 보르헤스는 로크와 푸네스를 통해 그러한 언어체계의 수립을 시도한다.

　　17세기에 로크는 각각의 사물, 돌, 새, 나뭇가지가 고유한 이름을 갖도록 하는 하나의 불가능한 언어를 가정했다(그리고 거부했다). 푸네스는 한때 그와 비슷한 유의 언어를 계획한 바 있다.

Locke, en el siglo XVII, postuló(y reprobó) un idioma imposible en el que cada cosa individual, cada piedra, cada pájaro y cada rama tuviera un nombre propio; Funes proyectó alguna vez un idioma análogo.(OC I, p.489.)

그러나 보르헤스는 시간의 속박으로부터 벗어날 수 없는 인간으로서는 언어를 통해 현실을 구체적으로 묘사하는 것이 불가능하다는 결론에 달한다. 언어를 사용해 완벽한 기억을 담아내기 위해서는 시간의 흐름을 완벽하게 따라가야 한다는 문제점에 봉착하기 때문이다. 푸네스가 하루를 온전히 재건할 수 있기는 하지만, 그러기 위해서 또 다른 온전한 하루를 필요로 하는 것과 관련하여, 이온 아그에아나는 "푸네스와 신 사이를 가를 수 있는 유일한 척도는 시간의 공시성이다. 신은 하루를, 더 나아가 단 한순간도 상실하지 않으면서도 또 다른 하루를 재건할 수 있다는 것이다"고 말한다. 따라서 완벽한 기억이라는 것은 영생불사와 마찬가지로 인간에게는 자유라기보다 오히려 구속에 가까운 것으로 해석할 수 있다. 과거의 재현을 위해 끊임없이 현재를 저당 잡혀야 하기 때문이다.

기억의 천재 푸네스는 완벽한 기억력을 지닌 사람이었지만 그 기억이 너무나 완벽했던 탓에 사소한 그 무엇도 일반화시키는 것이 불가능했다. 따라서 그는 아주 세세한 사항조차도 망각할 수 없었으며, 따라서 그에게 언어라는 것은 한정적이고 불분명한 표상의 언저리만을 용인하는 체계일 뿐이었다.[24] 그는 신이라면 모를까 인간으로서는 도저히 감당해낼 수 없었던 그 완벽한 기억력을 주체할 수 없어 젊은 나이에 죽고 만다. 이는 다시 보르헤스의 '시간성'의 문제와 직결됨을 알 수 있다. 즉 완벽한 기억을 통한 현실묘사는 현재의 상실

---

24) Jaime Rest, *op. cit.*, pp.110−111.

을 의미한다고 볼 때, 인간은 기본적으로 시간적 존재이기 때문에 완벽한 기억을 토대로 하는 과거의 재현은 불가능한 것이다.

　결국 인간이 기본적으로 망각의 동물이기에 일반화를 지향하며, 파편적 지식만을 소유하고 있음을 상기해볼 때, 보르헤스도 일반화된 언어의 필요성, 아니 필수불가결한 존재의 가치를 무시할 수는 없었다. 다만 보르헤스는 언어라는 것이 인습적이고, 상대적이며, 불충분하다는 것만은 지적하고 넘어가고자 했던 것으로 사료된다. 물론 언어라는 체계를 사용함으로써 특정한 존재로부터 무한한 변주들이 발생하기는 하지만 말이다. 어쨌든 토르헤스가 인정한 언어의 불가피한 존재가치는 푸네스가 계획했던 새로운 언어의 창출을 포기하는 장면에서 잘 드러난다.

　　푸네스는 한때 그와 비슷한 유의 언어를 계획한 바 있다. 그러나 그는 그 작업이 지나치게 막연하고, 지나치게 애매모호했기 때문에 그것을 포기했다…… 두 가지 이유가 그로 하여금 그것을 포기하도록 설득했다. 그 작업은 끝이 없을 거라는 생각 그리고 해보았자 쓸모가 없을 거라는 생각이 그것이다. 그는 죽을 때까지 한다 해도 심지어 어린 시절의 모든 기억들을 분류하는 일조차 끝을 낼 수 없으리라는 생각이 들었던 것이다.

　　Funes proyectó alguna vez un idioma análogo, pero lo desechó por parecerle demasiado general, demasiado ambiguo…… Lo disuadieron dos consideraciones: la conciencia de que la tarea era interminable, la conciencia de que era inútil. Pensó que en la hora de la muerte no habría acabado aún de clasificar todos los recuerdos de la niñez.(OC Ⅰ, p.489.)

　과거 신비주의에서는 언어를 사용해 최소한 현실 속의 자연은 묘사할 수 있을 것으로 보았지만, 흄의 회의주의에 이르러서는 언어의 한계를 직시하게 되었고, 이러한 언어의 한계 개념은 보르헤스에게로 이어졌다. 다만 보르헤스의 입장은, 언어라는 것은 결국 또 하나의 픽션만을 창출해낼 뿐이지만, 그렇다고 해서 인간의 경험을 유기적으로 재현해낼 수 있는 또 다른 방법이 없는 것도 사실이라는 것이다.[25]

이처럼 보르헤스는 유명론적 입장을 취함으로써 단 하나의 단어 혹은 고유의 기호를 통해 대상을 묘사할 수 있다는 생각, 즉 기표와 기의의 상관관계를 완전히 해체시켜 버렸다. 여기에서 이 관계를 '부정했다'고 단정 짓지 않는 것은, 보르헤스의 입장은 관념에 불과한 혹은 허구나 픽션에 불과한 현실을 반영하는 관념의 도구인 언어 역시 허구에 불과하다고 생각하고 있기 때문에 그러한 관계의 '부정'이라는 말 자체가 적절치 않다고 판단되었기 때문이다. 보르헤스가 「존 윌킨스의 분석적 언어」에서 '사고의 절대적 불가능성'을 해체시키고, 즉 말과 사물이 일치되지 않게 대응시켜도 얼마든지 인식될 수 있음을 보여줌으로써 말과 사물이 일대일로 대응하던 기존의 언어관과 인식론의 틀을 해체시킴으로써 푸코의 웃음을 불러일으켰던 것처럼, 이번 경우에도 보르헤스는 기표와 기의의 상관관계를 부정하기보다는 오히려 그러한 논리가 성립될 수 있는 근거 자체를 인정하지 않고 있는 것이다. 결국 보르헤스는 말과 사물의 수많은 조합의 가능성을 인정하고 있는 혼재향의 언어세계를 드러낸 것이다.

---

25) Ibid., p.119.

2. 관념의 언어: 「틀뢴, 우크바르, 오르비스 테르티우스」를 중심으로

콜라코브스키는 언어로 재현해낼 수 있은 대상은 단지 언어뿐이며,[26] 따라서 궁극적 현실은 언어의 힘을 빌려 형상화될 수 있는 지식의 대상이 될 수 없다고 말한다.[27] 구효서 역시 『비밀의 문』에서 언어의 한계를 언급하면서 다음과 같이 말하고 있다.

> 그것들은 모두, 모두 거짓인지도 모른다. 모두 사실일 수는 없는 거지만, 모두 거짓일 수는 있다.[28]
> 언어는 이미 악마의 수중에 든 악마적 도구일 뿐이어서…… (……) 언어로는 더 이상의 순수한 의사소통이 불가능하게 되었을 뿐만 아니라 오히려 오해와 불신만을 증폭시키는 결과를 초래했다.[29]

> <글>이라는 것을 인류사회 과거의 변천과 흥망의 과정을 적바림한 그 무엇으로 상정하였다. 즉 역사라는 것도 곧 <글>이며, 따라서 역사를 정리하고 기술하는 작업을 <글쓰기>에 해당하는 것으로 간주했다는 말이다.[30]

즉 언어의 기능이라는 것이 현실의 정확한 묘사라는 순기능보다는 오히려 그것을 왜곡시키는 역기능 쪽에 비중이 실려 있다고 보는 것이다. 보르헤스는 언어의 이러한 허구적 기능을 언급하면서 수차례

---

26) Leszek Kolakowski, Tratado sobre la mortalidad de la razón, pp.262-263.
27) Jaime Rest, op. cit., p.113.
28) 구효서. [비밀의 문-하권], 서울: 해냄, 1996, p.29.
29) Ibid., p.165.
30) Ibid. p.333.

'거울'과 '부성'에 빗대어 말하곤 했다.

그때 비오이 까사레스는 우크바르의 한 이교도 창시자가 거울과 성
교는 사람의 수를 증식시키기 때문에 가증스러운 것이라고 했던 말을
기억해냈다.

Entonces Bioy Casares recordó que uno de los heresiarcas de Uqbar
había declarado que los espejos y la cópula son abominables, porque
multiplican el número de los hombres.(OC Ⅰ, p.431.)

성교와 거울은 가증스러운 것이다.

Copulation and mirrors are abominable.(OC Ⅰ, p.431.)

거울과 부성은 가증스러운 것이다. 왜냐하면 그들은 그것을 증식시
키고, 널리 퍼뜨리기 때문이다.

Los espejos y la paternidad son abominables(mirrors and fatherhood
are hateful) porque lo multiplican y lo divulgan.(OC Ⅰ, p.432.)

보르헤스에게 있어서 언어라는 것은 눈에 보이는 현실을 무한 증
식시키고 일반화시키기까지 하여 마치 그것이 진정한 현실인양 믿게
만드는 체계이며, 거울·부성·미로와 마찬가지로 가증스러울 뿐 아
니라 더 나아가 인류가 범한 치명적 오류라고 지적하고 있는 것이다.

모든 정신적 상태는 축약이 불가능하다. 단순히 그 정신적 상태에
이름을 부여하는—말하자면 그것을 분류하는—것은 왜곡에 다름 아
니다. (……) 하나의 체계란 어떤 한 점에 온 우주의 모든 점들을 종속

시키는 오류에 다름 아님을 알고들 있다.

> Todo estado mental es irreductible: el mero hecho de nombrarlo — *id est*, de clasificarlo — importa un falseo. (……) Saben que un sistema no es otra cosa que la subordinación de todos los aspectos del universo a uno cualquiera de ellos.(OC Ⅰ, p.436.)

문제는, 그럼에도 불구하고 보르헤스의 글은 시종일관 사람들이 현실 속에서의 경험들을 사출하거나 정돈해내기 위해서는 어쩔 수 없이 언어에 속박될 수밖에 없으며, 이 언어야말로 우리가 전달하고자 하는 혹은 구성해내고자 하는 구체적인 자료들을 대체하는 주체임을 드러내고 있으며, 이것이 바로 브르헤스가 궁극적으로 도달할 수밖에 없었던 딜레마인 것이다.[31]

이러한 딜레마에서 탈출하기 위해 보르헤스는 얼마간 새로운 기호의 체계를 구상해본다.

> 어느 날 오후 우리는 12진법에 관한 이야기를 나누고 있었다.(12진법에서는 12를 10으로 표기한다.) 애쉬는 그 자체로서도 이해하기 힘든 12진법의 공식체계를 더더구나 60진법으로 변환시키고 있는 중이라고 말했다.(60진법에서 60은 10으로 표기된다.)

> Una tarde, hablamos del sisema duodecimal de numeración(en el que doce se escribe 10). Ashe dijo que precisamente estaba trasladando no sé qué tablas duodecimales a sexagesimales(en las que sesenta se escribe 10).(OC Ⅰ, p.433.)

문제는, 위 예문에서도 드러나듯이 규칙을 최초로 설정한 '창조자'

---

31) Jaime Rest, *op. cit.*, p.110.

가 어떠한 기준을 설정했는가에 따라 사물의 개념과 그 외형은 얼마
든지 달라질 수 있다는 데 있다. 즉 창조자의 기준에 따라서 60은
얼마든지 10이 될 수 있으며 20 역시 10이 될 수 있다는 것이다.

이처럼 가변적 가치를 지니는 언어체계로는 여전히 현실묘사가 불
가능했다. 이렇게 단순한 기호체계의 구상이 벽에 부딪치자 보르헤
스는 오히려 언어의 한계를 수용하고 한걸음 더 나아가 관념적 언어
체계를 포함한, 완전히 관념만으로 이루어진 세계를 펼쳐 보임으로
써 새로운 세계의 창조를 꿈꾼다.

카발라 교리에 따르면, 언어는 창조행위에 다름 아니며, 우주의
창조 작업 자체가 신의 언어이고, 이 우주는 곧 신의 비밀스런 글쓰
기를 위해 존재하는 상징의 체계라고 한다. 그렇다면 보르헤스의 언
어유희 역시 또 다른 우주의 창조일 수 있기 때문이다.

> 오르비스 테르티우스. (……) 그 모든 것들은 눈에 띄는 교조적 의도
> 나 패러디적 어조가 없이 일목요연하고 통일성이 있었다. (……) 추적하
> 기에 지친 알폰소 레예스는 그러지 말고 우리가 직접 수없이 많고 두
> 께가 두꺼운, 지금은 빠져 있는 책들을 채워 넣자고 제안한다. (……) 한
> 세대의 틀뢴주의자들만 있으면 그것은 충분히 가능한 일이라고 말한다.

> Orbis Tertius. (……) Todo ello articulado, coherente, sin visible
> propósito doctrinal o tono paródico. (……) Alfonso Reyes, harto de esas
> fatigas subalternas de índole policial, propone que entre todos
> acometamos la obra de reconstruir los muchos y macizos tomos que
> faltan. (……) Calcula que una generación de tlönistas puede bastar.(OC
> I, p.434.)

낸시 케이슨 폴슨은 특히 창조된 우주로서의 오르비스 테르티우스
라는 이름을 눈여겨볼 필요가 있다고 지적하면서 " '오르비스 테르티

우스'라는 이름은 첫째, 문자 그대로 제3세계, 즉 개도국의 의미를 가질 수 있는가 하면, 둘째, 코페르니쿠스가 주장한 지동설 우주론과 관련지어 해석할 수도 있다. 코페르니쿠스의 우주론에서는 제1세계가 수성, 제2세계가 금성, 제3세계가 지구를 나타낸다. 그리고 마지막으로, 이 이야기의 주제적 기반을 가장 잘 반영하는 세 번째 해석의 가능성은 영지주의적 신앙과 관련된 것으로, 영지주의에 따르면 정신적 세계를 뜻하는 오르비스 프리무스 orbis primus와 물리적 세계를 뜻하는 오르비스 알테르 orbis alter가 있는데, 오르비스 테르티우스는 이 두 세계 사이의 중간 지점에 해당된다. 말하자면 실제세계와 상상세계의 틈새로써, 이는 토도로프가 기이함 lo extraño과 경이로움 lo maravilloso 사이에서 동요가 일어나는 곳으로 지적한 바로 그 지점인 것이다."라고 말하고 있다.

시초에 틀뢴은 단지 하나의 혼돈, 무책임한 상상의 나래 정도로 간주되었다. 그러나 이제는 그것이 코스모스이고, 비록 아직 잠정적이기는 하지만 그것을 움직이고 있는 법칙들이 이미 형성되어 있는 걸로 알려져 있다. (……) 이 혹성에 있는 나라들은—본질적으로—관념적이다. 그들의 언어와 언어로부터 파생된 것들—종교, 학문, 형이상학 등—은 관념론을 전제하고 있다. 그들에게 있어 세계란 공간을 점유하고 있는 물체들의 집합이 아니라, 일련의 독립적인 행위들의 이질적 연속이다. 그것은 연속적이고, 시간적이지 공간적인 게 아니다.

Al principio se creyó que Tlön era un mero caos, una irresponsable licencia de la imaginación; ahora se sabe que es un cosmos y las íntimas leyes que lo rigen han sido formuladas, siquiera en modo provisional. (……) Las naciones de ese planeta son—congénitamente—idealistas. Su lenguaje y las derivaciones de su lenguaje—la religión, las letras, la metafísica—presuponen el idealismo. El mundo para ellos no es un concurso de objetos en el espacio; es una serie heterogénea de actos independientes. Es sucesivo, temporal, no espacial.(OC Ⅰ, p.435.)

이제 관념적 우주 창조의 문제는 시간의 문제로 직결되지 않을 수 없다.

나는 이 혹성의 사람들이 우주를 공간이 아닌 시간 속에서 연속적으로 발전하게 되는 일련의 정신적 과정으로 이해하고 있다고 말했었다. 스피노자는 소진되지 않는 우주의 신성을 연장과 사유의 성질에서 찾았다. 그러나 틀뢴에서는 그 누구도 연장(단지 특정한 몇몇 상태의 전형인)과 사유 — 우주와 완벽한 동의어인 — 가 공존할 수 있음을 이해하지 못할 것이다. 달리 표현하자면, 그들은 공간적이라는 것이 시간 속에서 유지될 거라는 인식을 갖지 못한다는 말이다.

He dicho que los hombres de ese planeta conciben el universo como una serie de procesos mentales, que no se desenvuelven en el espacio sino de modo sucesivo en el tiempo. Spinoza atribuye a su inagotable divinidad los atributos de la extensión y del pensamiento; nadie comprendería en Tlön la yuxtaposición del primero(que sólo es típico de ciertos estados) y del segundo — que es un sinónimo perfecto del cosmos —. Dicho sea con otras palabras: no conciben que lo espacial perdure en el tiempo.(OC Ⅰ, p.436.)

즉 세계의 본질은 공간성이 아니라 파편적 현재라는 시간성 위에 놓여 있는 관념일 뿐이라는 것이다. 따라서 보르헤스에게 문학, 즉 언어로 이루어진 세계가 관념으로 구성된 현실의 일부를 잠식한다고 해도[32] 기이할 것이 없었다.

---

32) Jaime Rest, op. cit., p.98.

나침반······ (······) 그것은 바로 그 환상적인 세계가 실제의 세계 속에 처음으로 침범한 사건이었다. (······) 제11권에서 발견되는 몇 가지 믿기 힘든 사실들이 멤피스 본에서는 삭제되어 있거나 어물쩍 얼버무려져 있는데, 이러한 생략은 실제 세계와 지나칠 만큼 비호환적이지 않은 어떤 세계를 보여주기 위한 계획의 일환이라고 보는 게 타당할 것이다.

Una brújula······ (······) Tal fue la primera intrusión del mundo fantástico en el mundo real. (······) Algunos rasgos increíbles del Onceno Tomo han sido eliminados o atenuados en el ejemplar de Memphis; es razonable imaginar que esas tachaduras obedecen al plan de exhibir un mundo que no sea demasiado incompatible con el mundo real.(OC Ⅰ, pp.441－442.)

틀뢴과의 접촉과 그것이 가진 관습의 침투는 이 세계를 해체시켜 버렸다.

El contacto y el hábto de Tlön han desintegrado este mundo.(OC Ⅰ, p.443.)

보르헤스는 인간이 동시에 두 개의 우주 속에 존재한다고 말한다. 이 두 개의 우주는 일면 유사하고 동일한 층위에서 확장되기도 하지만, 다른 일면 이 둘은 하나의 객체와 거울 속에 맺힌 그 객체의 상과 같이 서로 상충되기도 하다. 사람들이 그 일부를 구성하며 살아가는 우주가 이 중 첫 번째 형태의 우주에 해당되며, 두 번째 형태의 우주는 앞서의 우주를 해석해내기 위해 사람들이 사용하고 있는 상징의 체계로 이루어진 세계이다.

이들 우주가 지닌 본질적 특성에 따라 그 첫 번째 우주를 사람들은 '현실'이라 부르고, 두 번째 우주를 '허구'라 부른다. 현실적 우주

La literatura－el universo de las palabras－devora los fragmentos de realidad.

는 도저히 빠져나올 수 없는 미로이며, 두 번째 우주는 거울 속에 맺혀 있는 우리의 체계적 반영의 상에 불과한 허구이다.33) 그 실례로 보르헤스는 '틀뢴'이라는 세계 속에서 글쓰기와 언어의 모든 코드들을 파괴시킴으로써 '현실'과 픽션 사이의 경계를 허물어버린 것이다.

현실 또한 질서정연하다고 반박하는 것은 쓸데없는 짓이리라. 아마 현실 또한 그럴는지도 모른다. 그러나 그것이 질서정연하다는 것은 여태까지 우리가 전혀 인식하지 못하고 있는 신적인 법 ― 나는 비인간적인 법이라고 번역한다. ― 의 관점에서 볼 때 그러하다는 말이다. 확실히 틀뢴은 미로이다. 그러나 그것은 인간에 의해 만들어진 미로, 인간에 의해 해독되도록 운명지어진 그런 미로이다.

Inútil responder que la realidad también está ordenada. Quizá lo esté, pero de acuerdo a leyes divinas ― traduzco: a leyes inhumanas ― que no acabamos nunca de percibir. Tlön será un laberinto, pero es un laberinto urdido por hombres, un laberinto destinado a que lo descifren los hombres.(OC Ⅰ, p.443.)

보르헤스는 인간에 의해 해독될 수 있는 미로임에도 불구하고 끝없이 미로를 만들어나가기를 주저하지 않는다. 다만 조이스의 미로 개념과 중심으로의 추구 속에는 늘 에피파니 Epifanía, 즉 신의 현현 또는 신의 현전과 돌연한 계시가 존재하고 있었던 데 반해, 보르헤스의 미로에는 중심은 있되, 그 중심에 숨겨진 것은 최후의 총체적 현전에 대한 불가능성뿐이다.34) 이것은 보르헤스가 이미 인식하고

---

33) Jaime Rest, *op. cit.*, pp.102 ― 103.
34) Emir Rodríguez Monegal, op. cit. p.104.
   En la concepción joyceana del laberinto y de la búsqueda de un centro, se encuentra siempre escondida la idea de una epifanía, una revelación trascendente. En Borges, el laberinto tiene centro pero lo que allí se esconde es, la imposibilidad de toda revelación final.

있던 우주와 자아의 허구성, 그 우주와 자아를 구성하고 있는 기본 원리인 시간과 그것의 표현 수단인 언어의 허구성에 기인한 것이기에 절망적인 회의에 빠지지 않는다. 보르헤스에게 있어서, 비밀은 바로 그곳에 아무런 비밀도 없다는 사실인 것이다.35) 다만 오히려 절망하기보다는 글쓰기와 언어코드를 파괴시킴으로써 언어의 유희를 가능케 하고, 그 유희를 통하여 허구의 혼재향을 이끌어내는 것이다.

3. 승화된 언어:
「존 윌킨스의 분석적 언어」를 중심으로

분석철학에 따르면, 형이상학은 언어의 부산물에 불과하다. 그리고 한걸음 더 나아가 비트겐슈타인은 자신의 분석철학에서 현실구조를 탐구하기 위한 도구로서의 언어의 한계를 말하고 있다. 결국, 형이상학을 비롯해 언어라는 도구의 부산물로 창출된 모든 것들은 근본적인 표출상의 한계를 지니고 있다는 것이다.

하이메 레스트 Jaime Rest는, 실제로 비트겐슈타인 연구의 출발점은 어휘(palabra)와 사실(hecho) 사이에 어떤 연관성이 있을까 하는 것에 있다고 말한다. 그리고 그가 도달한 결론은 어휘로는 사실을 있는 그대로 정확하게 묘사해낼 수 없다는 회의적 결론이었다. 따라서 언어가 갖는 현실묘사의 한계성을 어떤 식으로든 초월하고자 한

---

35) *Ibid.*
El seceto es que no hay secreto.

것이다.

  그런데 비트겐슈타인을 비롯한 분석철학자들과 보르헤스 간의 변별점을 찾자면, 분석철학자들은 현실묘사를 위한 언어의 한계성을 극복하고자 노력했던 데 비해 보르헤스는 오히려 이 한계를 부활시키고 픽션이 담당하는 주인공적 기능을 강조하였다는 데 그 차이가 있다. 물론 보르헤스 역시 세상을 지각하는 일, 즉 사물에 대한 지식을 얻는 일에 언어를 사용하기에는 무리가 따른다는 점에는 인식을 같이하고 있었다. 그리고 인간의 역사와 지식이라는 것이 언어라는 도구를 통한 '커뮤니케이션'의 축적임을 고려해볼 때 언어의 한계는 곧 지(知)의 한계와 직결된다는 결론을 얻기도 하였다.36)

  치열한 철학적 문제의식을 전위적 실험정신으로 풀어나가고 있는 한국의 소설가 구효서는 언어라는 기호체계와 관련하여 "글쓰기란 기본적으로 쓰는 이의 임의성이 우선되게 마련이다"37)고 했고, 하이메 레스트는 "기호는 임의적이다. 그러나 작가는 자신의 내적 필요성에 의해 글을 쓰기 때문에 결국에는 글, 즉 언어의 유희 — 임의적 기호 — 가 작가로부터 완전히 자유로울 수는 없게 된다. 따라서 언어의 한계라는 것은 언어 자신의 불능이라기보다는 그것을 사용하는 '우리들'의 불능을 의미한다."고 역설하고 있다.

  따라서 사람들은 이러한 불능으로부터 벗어나기 위해 다양하고 무한한 창작활동, 즉 글쓰기를 통해 세계의 이미지를 만들어내고자 노력하고 있으며, 보르헤스가 인식론적 회의주의자의 입장을 두드러지게 드러내면서도 문학적 열의를 멈추지 않는 것도 이러한 노력의 일환으로써 설명될 수 있을 것이다.

  보르헤스의 언어관이 명확하게 드러나면서도 특히 언어의 한계를

---

36) Jaime Rest, op. cit. pp.84 − 94.
37) 구효서. op. cit., p.333.

승화시켜 긍정적으로 발전시켜 나가고자 하는 의지가 담긴 대표적 작품이 바로 『또 다른 심문들』에 수록된 「존 월킨스의 분석적 언어」이다.

보르헤스는 존 월킨스의 입을 빌어 "세계 언어의 원칙과 가능성에 대해 흥미를 가졌다"(OC Ⅱ, p.84.)고 말했지만, 동시에 그는 하이메 레스트의 말대로 언어가 상징의 유희이거나 임의적 기호의 체계라고 생각했다. 따라서 문학이라는 것은 문학 이외의 것이 될 수 없음을 인식하고 있었다. 즉 문학은 기호의 체계, 현실로 메워진 텅 빈, 그러나 점술로 가득한 공간에 다름 아니라는 것이다.[38]

이러한 언어의 기본적인 특성 때문에 보르헤스는 언어 속에 우주를 담아내고자 하는 인류의 시도는 실패했다고 생각했다. 따라서 문제의 해결을 위해 시도해보았던 우주적이고 분석적인 언어체계의 고안 역시 로크의 무한한 언어 창출 시도와 마찬가지로 실패라는 결과만을 가져왔을 뿐이다.

사실, 언어의 한계를 탈피해보고자 하는 시도는 다양하게 이어 왔다. 보르헤스는 말하기를, "데카르트는 1629년 11월에 기록한 서간에서 이미 10진법을 통하여 우리는 단지 하루 만에 무한에 달하는 모든 것에 이름 붙이는 법과 아라비아 숫자 언어인 새로운 언어에 대한 이름을 적는 법을 배울 수 있다고 기록했다. 또한 그는 모든 인간 생각들을 포함하고 조직하는, 총괄적인 분석적 언어의 구조를 제안해 왔다."(OC Ⅱ, pp.84-85.)고 했으며, 또 다른 방법으로서 40진법을 활용해보기도 한다.

---

38) Ibid., p.96.
   La literatura no puede ser otra cosa que lo que es: un sistema de signos, un espacio vacío de realidad perc pleno de sortilegios.

윌킨스는 세계를 먼저 40개의 범주 또는 종(種)으로 나눈 뒤, 그것을 차(差)로, 또 그것을 다시 류(類)로 나누었다. 그리고 각각의 종마다 두 글자로 이루어진 단음절 문자를 부여하고, 각각의 차에는 자음 한 개를, 각각의 류에는 모음 한 개를 부여했다. (……) 40진법은 이 언어의 기초가 된다.

Dividió el universo en cuarenta categorías o géneros, subdivisibles luego en diferencias, subdivisibles a su vez en especies. Asignó a cada género un monosílabo de dos letras; a cada diferencia, una consonante; a cada especie, una vocal. (……) El valor de la tabla cuadragesimal que es base del idioma.(OC Ⅱ, p.85.)

그리고 마침내 고안된 것이 존 윌킨스의 작품이었다. 보르헤스는 "존 윌킨스의 분석적 언어의 단어들은 서툰 임의적 상징이 아니다. 그것을 구성하고 있는 각각의 문자들은 카발라주의자들에게 성경 구절이 그렇듯 의미심장하다."(OC Ⅱ, p.85.)고 지적하고 있다.

앞서 Ⅲ장 1.4에서 밝힌 바 있듯이 카발라의 최대 관심사는 언어의 상징적 기능 및 그의 해석이며, 이러한 카발라의 교리는 하나의 텍스트도 독자에 따라 다양하게 읽힐 수 있다는 보르헤스의 해체주의적 시각과 직결된다. 즉 신성한 문자를 기반으로 모든 문학작품을 만들어내는 카발라주의처럼, 보르헤스는 새로운 문학을 쓰는 것은 곧 옛것을 새롭게 읽어내는 것이라는 사실을 실제 창작을 통해 보여주고 있는 것이다. 예를 들어 보르헤스는 같은 '호랑이'라도 범접할 수 없는 대상, 폭력성, 야성미, 잔인함 등으로 해석함으로써[39] 하나의 기표가 다양한 기의를 가질 수 있음을 분명히 하고 있는 것이다.

---

39) Myrta Sessarego, *op. cit.*, p.53.
Los tigres son símbolos de lo inalcanzable, pero también se asocian a la violencia, a la belleza brutal y a la crueldad.

실제로 「신의 글」의 결말에서 보르헤스는 하나만의 해석에 의한 결말을 거부함으로써 우리 독자들을 이상한 동요감의 상태에 빠지게 한다. 이는 각각의 독자는 문학 텍스트를 읽으며 자신만의 해석과 자신만의 일련의 의미들을 그 작품에 부과할 수 있음을 보여주는 것으로, 그러한 고유한 독서야말로 새로운 창조의 행위에 다름 아니라는 것이다. 같은 의미지만, 보르헤스는 문자 그대로의 해석을 추구하려던 「마가복음」 속의 인물들을 통해서는 지나칠 만큼 곧이곧대로의 독서는 문제가 될 수 있음을 지적하고 있다.[40]

프란츠 쿤이 『양질의 지식에 대한 천상의 중심 Emporio Celestial de conocimientos benévolos』이라는 어떤 중국 백과사전에 적용했다던 것들, 즉 완전히 새로운 방식의 동물분류는 존 윌킨스의 분석적 언어와 더불어 모호하고 중복적이며 뭔가의 결핍이라는 특성을 드러내고 있었다. 즉 보르헤스의 동물분류는 그 외에도 다양한 분류방식이 얼마든지 존재할 수 있음을 보여주고 있으며, 이는 실어증 환자의 경우와 마찬가지로 동일성의 범주를 무한 확장시킴으로써 분류양식의 비한계성을 창출해낼 수 있음을 말하고 있는 것이다. 이제 보르헤스는 분석적 체계를 통해 무한의 언어를 창출해내려던 시도를 포기하게 된다. 그리고 그 이유를 다음과 같이 설명하고 있다.

세상을 분류하는 행위 치고 임의 전횡이 아닌 게 있을 수 없다는 건 세상이 다 아는 사실이다. 그 이유는 아주 간단하다. 바로 우리가 세상이 무엇인지 알지 못하기 때문이다. "세상은 — 데이비드 흄은 (1779년에 간행된 『자연종교에 관한 대화』 제5권에서) 이렇게 말했다. — 어떤 유아적 신(神)이 그리다가 자신의 형편없는 그림 솜씨가 창피해 한

---

40) Lisa Block de Behar, Al Margen de Borges, Siglo XXI editores S. A., Argentina, 1987, p.63.
Borges se plantea los problemas de una lectura demasiado fiel.

쪽으로 내동댕이 쳐버린 조악한 스케치에 불과하며, 다른 상위 신들의
비웃음의 대상에 불과한 저급한 신의 작품이며, 어느덧 노쇠해 은퇴하
여 죽음을 목전에 둔 신성(神性)의 혼돈스러운 산물이다."

Notoriamente no hay clasificación del universo que no sea arbitraria
y conjetural. La razón es muy simple: no sabemos qué cosa es el
universo. El mundo—escribe David Hume—es tal vez el bosquejo
rudimentario de algún dios infantil, que lo abandonó a medio hacer,
avergonzado de su ejecución deficiente; es obra de un dios subalterno,
de quien los dioses superiores se burlan; es la confusa producción de
una divinidad decrépita y jubilada, que ya se ha muerto.(OC II, p.86.)

그리고 불가해한 우주의 존재에 대해 의구심을 갖는다.

단일 유기체(有機體)란 의미에서 볼 때 '우주'라는 야심찬 이름을
붙여도 될 만한 세상이란 없는 게 아닐까 의심스럽기까지 하다. 설사
그런 것이 존재한다 해도 그 존재의 목적을 짐작할 수가 없다. 신이
만든 비밀 사전 속 어휘들과 그 뜻, 어원과 동의어 등도 짐작할 수 없
기는 마찬가지다.

Cabe sospechar que no hay universo en el sentido orgánico, uni-
ficador, que tiene esa ambiciosa palabra. Si lo hay, falta conjeturar su
propósito; falta conjeturar las palabras, las definiciones, las etimologías, las
sinonimias, del secreto diccionario de Dios.(OC II, p.86.)

그러나 이러한 불가지론에도 불구하고 보르헤스는 회의론에 빠져
버리지 않고 새로운 희망의 메시지를 던지는 것이다. 즉 불가지한
우주에 맞닥뜨리더라도 그 속에서 창조주의 섭리를 파헤치려는 인간
의 불굴의 도전의식을 부단히 경주하고 있는 것이다.

세상이라는 신성한 체계를 통찰할 수 없음에도 불구하고 우리 인간은 비록 임의적이나마 인간의 체계를 확립하는 일을 결코 단념하지 않는다. 윌킨스의 분석적 언어 역시 이런 인간의 체계만큼이나 가상한 시도이다.

La imposibilidad de penetrar el esquema divino del universo no puede, sin embargo, disuadirnos de plarear esquemas humanos, aunque nos conste que éstos son provisorios. El idioma analítico de Wilkins no es el menos admirable de esos esquemas.(OC II, p.86.)

즉 세계가 허구인데, 여기에서 더 나아가 이 세계를 다시 한번 일반화시킨 후 임의적 상징인 기호를 대입시켜 만들어낸 문자 체계 혹은 언어로 그려낸다는 것은 불가능하다는 인식론적 고뇌가 짙게 깔려 있음에도 불구하고 보르헤스는 언어의 임의성이 불가피한 필연이라고 생각하는 것이다. 그것은 인간의 능력으로는 우주의 정체가 과연 무엇인지를 해독해낼 수 없기 때문이며, "각 언어는 하나의 전통이고, 각 단어는 하나의 공유된 상징이다. 따라서 어떤 혁신자가 무엇인가를 바꿀 수 있다고 믿는 것은 헛된 생각"(OC II, p.400.)이기 때문이기도 하다. 즉 언어가 임의적 상징이기는 하지만 그 존재의 필수성만은 부인할 수 없다는 것이다.

존 바스 John Barth는 "우리의 인생 체험의 대부분이 비선형적 특성을 지니고 있긴 하지만 인생 체험의 중요한 일부는 결국 대단히 선형적인 특성을 지니고 있음이 판명된다. 우리는 시간 속에서 살아가고 생각하고 지각하고 행동한다. 그리고 시간은 연속을 함의하며, 연속은 곧 서사를 발생시킨다. (……) 그리고 우리의 인생체험의 양상들 가운데서 공교롭게도 선형적 특성을 지닌 양상들의 경우, 오로지 활자매체만이 적절한 표현수단이 된다'고 말한 바 있다.

선형성이 우리의 삶에서 불가피한 것은 부인할 수 없는 사실임을 보르헤스 역시 인정하고 있다. 따라서 보르헤스는 "이론적으로는 한 개체의 이름이 그 운명, 과거, 미래에 대한 부차적인 것들을 나타내게 되는 언어를 생각할 수도 없는 것은 아니다"라고 말하면서 한줄기 희망을 제시한다.(OC Ⅱ, p.87.)

> "사람은 자신의 영혼 속에 가을 숲속의 색깔들보다도 더욱 더 다채롭고 훨씬 더 무한하며 뭐라 이름붙일 수 없는 색깔들이 들어 있음을 알고 있다……. 그러나 온통 서로 뒤섞여 변해버린 그 수많은 색깔들조차도 신음소리와 고함소리 같은 임의 메커니즘에 의해 제각각의 색깔을 또렷이 드러낼 수 있다고 생각한다.

> El hombre sabe que hay en el alma tintes más desconcertantes, más innumerables y más anónimos que los colores de una selva otoñal…… cree, sin embargo, que esos tintes, en todas sus fusiones y conversiones, son representables con precisión por un mecanismo arbitrario de gruñidos y de chillidos.(OC Ⅱ, p.87.)

보르헤스가 보여준 이러한 불굴의 도전의식과 희망은 단순히 언어가 갖는 현실묘사의 한계성을 극복하고자 하는 노력에 머물지 않고, 오히려 그러한 한계를 수용하고 한걸음 더 나아가 초월하여 오히려 언어적 유희를 픽션의 미덕으로 승화시켜 나가고 있다는 점에서 그 가치가 더욱 빛나고 있다.

보르헤스는 더 이상 전통적 문학관을 고수하면서 고뇌하고 회의하는 '고갈의 작가'로 남길 원치 않았다. 보르헤스가 내린 언어에 대한 정의는 결국 '언어란 완벽한 창조적 자유 속에서의 결합이며, 무질

서적이고, 범주화나 불변의 구조체계에 편입시킬 수 없으며, 무수히
변모할 수 있는, 다시 말해 비확정적인 존재'[41]였으며, 이러한 언어
의 속성을 인정한다면 언어의 한계성과 이를 뛰어넘는 비한계성이
공존하는 혼재향적 문학세계가 얼마든지 가능하기 때문이었다. 따라
서 언어의 한계를 초월한 새로운 글쓰기, 픽션으로서의 픽션을 수용
하면서 펼치는 언어유희의 절정으로 보르헤스는 무한한 상징과 관념
과 분석적 언어로 이루어진 세계를 상정한 것이며, 이러한 언어관으
로부터 열린 텍스트를 미로와 언어-거울주의적 세계로 규정할 수
있는 특성이 나오게 된 것이다.

---

41) Víctor Farías, op. cit., p.254.
El lenguaje es una combinatoria en plena libertad creativa, anárquica,
irreductible a categorías y sistemas estructurales en permanencia, "amillo-
nable", precisamente en cuanto que es indeterminación.

V

결 론

　지금까지 본 연구자는 일반적으로 우리가 감지하는 현실 세계가 실재하는 견고한 존재라는 전제하에 그 현실을 텍스트라는 거울에 비추어내고자 했던 사실주의 문학과는 달리 보르헤스가 텍스트 속에 또 다른 허구인 텍스트를 비추어냄으로써 지속적으로 또 다른 허구를 창출해내는 방식의 글쓰기를 지향하고 있으며, 그러한 글쓰기의 무한 가능성이 어떠한 인식론적 배경을 토대로 제기되었는지 고찰해보았다. 그리고 본 논문을 통해 실제로 보르헤스의 문학이 많은 비평가들이 지적하듯이 혼재향적 공간인가를 검증해보고 더 나아가 그 혼재향이 갖는 의미는 과연 무엇인지의 문제를 천착해보았다.

　물론 보르헤스가 자신만의 고유한 문학관을 수립하기까지는 이성적이고 논리적인 질서에 회의를 느낌으로써 정신적 혼란의 시기를 겪을 수밖에 없었던 20세기라는 시대적 특성과 경계 없이 폭넓게 이루어졌던 방대한 독서량과 버클리의 관념론을 필두로 하는 해체적 인식론의 수용이라는 배경이 깔려 있음은 주지의 사실이다. 따라서 그 결과 탄생하게 된 보르헤스의 문학세계는 독자들로 하여금 사물과 현실에 대한 기존 인식의 틀을 여지없이 허물어버림으로써 당혹감을 불러일으키기에 이르고, 모더니즘식 이분법과 흑백논리, 이성을 근간으로 하는 절대적 사고의 틀을 붕괴시켜 버린다는 의미에서 데리다나 푸코 등에 의해 혼재향적 세계로 명명될 만하다고 사료된다.

특히 이러한 보르헤스의 문학세계에 접근하는 방법은 매우 다각적일 수 있을 것이고, 더욱이 그것이 내포하는 혼재향적 성격을 증명해낼 수 있는 방법도 다양할 수 있음에도 불구하고, 본 연구자가 본 논문을 통하여 보르헤스의 우주인식·자아인식·시간인식을 논문 전개의 기본 축으로 삼은 것은, 앞서 언급한 바와 마찬가지로 보르헤스 스스로가 우주, 자아, 시간 그리고 그것의 문학적 표현의 도구인 언어에 대해 깊이 있는 성찰을 거듭한 것에 착안하였기 때문이다.

그리고 그러한 기본 구도하에 이루어진 심층적 측면에서의 연구 결과, 보르헤스 문학이 드러내는 혼재향적 성격은 우선 우주 인식 측면에서 볼 때, 다음과 같은 내용을 포함하는 것으로 요약할 수 있다.

보르헤스는 두 개의 거울이라는 장치를 이용하여 무한히 복제되는 유사 현실의 창조라는 우주관을 상정한다. 즉 두 개의 거울이 서로 반사하면서 무한히 이미지를 복사해냄으로써 하나의 허상 속에 또 다른 허상이 있게 되고, 그 허상 속에 또 다른 허상이 위치함으로써 결국 현실과 허구의 경계가 모호해지는 원리를 적용한 것이다.

이렇게 실체성을 상실해버린 우주관을 뒷받침하기 위한 이론적 근거로 보르헤스는 다양한 이론을 제시하고 있다.

첫째, 만물에 신성이 깃들어 있으며, 세계를 신성의 투사로 보는 범신론적 가설을 척도로 한 보르헤스의 우주 인식에 따르면, 우주는 초월적 존재가 사물 속에 깃든 비현실적 허구이며, 각각의 사물이 신성의 투사이므로 각 사물의 정체성이 무한 확대될 수 있고, 궁극적으로는 각각의 사물은 곧 모든 사물들이며, 우주의 역사는 각 개인 속에 담겨 있고, 전 생애는 오직 한순간으로 이루어져 있다는 결론을 가능케 한다. 그리고 이를 문학, 특히 창작과정에 적용시켜본다면 보르헤스가 추구하던 혼재향적 결론, 즉 저자의 복수성이라는 것은 허상일 뿐이며, 모든 저자라는 것은 실제로 오직 한 저자일 뿐이라는 결론에 도달할 수 있는 것이다.

둘째, 우주의 기원을 인연설에 두고 있기에 태초부터 스스로 존재하는 절대자의 존재를 인정하지 않는 불교 교리에 따르면, 우주는 사물의 생성과 소멸 사이에 필연적으로 존재하는 인과관계의 산물일 뿐이라고 한다. 즉 윤회가 영겁회귀의 형태로 반복되고, 그 무한한 반복을 통해 무변광대한 우주가 존재할 수 있다는 것이다. 보르헤스는 이러한 불교의 교리를 원용하여 현실이 무한대로 증대한 우주적 상황을 현실적 허구라고 일컬었으며, 현실적 허구는 또한 허구적 현실의 존재를 암암리에 전제하기에 보르헤스에게 있어서 현실은 허구 안에 존재할 수 있으며, 동시에 허구 또한 현실 안에 존재할 수 있게 되는 것이다. 즉 현실은 허구이자 모든 것이면서 아무것도 아닌 무인 상태이고, 이를 적용시킨 보르헤스의 문학적 우주 공간은 현실과 허구가 경계 없이 뒤섞여 있는 혼돈의 공간이며 현실과 허구의 혼재향에 문자의 옷을 입힌 것에 다름 아닌 것이다.

셋째, 태초에 존재했던, 플라톤적 원형들로 충만했던 신성이 창조해낸 원형적 현실로부터 방사되고 또 다시 거듭된 복사를 통하여 원형적 현실로부터 아스라이 멀어져버린 현실을 상정하고 있는 그노시즘적 우주관은 보르헤스를 통해 원형적 형상의 다양한 메타포로서의 문학세계를 창출해내는 계기로 작용한다. 즉 그노시즘적 혼재향의 세계에서는 신성이 거의 '0'으로 무화되면서 아련하게 원형적 현실의 흔적만을 간직한 가운데 지속적인 방사가 이루어짐으로써 어디까지가 원형이고 어디까지가 변주인지를 구분 짓지 못할 뿐 아니라 둘 사이의 명확한 경계의 척도를 제시하는 것조차 불가능한데, 보르헤스는 이러한 우주관을 문학에 적용시킴으로써 원형적 '책'으로부터 무한히 생성되어지는 '양피지 글쓰기'로서의 문학을 가능케 하였으며, 자신의 문학적 우주 공간을 원형과 복사본, 실체와 이미지가 경계 없이 뒤섞여 있는 카오스, 즉 현실과 허구의 혼재향으로 구현해 낸 것이다.

넷째, 우주는 곧 신의 창조의 언어이며, 신의 비밀스런 글쓰기를 위한 상징의 체계일 뿐이라고 전제함으로써 성서해석의 무한한 판본을 인정하고 우주에 대한 주관적이고 다양한 해석을 용인하는 카발라적 우주관과 관련하여, 보르헤스는 우선 우주를 신의 말씀으로 이루어진 언어의 총체, 즉 관념이자 허구로 단정 짓는다. 그리고 이를 바탕으로 유일하게 해석되는 모세오경보다는 읽는 자의 수준에 따라 무한한 층위로 읽혀질 수 있는 카오스적 또는 헤테로토피아적 문학, 즉 카발라적 글쓰기를 실현한다. 우주를 형성하고 있는 문자에 대한 다양한 해석을 수용하고 있는 카발라적 논리의 적용에 따라 카발라적 글쓰기는 기표와 기의 사이의 일대일 연계를 파괴시킴과 동시에 독자로 하여금 동일한 기표라도 각자의 의지에 따라 다양한 기의를 수반하도록 허용하고 있는 것이다. 즉 다양한 의미로 해석할 수 있음을 말한다.

다섯째, 세계의 본질은 의지이며, 우주는 그 의지의 표상, 즉 관념이라는 쇼펜하우어의 우주관에 문학의 옷을 덧입힌 보르헤스는 의지의 발현을 통해 새로운 우주를 창조하는 작업에 임한다. 그리고 같은 맥락에서 창조의 주체인 인간의 의지를 신적 권능과 동일시함으로써 신과 인간의 경계를 무너뜨리고 신적 인간과 인간적 신이 병치적 관계 속에서 혼재하는 혼재향을 실현해낸다.

결국, 하나같이 우주를 굳건한 현실이 아닌, 비현실이자 허구로 제시하고 있는 것이다. 그렇다면 보르헤스가 인식하고 있는 우주는 '불완전성'을 담보하는 모방에 불과한 우주이며, 수없이 반복되면서 주기적으로 복사되고 사출된 이미지의 이미지이므로, 더 이상 그에게는 현실과 허구는 경계 짓거나 이분법적으로 분리해낼 수도 분리할 가치도 없는 개념으로 남는다.

이는 문학에 있어서, 태초의 원형의 희미한 그림자만이 남아 있는 원본과 또 다른 무한복제의 산물인 패러디의 정체성을 명확히 구분 짓는 작업에 큰 의미를 부여할 수 없다는 뜻으로 해석될 수 있으며, 그 결과 원형적 형상의 다양한 메타포로서의 문학이 존재가치를 획득하게 되고, 양피지 글쓰기로서의 창작 가능성이 확대될 수 있는 것이다.

결국, 보르헤스의 해체적 우주관은 읽는 자에 따라 무한층위로 다양하게 읽힐 수 있는, 즉 기표와 기의의 일대일 대응관계가 무너져 버리고, 하나의 기표에 임의적인 다양한 기의가 다가설 수 있는 헤테로토피아적 문학의 가능성을 열어주는 토대가 되는 것이다.

이러한 우주관을 수용하고 있는 보르헤스에게 있어 그 속에 존재하는 인간의 위상은 환영의 환영에 블과하다. 여기에서 자연스럽게 보르헤스의 혼재적 자아 개념이 도출되는 것이다. 보르헤스의 자아인식은 다음과 같은 형태로 표현되고 있다.

첫째, 보르헤스는 장자를 언급하며 도의 입장에서는 꿈속의 나와 현실의 내가 만물의 변화에 지나지 않는다고 말하면서, 꿈의 가치가 현실 속에 끼어든 존재가 아니라 또 다른 현실로서 양립할 수 있는 가치를 지니고 있음을 설명한다. 그리고 꿈과 또 다른 꿈인 현실이 간극 없이 뒤섞일 수 있다면, 그 속에 존재하는 자아 역시 현존하는 자아로서의 정체성을 상실하게 된다는 논리를 이끌어낸다.

둘째, 기본적으로 순환하는 시간관을 상정하는 불교의 우주관을 이미 수용한 바 있기에 원형(arquetipo)의 반복된 형태, 즉 보편자의 반복으로서의 자아 개념을 상정한다. 이것은 시간의 흐름, 즉 에피스테메의 변화에 따라 원형의 반복인 개별적 투영체로서의 인간은 무한한 변화를 할 수 있다는 것이며, 따라서 개별자의 정체성이라는 것은 수없이 이루어지는 반복 과정의 한 번일 뿐이고, 그 결과 자아의 정체성은 중요성을 상실한다는 것이다.

셋째, 절대무인 신성의 투사로서의 가치를 갖는 우주 속에서 각자의 개별성은 무효화되고, 더 나아가 하나의 보편적 정체성으로 수렴될 수 있음으로, 그러한 우주 인식하에서 인간은 더 이상 나와 너를 구분 지을 수 없는 원형적 신성의 그림자에 불과하게 된다. 즉 작은 개인의 입장에서는 주체와 객체가 서로 다를지 모르지만, 차원을 달리한 높은 경지에서는 그런 대립되는 것들도 모두 전체의 일부에 불과하다는 것이다.

이러한 자아 개념은 '정체성의 복수성'이라는 보르헤스 미학의 절정을 보여주며, 시간의 흐름에 따라 다양한 원형의 반복적 투영체로 등장하는 인간존재는 결국 시간의 흐름에 따라 무한히 변화하는 텍스트의 이미지, 즉 다양한 판본으로서의 글쓰기 개념으로 다시 태어나게 되는 것이다.

사색적이고 철학적인 사고에 깊이 매료되어 있던 보르헤스에게 소멸, 즉 죽음을 전제로 하는 '시간'의 문제는 가장 극복하기 힘든 딜레마였던 것으로 사료된다. 따라서 태어나면서부터 인간은 무덤을 향해 걸어간다는 쇼펜하우어의 염세주의적 시각을 공유하게 되었을 것이다.

대다수의 사람들은 종교, 예를 들어 기독교의 영생과 같은 믿음을 통해 죽음의 문제를 극복하고자 하지만, 보르헤스는 그렇지 못했다. 기독교적 사후 세계를 수용하기 위해 떠맡아야 하는 이승에서의 삶의 무게가 너무나 버겁고 힘겨운 부담이 되었기 때문이었던 것으로 보인다. 즉 현세의 생이 원인이 되어 다음 세계의 천국과 지옥이라는 결과를 낳게 된다는 직선적 시간개념이 큰 부담이 되었던 것이다. 보르헤스는 인터뷰에서도 밝히고 있듯이, 찰나에 불과한 현세에서 구원받은 자만이 영원한 사후세계에서 영생을 얻고 천국에 갈 수 있다는 논리를 받아들일 수 없었던 것이다.

따라서 죽음의 문제는 어차피 벗어날 수 없고, 사후 영생이라는 기독교적 구원도 받아들일 수 없다면, 죽음과 더불어 하나의 개체는 완전히 소멸해버리되 우주는 끝없이 이어져 가는 현상을 다른 방법으로 설명해야 할 필요성이 대두될 수밖에 없었다.

그 결과 보르헤스는 관념론을 적용하여 시간 자체를 부정해버리고, 그 모형으로써 순환하고 갈라지는 시간의 모형을 제시한다. 즉 매우 혼재향적인 시간관을 상정하는 것이다.

그리고 여기에서 더 나아가, 불멸은 오히려 고통스러운 것이며, 필멸을 통해 위안 받을 수 있음을 피력한다.

결론적으로, 시간의 흐름, 즉 죽음은 극복할 수 없는 딜레마임을 보르헤스 역시 회의적 시각으로 받아들인다. 다만 기독교적 사후 영생보다는 부족하나마 시간의 축적물이자 기억을 연결시키는 장치인 '언어', 즉 '문학'을 통한 무한회생을 꿈꿀 뿐이다.

이는 "사람은 죽어서 이름을 남긴다"는 동양의 고사와도 일맥상통하는 것으로, 보르헤스에게 있어서 시간은 다름 아닌 문학 그 자체라고 볼 수도 있을 것으로 사료된다.

다만 전통적인 리얼리즘 문학으로는 무한 복제되는 거울 이미지의 문학, 즉 양피지 글쓰기를 통한 소생의 문학을 성취할 수 없으므로, 혼재적 시각이 담긴 해체주의 문학을 창출해낸 것이다.

보르헤스는 지금까지의 우주, 자아, 시간에 대한 인식론, 즉 인식의 심층적 구조를 토대로 표층으로 표출된 형태인 문학을 바라본다.

보르헤스는 언어라는 것이 임의적인 상징 시스템이며, 이러한 임의적 체계를 통해 인간들이 전달하는 것들은 불확실하며, 의심스럽고, 모호할 뿐이라며 언어의 한계를 직시한 바 있다. 따라서 이미 카오스적 우주를 상정한 보르헤스에게 있어서 불가해한 우주를 다시 한번 한계를 지닌 언어를 통해 묘사한다는 것은 불가능한 일이었다. 어차피 허구인 우주를 표현하고자 하는데, 그 표현의 도구인 언어마저 한계를 지니고 있다면, 언어로 창출해낸 세계의 중심에서 또 다른 '신의 현전'을 기대하기는 어려운 일이기 때문이다.

그러나 언어의 한계에도 불구하고 언어의 존재가치만은 부정할 수 없는 것이었으므로, 보르헤스는 언어의 한계 속에서 최대한 언어의 유희를 즐기고자 한다. 즉 환상을 통해 상상의 문학을 만들어내고, 우주의 메타포인 우화를 통해 새로운 언어를 창출해내고자 한 것이다.

이처럼 보르헤스는 언어의 한계와 관련하여 단순한 언어체계의 붕괴 차원에 머무르지 않고, 오히려 그 체계를 수용하면서도 그 안에서 기존의 언어에 대한 인식이라는 기반 자체를 혼돈스럽게 뒤흔들어 놓는 해체적 시각을 보여준다. 즉 언어의 한계성과 비한계성을 공존시키는 가운데 언어유희를 통해 혼재향을 구현해내는 것이다. 그것은 획일화된 유토피아적 언어관이 아니라 다양한 가능성을 내포하고 있는 혼재향적 언어관의 표출로 해석될 수 있다.

결론적으로, 본 논문에서 말하고자 하는 보르헤스의 '헤테로토피아'란 모든 상반되고 이질적인 요소들이 카오스적 형태로 공존하고 있는 관념의 공간을 의미한다. 즉 기존하던 유토피아적 인식론의 틀을 뒤흔드는 사고의 영역을 말하는 것이다.

따라서 반이분법적이고 해체적인 보르헤스의 혼재향은 로고스중심주의로부터의 탈피를 가능케 한다. 즉 서구 이성이 완벽하게 수립해 놓았다는 분류방법과 가치체계 역시 임의적이고 자의적이라는 문제를 제기함으로써, 과거 말과 글의 대립으로 대변되는 기존의 형이상학적 대립을 해체시키고 있는 것이다. 그것은 현전을 구현하는 존재와 부차적이며 구현해낸 원본의 희미한 복사판에 불과한 것으로 여겨지는 존재와의 대립을 아예 무효화시켜버리는 행위이기도 하다. 그리고 바로 이런 면에서 보르헤스가 구현해낸 혼재향의 필요성이 부각되는 것이다.

그리고 보르헤스는 혼재향적 인식론의 구축을 통해 문학에 있어서도 저자만이 유일한 주체로서 무소불위의 힘을 발휘할 수 있다는 통념을 깨뜨린다. 즉 더 이상 표절이라는 개념은 존재할 수 없으며, 무한히 이루어지는 다양한 형태의 독서를 통해 부분적이고 상대적으로 변형된 작품이 다시 창조될 수 있다는 것이다.

결국 보르헤스에게 있어서 문학은 독서의 복수성을 의미하고 있으며, 이것이 바로 열린 작품을 지향하는 보르헤스 문학관의 혼재적 특성이자 보르헤스의 혼재향이 갖는 의미라 할 수 있다. 보르헤스는 자신이 구축한 혼재향적 세계를 통해 고갈되지 않는 문학의 가능성을 제시하고 있는 것이다.

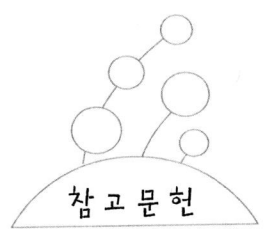

참 고 문 헌

1. MATERIA PRIMA(OBRAS DE JORGE LUIS BORGES)

Obras Completas I, Emecé Editores, Barcelona, 1989
Obras Completas II, Emecé Editores, Barcelona, 1989
Obras Completas III, Emecé Editores, Barcelona, 1989

2. LIBROS Y ARTÍCULOS CONSULTADOS

Aizenberg, Edna, Borges and His Successors, Columbia, University of Missouri Press, 1990

Alazraki, Jaime, La prosa narrativa de Jorge Luis Borges, Editorial Gredos, Madrid, 1983

Arreguín, Héctor Zagal, Ocho ensayos sobre Borges, Publicaciones Curz O., S. A., México, 1999

Barili, Amelia, Borges, Jorge Luis y Reyes, Alfonso, La cuestión de la identidad del escritor latinoamericano, México, Fondo de Cultura Económica, 1999

Bolter, Jay David, Writing Space: The Computer, Hypertext and The History of Writing, Hillsdale, New Jersey, 1991

Borges, Jorge Luis con Zemborain, Esther, Introducción a la literatura norteamericana, Alianza Editorial, Madrid, 1997

Borges, Jorge Luis y Jurado, Alicia, Qué es el budismo, Buenos Aires: Emecé Editores, 1991

Borges, Jorge Luis, Borges en El Hogar, Buenos Aires, Emecé, 2000

Borges, Jorge Luis, Borges en Revista Multicolor, Buenos Aires, Editorial Atlántida, 1995

Borges, Jorge Luis, Prólogos con un prólogo de prólogos, Alianza Editorial, Madrid, 1998

Brescia, Pablo y Zavala, Lauro, Borges múltiple, Cuentos y ensayos de cuentistas, Universidad Nacional de Autónoma de México, México, 1999

Canto, Estela, Borges a Contraluz, Editorial Espasa−Calpe, Madrid, 1989

Cañeque, Carlos, Conversaciones sobre Borges, Ediciones Destino, Áncora y Delfín, Barcelona, 1995

Chen, Lucía, "Borges: La Muralla y la quema de libros", Cuadernos Americanos 79, Universidad Nacional Autónoma de México, México, 2000

Culler, Jonathan, On Deconstruction. Theory and Criticism after Structuralism, New York: Cornell Univ. Press, 1982

De Behar, Lisa Block, Al Margen de Borges, Siglo XXI editores S. A., Argentina, 1987

De Milleret, Jean, Entretiens avec Jorge Luis Borges, París, Pierre Balfond, 1967

De Olaso, Ezequiel, Jugar en Serio Aventuras de Borges, México, Editorial Paidós Mexicana, S. A., 1999

Farías, Víctor, Las actas secretas, Madrid, Anaya & Mario Muchnik, 1994

Foucault, Michel, Las palabras y las cosas, traducido por Elsa Cecilia Frost, Mexico: Siglo xxi editores, s.a. de c.v., 1990

Guibert, Rita, Life en Español, vol.31, núm. 5(11 de marzo de 1968)

Jaén, Didier T., Borge's esoteric library, London: University Press of America, 1992

Kafka, Franz, La metamorfosis, Losada S. A., Buenos Aires, 1997

Kolakowski, Leszek, Tratado sobre la mortalidad de la razón

Lafforgue, Martín, Antiborges, Buenos Aires: Ediciones B Argentina S. A., 1999

Lodge, David, The Art of Fiction, London, Penguin Books, 1992

Monegal, Emir Rodríguez, Borges por el mismo, Barcelona: Editorial laia, 1984

Monegal, Emir Rodríguez, Jorge Luis Borges: A literary Biography, New York: Dutton, 1978

Nudelstejer, Sergio, Borges, Acercamiento a su obra literaria, Costa－Amic Editores, S. A., México, 1987

Nuño, Juan, La filosofía de Borges, Fondo de Cultura Económica, México, 1985

Rest, Jaime, El laberinto del universo, Buenos Aires: Ediciones Librerías Fausto, 1976

Ricoeur, Paul, Time and Narrative. Vol.1, Trans Kathleen McLaughlin and David Pellauer, Chicago: University of Chicago Press, 1984

Sessarego, Myrta, Borges y el laberinto, Consejo Nacional para la Cultura y las Artes, México, 1998

Smith, Houston, The World's Religions, Harper San Francisco, 1991

Woscoboinik, Julio, The Secret of Borges: A Psychoanalytic Inquiry into His Work, Trns, por Dora Carlisky Pozzi, University Press of America, Inc., Lanham, 1998

Wulicher, Ricardo, Borges para Millones, Ediciones Corregidor, Buenos Aires, 1978

구효서, 비밀의 문, 서울: 해냄, 1996

김성곤, 포스트모던 소설과 비평, 서울: 열음사, 1993

김욱동 편, 포스트모더니즘의 이해, 서울: 홍익전자출판(주), 1992

김춘진 편, 보르헤스, 서울: 문학과 지성사, 1996

낸시 케이슨 폴슨, 보르헤스와 거울의 유희, 정경원 외 옮김, 서울, 태학
    사, 2002

대한성서공회 편, 성경전서, 서울: 대한기독교서회, 1999

뒤란트, W., 철학이야기, 황문수 옮김, 서울: 고려대학교 출판부, 1998

램프레히트, 스털링 P., 서양철학사, 김태길 외 옮김, 서울: 을유문화사,
    1999

러셀, B., 서양철학사(상), 최민홍 옮김, 서울: 집문당, 2001

러셀, B., 서양철학사(하), 최민홍 옮김, 서울: 집문당, 2001

레비나스, 엠마누엘, 시간과 타자, 강영안 옮김, 서울: 문예출판사, 1997

모어, 토마스, 유토피아, 원창엽 옮김, 서울: 홍신문화사, 2001

박경민, 세계종교산책, 서울: 아세아문화사, 1999

박영식, 서양철학사의 이해, 서울: 철학과 현실사, 2000

박이문, 현상학과 분석철학, 삼신문화사, 서울, 2000

보르헤스 연구회, 중남미 문학과 포스트모더니즘의 문제점, 서울: 도서출
    판 책갈피, 1993

보르헤스, 호르헤 루이스, 모래의 책, 송병선 옮김, 서울: 도서출판 예문,
    1995

보르헤스, 호르헤 루이스. 후라도, 알리시아, 보르헤스의 불교강의, 김홍
    근 편역, 서울: 여시아문, 1998

브라스웰 2세, 죠지 W., 세계 종교의 이해, 권혁봉 옮김, 서울: 요단출판
    사, 1986

손관수, "보르헤스와 동양사상", 계간 현대시사상, 1995년 여름

송병선, "중남미 문학의 수용과정과 문제점"

송병선, "왜 보르헤스를 읽는가", 계간 현대시사상, 1995년 여름

안동림 편, 장자, 서울: 현암사, 1998

앤더슨, 노오만, 세계의 종교들, 서울: 생명의 말씀사, 1985

에코, 움베르토, 시간 박물관, 김석희 옮김, 서울: 푸른숲, 2000

오영환, 화이트헤드와 인간의 시간경험, 서울: 통나무, 1997

이남호, 보르헤스 만나러 가는 길, 서울: 민음사, 1994

이상기, 하이데거의 실존과 언어, 서울: 문예출판사, 1993

이윤기, 그리스 로마 신화, 서울, 웅진닷컴, 2000

장익순, 굿모닝, 장자!, 서울: 도서출판 장원, 1994

정경원 "시간의 두 얼굴－「불멸인」을 중심으로", 서어서문연구 제20호, 서울; 한국서어서문학회, 2001

정경원, 라틴아메리카 문학사 Ⅱ, 서울: 태학사, 2001

조정옥, 알기 쉬운 철학의 세계, 서울: 철학과 현실사, 1998

차하순, 서양사 총론, 서울: 탐구당, 1989

폰스, 찰스, 카발라, 조하선 옮김, 서울: 물병자리, 2000

푸코, 미셸, 말과 사물, 이광래 옮김, 서울: 민음사, 1994

프롬킨, 빅토리아, 언어란 무엇인가, 박재석 옮김, 서울: 시인사, 1987

하드윅, 찰스, 비트겐슈타인의 언어철학, 김진철·정병찬 옮김, 서울: 정민사, 1985

해킹, 아이안, 왜 언어가 철학에서 중요한가?, 선혜영·황경식 옮김, 서울: 서광사, 1987

허천, 린다, 포스트모더니즘의 이론과 전략, 장성희 옮김, 서울: 현대미학사, 1998

호킹, 스티븐, 시간의 역사, 현정준 옮김, 서울: 삼성출판사, 1996

휴스톤 스미드, 세계의 종교들, 이상호 외 옮김, 서울: 연세대학교 출판부, 2001

3. OTROS MATERIALES DE REFERENCIA

Abad, José M., Cuesta Ficciones de una crisis, Editorial Gredos S. A., 1995

Alazraki, Jaime, Jorge Luis Borges,, Taurus Ediciones S. A., 1984

— — — — —, Versiones. Inversiones. Reversioes: *El espejo como modelo estructural del relato en los de Borges*, Gredos, Madrid, 1977

Barnatán, Marcos — Ricardo, Borges Biografía Total,, Ediciones Temas de Hoy S. A., 1995

Barrenechea, Ana Maria, La expresión de la irrealidad en la obra de Borges, Editorial Paidós S. A., 1967

Barrenechea, Borges. The Labyrinth Maker, New York University, New York, 1986.

Bastos, María Luisa, Borges ante la crítica argentina, Hispamerica, Buenos Aires

Blüher, Karl Alfred y Alfonso de Toro(eds.) Jorge Luis Borges. Variaciones interpretativas sobre sus procedimientos literarios y bases epistemológicas, Vervuert Verlag, Frankfurt y Madrid, 1995.

Borges, Jorge Luis, Italo Calvino · Luis Alberto de Cuenca · Carlos García Gual · Rafael Llopis · Antonio Rodríguez Almodóvar · Gonzalo Torrente Ballester, Literatura fantástica

Borges, Jorge Luis, La biblioteca de Babel, Ediciones Siruela, 1988

Borges, Jorge Luis y CLEMENTE, José E., El lenguaje de Buenos Aires, Emecé, 1963

Borges, Jorge Luis y Guerrero Margarita, Manual de zoología fantástica(Ilustraciones de Francisco Toledo), FCE, México, 1984(2a edición).

Borges, Jorge Luis · Silvina Ocampo · Adolfo Bioy Casares, Antología de la literatura fantástica, Edhasa, 1983

Borges, Jorge Luis, Antología Personal, Sur, Buenos Aires, 1961

Borges, Jorge Luis, A personal anthology, Grove Press, 1968

Borges, Jorge Luis, Borges oral, Emecé, Buenos Aires, 1979

Borges, Jorge Luis, Borges oral: conferencias, Emecé, Buenos Aires, 1979 / 95

Borges, Jorge Luis, Dreamtigers, University of Texas Press, 1998

Borges, Jorge Luis, El idioma de los argentinos, Seix Barral, Buenos Aires, 1994

Borges, Jorge Luis, El tamaño de mi esperanza, Seix Barral, México, 1994

Borges, Jorge Luis, Everything and Nothing, A new directions Bibelot, 1999

Borges, Jorge Luis, Inquisiciones, Seix Barral, México, 1994

Borges, Jorge Luis, Narraciones, Catédra, Madrid, 1992

Borges, Jorge Luis, Obras Completas en colaboración, Emecé, Buenos Aires, 1991

Borges, Jorge Luis, Other inquisitions 1937–1952, University of Texas Press, 1995

Borges, Jorge Luis, Textos cautivos: Ensayos y reseñas en El Hogar(1936–1939), Tusquets, Barcelona, 1990

Bravo & Paoletti, Borges Verval, Emecé, Buenos Aires, 1999

Carilla, Emilio, Jorge Luis Borges. Autor de "Pierre Ménard" y otros estudios borgesianos, Caro y cuervo, Bogotá, 1989

Carrizo, Antonio, Borges el memorioso(conversaciones), FCE, México, 1982 / 86

Cozarinsky, Edgardo, Borges y el cine, Editorial Sur, 1974

De Costa, René, Humor in Borges, USA, 1999, Ediciones Siruela, 1985

Ferrari Osvaldo, Jorge Luis Borges, Editorial Suamericana Señales, Buenos Aires, 1999

Flaubert, Gustave, Madame Bovary, Madrid, Alba Libros, 1999

Flores, Ángel(comp.), Borges como poeta, Siglo XXI, México, 1984

Franco, Rafael Olea, Borges: desesperaciones aparentes y consuelos secretos, Mexico, El colegio de Mexico, 1999

Franco, Rafael Olea, El otro Borges. El primer Borges, FCE, México, 1983

Friedman, Mary Lusky, Una morfología de los cuentos de Borges, Fundamentos, Madrid, 1990(The Emperors's Kites: A Morphology of Borges' Tales).

Gasió, Guillermo, Borges en Japón, Japón en Borges, Editorial universitaria Buenos Aires, 1988

Gertel, Zunilda, Borges y su retorno a la poesía, The Univ. of Iowa, New York, 1967

Grau, Cristina, Borges y la arquitectura, Cátedra, Madrid, 1989

Gubern, Ramón · José Enrique Monterde · Julio Perez Perucha · Esteve Riambau · Casimiro Torreiro, Historia del cine español, Cátedra, 1995

Helft, Nicolás, Jorge Luis Borges bibliografia completa, Buenos Aires, Fondo de cultura Económica, 1997

Homero, Iliada, Nuevas Estructuras, Madrid, 2000

Homero, Odisea, espana. nuevas estructuras. 2000

Kafka, Franz, El Proceso, Alba Libros, Madrid, 1998

Kafka, Franz, Traducción y prólogo de Jorge Luis Borges, La Metamorfosis, Buenos Aires, Losada, 1997

Kason, Nancy M., Borges y la postmodernidad: Un juego con espejos desplazantes, UniUniversidad Nacional Autómoma de México, México, 1994

Lapidot, Ema, Borges and Artificial Intelligence, Peter Lang, New York, 1991

Madrid, Leia, Cervantes y Borges: La inversión de los signos, Pliegos, Madrid, 1987

Marco, Joaquín(comp.), Asedio a Jorge Luis Borges, Ultramar, Madrid, 1982(1971)

Molachino, Justo R., Jorge Mejía, En torno a Borges, Ciclo, México, 1983

Monegal, Emir Rodriguez, Borges, una biografía literaria, FCE, México, 1987(1978)

Montecchia, M. P., Reportaje a Borges, Crisol, Buenos Aires, 1977.

Orgambide, Pedro, Borges y su pensamiento político, Comite de Solidaridad con el Pueblo Argentino, México, 1978

Peicovich, Estebán, Borges, el palabrista, Letra viva, Madrid, 1980.

Perez, Alberto Julián, Poética de la prosa de J. L. Borges, Gredos, Madrid, 1986

Proust Marcel, Por el camino de swan, Madrid, alba libros, 1998.

Revista Iberoamericana, 40 inquisiciones sobre Borges, Vol.XLⅢ, Núm. 100−101, julio−diciembre de 1977

Saldlvar, Norma Garza, Borges: La huella del Minotauro, Mexico D. F, Editorial Aldus, 1999

Sarup, Madan, Post−structuralism and postmodernism, The University of Georgia Press, Athens, 1993

Shaw, Donald L., Ficciones: Jorge Luis Borges, Laia, Barcelona, 1986

Shua, Ana Maria, Alicia Steinberg, Antologla del amor apasionado. Buenos Aires, Alfaguara, 1999

Sturrock, John, Paper Tiger: The Ideal Fiction of Jorge Luis Borges, Clarendon, Oxford, 1977

Sucre, Guillermo, Borges el poeta,, Monte Avila Editores, 1967

Sábato, Diálogos Borges, Emecé Editores S. A., 1976

Vastag, Odln, Leyendas Nórdicas, Madrid, Zugarto Ediciones, 1999

Verdugo−Fuentes, Waldermar, En voz de Borges, Offset, México, 1986

Vázquez, María Esther, <u>Borges Esplendor y derrota,</u> Tusquets Editores S. A., 1996

Wangüemert,, María Caballero, <u>Borges y la critica,</u> Madrid, Editorial Complutense, 1999

Yarza, Francisco Caudet, <u>Diccionario de Mitologia,</u> Spain, Edimat Libros, 1999

Yarza, Francisco Caudet, <u>Leyendas de Grecia y Roma,</u> Madrid, Zugarto Ediciones, 1999

Yarza, Francisco Caudet, <u>Leyendas Mayas y Azteca,</u> Zugarto Ediciones, Espana, 1999

Zangara, Irma, <u>Borges en Revista Multicolor,</u> Buenos Aires, Atlantida, 1995

Alberto Buitrago Jiménez, <u>Diccionario Espasa dichos y frases hechas,</u> Espasa, 1997

<u>Anthropos</u> N.°142 - 143, 1993년 3 - 4월호 - Jorge Luis Borges

<u>Cuadernos Americanos 79.</u> Mexico.

<u>Diccionario de sinónimos y antónimos,</u> Espasa, 1999

<u>El urogallo N.°5</u> 1986년 9월호

<u>Iberoromania N.°3,</u> Ediciones Alcalá S. A., 1975

김천혜, <u>소설 구조의 이론,</u> 서울: 문학과 지성사, 1990

까를로스 푸엔떼스, <u>라틴 아메리카 소설의 이해,</u> 정효석 옮김, 서울: 도서출판 문원, 1996

동국대학교 교양교재 편찬 위원회, <u>불교학 개론,</u> 서울: 동국대학교 출판부, 2001

로이스 파킨슨 사모라, <u>마술적 사실주의,</u> 우석균 · 박병규 외 공역, 서울 "한국문화사", 2001

사무엘 E. 스텀프., <u>서양철학사,</u> 이광래 옮김, 종로서적출판주식회사, 1987

쇼펜하우어, <u>쇼펜하우어 인생론,</u> 최현 역, 서울: 범우사, 1987

에드워드 콘즈, 불교사상과 서양철학, 김종욱 편역, 서울: 민족사, 1990

움베르토 에코, 장미의 이름-상, 이윤기 역, 서울: 열린책들, 2000

움베르토 에코, 장미의 이름-하, 이윤기 역, 서울: 열린책들, 2000

이베로아메리카 연구 제 10집-보르헤스 특집, 서울대 중남미 연구소,
    1990 12

중남미 문학과 포스트모더니즘의 문제점, 보르헤스 연구회, 한국외국어
    대학교 보르헤스 연구회, 1993

지그문트 프로이트, 정신분석 입문, 정성호 역, 서울: 오늘, 1997

프랑수아 도스, 구조주의의 역사, 이봉지·송기정 옮김, 서울: 동문선, 1998

프랑스와 발르, 구조주의란 무엇인가, 민희식 옮김, 서울: 고려원, 1985

호르헤 루이스 보르헤스, 만리장성과 책들, 정경원 옮김, 파주: 열린 책들

호르헤 루이스 보르헤스, 보르헤스 전집 1-5, 황병하 옮김, 서울: 민음사,
    1996-97

호르헤 루이스 보르헤스, 부에노스 아이레스의 열기, 우석균 옮김, 서울:
    민음사, 1999

김수진(金秀眞)

한국외국어대학교 스페인어과 졸업
한국외국어대학교 통번역대학원 한서과 졸업(문학석사)
한국외국어대학교 대학원 스페인어문학과 졸업(문학박사)
한국외국어대학교 및 통번역대학원 강사(1990 - 현재)

논 문   「움베르토 에코의 『장미의 이름』속에서 발견되는 보르헤스적 코드」
「구효서의 『비밀의 문』에서 발견되는 보르헤스적 글쓰기」
「하비에르 마르아스의 『너무도 하얀마음』에 나타나는 반복의 미학」
『돈키호테』와 『뻬르실레스와 시히스문다의 모험』에 나타나는 환상적 기법
의 의미」
「보르헤스 글쓰기의 문학적 지향점」: 「파스칼의 구」, 「만리장성과 책들」을
중심으로
「보르헤스를 통해 본 『돈키호테』: 마술과 존재론적 전복」
「문학번역을 위한 현장 제언」

번역서   '시간의 창'
'남부의 여왕'
'행운'
'검의 대가'
'루시퍼의 초대'
'성 수의 결사단 Ⅰ, Ⅱ'
'처음 만나는 돈키호테'
'나다'
'출근길 행복하세요?'
'반지'
'살인의 창세기 Ⅰ, Ⅱ'
'빌더버그 클럽'
'창조주의 지도'
'항해'
'너를 정말 사랑할 수 있을까' 외 다수

보르헤스 문학의 헤테로토피아

- 초판 인쇄   2008년 10월 31일
- 초판 발행   2008년 10월 31일

- 지 은 이   김수진
- 펴 낸 이   채종준
- 펴 낸 곳   한국학술정보㈜
          경기도 파주시 고하읍 문발리 513-5
          파주출판문화정브산업단지
          전화   031) 908-3181(대표) · 팩스   031) 908-3189
          홈페이지   http://www.kstudy.com
          e-mail(출판사업브)   publish@kstudy.com
- 등   록   제일산-115호(2000. 6. 19)
- 가   격   28,000원

ISBN   978-89-534-3943-6 93800 (Paper Book)
        978-89-534-3944-3 98800 (e-Book)